JN107962

浮気者の貴方なんか
こちらから捨ててさしあげます
〜伯爵令嬢は婚約破棄を所望する〜

狭山ひびき

目次

特別書き下ろし番外編

クラリス・ブラントーム

伯爵令嬢。行儀見習いとして王妃の侍女をしている。一度目の人生で婚約者のアレクシスが王女と浮気し、そのせいで破滅した記憶を持つ。同じ目に遭わないように、今世では自分から婚約破棄を突き付けることを決めて…！

グラシアン

ロベリウス国王太子。アレクシスとは主従の関係を超えた友人同士でもある。婚約者のマチルダを溺愛している。

アレクシス

ルヴェリエ侯爵家五男。グラシアンの側近を務める護衛騎士で、クラリスの婚約者。別れを切り出されたことがきっかけでクラリスへの執着心が増していき…？

フェリシテ

ロベリウス国王妃。グラシアンの実母。普段はおっとり穏やかだが、必要な際は王妃としての役割を全うする。国王との仲は良好。

ウィージェニー

ロベリウス国王女。グラシアンの異母妹。可愛らしい容姿とは裏腹に、欲しいものを全て手に入れようとする策略家。今も何か企んでいるようで…。

マチルダ

エディンソン公爵令嬢。グラシアンの婚約者で、未来の王太子妃。

ジョアンヌ

ロベリウス国第二妃。ウィージェニーの実母。王妃の座を欲しており、フェリシテを煙たく思っている。

プロローグ

「アレクシス様は将来わたし以外の女性と浮気をして、わたしを捨てるから、今のうちに別れてください」

クラリス・ブラントームは重要な話があると婚約者アレクシス・ルヴェリエを呼び出して、面と向かってそう宣った。

別れを告げるにしてももっと言い方があっただろうと、冷静になったあとで気づくことになるのだが、このときクラリスは平静ではなかったのだ。

心の中はぐちゃぐちゃで、脳は冷静な判断を行える状況にない。

いつもは朝の澄んだ青空のようにきらきらと輝いている青い瞳も暗く陰っていた。

ややうつむいた顔に、焦げ茶色の髪がかかり、それが落とす影がより表情を暗くしている。

膝の上できつく握られた拳は小さく震えていた。

(どうして……)

混乱、もしくは茫然。そして絶望と、それ以外の複雑な何か。

怒りに似ているような気もするし、けれども怒りほど強い感情ではなくて、どちらかと言えば、悲しみや寂しさのようなものの方が強い。

それらの感情がぐるぐると胸のうちに渦巻いているけれど、絶望した脳は考えることを拒絶していて、いったい自分が今どのような気持ちなのか、クラリスは自分でもよくわからなかった。

王妃の侍女を務めているクラリスは、どちらかと言えば冷静な方だし、自分の感情をコントロールする術に長けているが、今日ばかりはそれも無理だった。

こんなにも自分の感情を持て余したのははじめてだ。

目の前に座るアレクシスの表情を見ることもできずに、ただ、何かに怯えたようにうつむいて、震える体とままならない感情をどうすることもできずに押し黙る。

冷静にならなくてはと自分の感情を落ち着けようとするのに、先ほどから幾度となく失敗している。

だが、それも仕方のないことだった。

何故ならクラリスは、つい一日前にアレクシスの浮気相手が放った暗殺者の手によって、命を落としたばかりだったのだから。

――いや、この言い方は語弊があるだろう。

クラリスはつい一日前に、アレクシスの浮気相手が放った刺客に殺された二年前から、現在に巻き戻って来たのである。

こんなことを言ったところで誰も信じてくれないだろうが、間違いなくそうなのだ。

命の灯が尽きる間際、気がついたら二年前に時間が遡っていて、十七歳の自分に――そう、アレクシスと結婚する前のクラリス・ブラントームに戻っていた。

はっきり言って、この身に何が起こったのか、一日経った今でもわからない。

わかっていることは、裏切られ、殺されて、どうしようもない絶望がこの身に渦巻いて自分でも感情の整理がつかないということだけだ。

その、負の感情に支配されてまとまらない思考で一日考えた結果、クラリスは殺される前に元凶であるアレクシスとの関係を清算するという結論に至ったのである。

（大好きだったのに……）

今日の前にいるアレクシスは、クラリスを裏切る二年後の二十一歳の彼ではなく、十九歳の青年だ。

金髪碧眼。すらりと高い身長に、絵に描いたみたいに整った顔立ち。ルヴェリエ侯爵家の五男である彼は、現在騎士団に籍を置いていて、将来ブラントーム伯爵家の一人娘であるクラリスと結婚し、この家を継ぐ予定である。

クラリスとの婚約は、クラリスが十歳、アレクシスが十二歳のときにまとめられた。

優しく人当たりもよく、まっすぐで真面目な性格をしているアレクシスに、クラリスが恋をするのはあっという間だった。

だから彼と結婚して、幸せな家庭を築くことができると信じていたのに――

（結婚式の日に永遠の愛を誓ってくれたのに……どうして……）

永遠の愛を誓ったのは目の前のアレクシスではなく、未来で裏切ったアレクシスだが、もはやそんなことはどうだっていい。未来でこの男は自分を裏切る。その事実だけで充分だ。それ以上は、もう何も考えたくないし、考えられない。

クラリスが意を決して顔を上げると、アレクシスは茫然とした顔でしばし硬直していた。

時間が止まったかのように身動き一つせず、よく見れば瞬きもしていない。

呼吸もしていないのではなかろうかと怪しんだクラリスが、「聞いていますの？」と控えめに声をかけたとき、突如アレクシスが笑い出した。

「あ、はは……」

力のこもっていない乾いた笑い声だった。

「は、はは……く、クラリス、い、今の冗談は、うん、なかなか、うん……すごかったよ。は、はは、ははは……」

声だけ必死に笑おうとしているが、顔は全然笑っていない。むしろ青ざめていて、アレクシスが震える手で目の前のティーカップをつかむ。

カタカタカタカタ、とティーカップが受け皿にあたる音がして、その音がだんだん大きくなるから、クラリスはカップが割れるのではないかと心配になった。

けれど、今はカップよりも重要なことがある。このまま冗談にされてはたまらないのだ。何故ならクラリスは混乱しながらも相応の覚悟をもってアレクシスに別れを切り出したからである。ずっと好きだった人に別れを切り出すのは、並大抵の覚悟ではできないのだ。

「冗談ではありません。婚約を解消してくださいませ」

「…………」

アレクシスのわざとらしい笑い声が止まった。

すでに青ざめていた顔からさらに血の気が引き、目が死んだ魚のようになる。

「な、なにを……」

「ですから、別れ――」

「だから！」

別れてくださいと続けようとしたクラリスの言葉を強引に遮って、アレクシスがぐしゃぐしゃと頭をかきむしった。

「待ってくれ、意味がわからない。将来浮気？　何を言い出すんだ。まさか胡散臭い占い師にでも騙されたのか……？　クラリス、とにかく落ち着いてくれ！」

「わたしは落ち着いています」

「落ち着いているものか‼」

落ち着いていないのはクラリスではなくアレクシスだ。

いや、クラリスも冷静ではないが、アレクシスはそれ以上に動転していた。　アレクシスは叫び、そして顔を覆う。

アレクシスが叫び声を上げて数分後、コンコンと控えめに扉が叩かれた。声を荒げたアレクシスに不安を覚えて、侍女か家令が様子を見に来たのだろう。

王都のブラントーム伯爵家のタウンハウスにアレクシスを呼び出し、クラリスが彼と二人きりになることを望んだので、使用人は心配になって耳をそばだてていたはずだ。もっと言えば、昨日からクラリスの様子がおかしいのにも気づいているはずなので、いつもより気にしてくれていると思う。

そして普段穏やかなアレクシスが声を荒げたので、よほどのことが起こったと判断されてもおかしくない。

「お嬢様……」

クラリスもアレクシスも扉を開ける許可を出さなかったので、閉ざされた扉の外から探るような声がする。侍女のエレンの声だった。

「何でもないのよ、エレン」

今ここで使用人に乱入されたら話がうやむやにされてしまう。クラリスは扉の外のエレンに、努めて柔らかい声で返事をした。

「何かあったらベルで呼ぶわ。下がっていて大丈夫よ」

「わかりました……」

中の様子が確かめられないので、エレンが不安そうな声で返した。微かな足音がしたので部屋から遠ざかってくれたのだろう。

エレンが声を挟んだことで、アレクシスも少しは落ち着きを取り戻したようだ。けれど表情は険しく、顔色は悪い。

「クラリス、説明してくれ」

必死に感情を押し殺している声だった。

(説明と言われても、そのままなんだけど……)

これ以上説明のしようがない。未来から過去に戻ってきましたなんて言っても信じてくれるはずがないからだ。そんなことを言えば頭でも打ったのかと怪訝がられて、婚約を解消する話もそのままなかったことにされるだろう。

「だいたい俺が将来浮気をするって、どうして君にわかるんだ。言っておくが、俺は今まで浮気をしたこともなければ、君以外の女性と手をつないだこともないんだぞ」

おっと、それは知らなかった。クラリス以外の女性と手もつないだことがないと聞いて、クラリスが必死に押し殺そうとしている彼への恋心がちょっぴりときめいてしまう。

恋心なんて捨ててしまわなければと思うのに、そう簡単に切り離せないのが厄介だ。それだけ好きだったのである。愛していたのだ。

覚悟を持って別れを告げたのに、アレクシスの些細な一言で心がぐらぐらと揺れてしまう。

本当は未来で彼に裏切られたのは勘違いで、実は違ったのではないかと、そんな風に都合よく考えそうになる自分がいた。

「それは……」

「これまで君に対して不実を働いてきたなら、そう言われても仕方がないと思う。だが、俺は君に対して誠実だったつもりだ。未来で浮気心を起こすなんて、どうして君にわかる？」

クラリスはここで、もっと言い方を考えてから別れ話をすべきだったと後悔した。アレクシスなら別れを切り出したところで受け入れるはずがないと、クラリスが冷静だったらわかっただろうに。しかし時すでに遅し。感情のまま、あとさき考えず口走ったあとだった。

(でももう引き下がれないわ)

裏切られるのも殺されるのも一度で充分だ。このまま未来で同じ結末を迎えたくない。あんな絶望は、もうたくさんだ。

「とにかく、別れてください！」

己の無策のせいで、クラリスにはもはや強引に話をまとめにかかるしかなかった。

が、当然アレクシスが頷くはずもない。

「まさか君、俺以外に好きな男ができたのか？」

「は？　何を言うんですか？　そんなはずないでしょう!?」

自慢ではないが、クラリスが恋をしたのは過去も未来もアレクシスただ一人だけだ。この人だけを愛していた。だから裏切られて傷ついたのだ。

「だが、いきなり別れてくれなんて、おかしいじゃないか！」

「おかしくありません！　わたしにはアレクシス様が未来で浮気をするのがわかるんです！」

「話にならない！」

ダン！　とアレクシスがソファの前のローテーブルを叩く。

大きな音にびくりとして、けれどここで怯んでなるものかと、クラリスはキッと青い瞳でアレクシスを睨んだ。

アレクシスも碧い瞳で睨み返してくる。

青と碧が交錯し、睨み合ったまま数秒が経過した。

アレクシスがテーブルを殴った音を聞きつけて、再び使用人が扉の外へ集まってくる足音がした。

今度はエレンだけではないのだろう。複数の足音がする。

このままだと、使用人たちが強引に乗り込んできそうだった。

話を早くまとめなければと焦るクラリスに、アレクシスが強い怒りのこもった声で宣言した。

「いいか、俺は絶対に別れない。絶対に逃がさないからな。俺から逃げるなら、地獄の果てまで追いかけてやる‼」

クラリスは思わずひゅっと息を呑んで言葉を失った。

過去でも未来でも、アレクシスがこのような強い執着を見せたことはあっただろうか。

クラリスはこのとき、アレクシスの中に眠る危険な何かを目覚めさせてしまったのだが、それに気づくのは、もっとずっとあとのことだった。

一　婚約者が別れてくれません

ロベリウス国の国花アーモンドのピンク色の花が咲き乱れる春。

春爛漫という言葉の通りのきらきらとした陽光が降り注ぐうららかな朝とは対照的に、クラリスの表情は暗かった。

（結局、婚約が解消できなかったわ……）

予定では、昨日アレクシスと別れて、殺される未来とは違う人生を歩みはじめているはずだった。

それなのに、別れるどころか「俺から逃げるなら、地獄の果てまで追いかけてやる‼」という、まるで捨て台詞のような言葉まで吐かれる始末。

やり方を間違えた、と後悔するもやり直しはきかない。頑なに別れないと言うアレクシスは、そう簡単には折れてくれないだろう。

（でもまだ大丈夫よ。結婚は十八歳の春……つまり、あと一年あるもの。この一年の間に別れることができれば安泰だわ。もっと冷静になって……そう、冷たい女になって、綺麗さっぱり別れるのよ）

しかし問題は、どうやって別れるかである。

悔しいかな、アレクシスはおよそ欠点の見当たらない好青年だ。昨日堂々と宣言した通り、クラリス以外との女性の交流なんて、それこそ社交辞令のようなものしかないのだろう。

（手もつないだことがないって言ってたし……、もちろんわたしはアレクシス様と手をつないだこと、あるけど）

ふわわ、と喜びそうになって、クラリスは慌てて首を横に振る。喜んでどうする。恋心は封印して、氷のような冷たい心でアレクシスとの関係を清算するのだ。

クラリスは必死に二年後の記憶をたどり、裏切られたと知ったときの絶望を思い出す。

（アレクシス様はわたしを裏切った、裏切った、裏切った……。きっとそのうち、こんな恋心なんてなくなって、大嫌いになれるわ）

そう、今がどんなに好青年でも、二年後の彼はそうではない。裏切られ傷つけられた女の恨みは根深いのだ。

（でも、どうすればアレクシス様は別れてくれるのかしら？）

現在のアレクシスに女の影がないのならば、不貞を理由に別れることはできないだろう。

そもそもここロベリウス国では、貴族の結婚は国王の承認がいる。婚約をかわした時点で、クラリスとアレクシス――もとい、ブラントーム伯爵家とルヴェリエ侯爵家の婚姻を国王が認めているのだ。婚約を破棄する場合、国王に対して理由を説明し許可を得なければならない。昨日はつい先走ってしまったが「未来で裏切るから」なんて理由にもならなかった。

「はあ……」

重たいため息がこぼれる。

そんなクラリスに、侍女のエレンが控えめに声をかけた。

「お嬢様、そろそろお支度をしませんと」

「あら、もうそんな時間ね」

家族そろって朝食を取ったあと、自室でぼんやりしていたら、いつも登城する時間まであと一時間になっていた。

クラリスは行儀見習いもかねて、ロベリウス国の王妃フェリシテの侍女を務めている。

ロベリウス国の国王にはフェリシテの他に側妃が一人いるが、王子はフェリシテが産んだ王太子グラシアンのみだ。

グラシアンはアレクシスと同じ十九歳で、主従の関係を超えた友人同士でもある。

エレンに手伝ってもらい支度が終わったとき、執事がクラリスを呼びに来た。

「お嬢様、アレクシス様がお迎えにいらっしゃっています」

この執事はまだ三十二歳と若い。先代執事が彼の父親で、昨年執事補佐から執事に昇格したのである。ちなみに先代も健在で、今は主にクラリスの父ブラントーム伯爵の補佐をしていた。

ちょうど部屋から出ようとしていたクラリスは、アレクシスという名前にドキリとした後で怪訝がった。

「……アレクシス様が、迎え？」

「ええ。今日は出仕がいつもより遅いから迎えに来てくださったそうです」

騎士であるアレクシスは、普段はクラリスよりも早く登城する。仕事で城に泊まりこむこともあるので城にも部屋を用意されており、家に帰るのが面倒だからと言って一年の半分は城の部屋ですごしているはずだ。

（わざわざ迎えに来たことなんてあったかしら？）

過去でも未来でも、アレクシスが迎えに来た試しはなかったはずだ。

正直、昨日のことがあるのでアレクシスにはあまり会いたくないが、迎えに来てくれた彼を無視するわけにもいかない。両親たちは当然クラリスに未来の記憶があることを知らないし、もっと言えばアレクシスに別れを告げたことも知らないからだ。不審がられるといろいろ面倒くさいことになる。少なくともアレクシスと別れ話が成立するまでは、昨日のことは秘密にしておかなくては。

「わかったわ」

そろそろ家を出る時間だ。ここで無駄に時間を使って遅刻するのは避けたい。

諦めたクラリスが階下へ降りると、玄関でアレクシスが待っていた。

詰襟の騎士服に身を包んだアレクシスは、すらりと高い身長も相まってすごく様になっている。

（く……かっこいい……）

クラリスはつい心の中でうめいてしまった。

頭の中では、裏切られたときの恨みと恋心が大喧嘩である。二年後の未来で裏切られたときの恨みが「ときめいてどうする！」と怒れば、恋心が「だってかっこいいんだもの！」と反論するのだ。

クラリスは脳内の大喧嘩をぺいっと外に追い出して、使用人に不審がられないように顔に笑みを貼り付けた。

どんなにかっこよくても、同じ未来を迎えないためには恋心を押し殺して何が何でもアレクシスと別れなくてはならないのだ。

「おはようございます、アレクシス様」

「おはよう、クラリス。気持ちのいい朝だね」

アレクシスは春の日差しも霞みそうなさわやかな笑顔を浮かべた。

頭の中で恋心が暴走しそうになるのを必死に封印して、「ええ、本当に」と頷く。

見送りに出たエレンに「いってくるわ」と告げて、クラリスはアレクシスとともにルヴェリエ侯爵家の馬車に乗り込んだ。アレクシスが当然のようにクラリスの隣に座る。

そして、ぱたんと扉が閉まり、動き出したところでクラリスは貼り付けていた笑みを消した。

「……どういうつもりですか？」

つい恨み節のような声が出てしまった。

するとアレクシスも笑顔を消し、怒ったような顔をする。

「言っただろう。絶対に逃がしたりしない。君がまたふざけたことを考え出さないように、できるだけ君に張り付いておくことにしたんだ」

「そんな――」

「俺は君以外と結婚するつもりはない。諦めてくれ」

クラリスがむっと口を曲げると、アレクシスが一転して微笑みを浮かべる。

「あんまり聞き分けの悪いことを言うと、伯爵に言って結婚を早めてもらうけど？　俺はそれでも全然かまわないよ。急いで結婚して、君を邸に閉じ込めておくと安心できそうだ」

「な……！」

言葉を失うクラリスの手を取って、アレクシスはその甲にちゅっとキスを落とす。

「可愛いクラリス。君が俺から離れていくのなんて、絶対に許さない。一生閉じ込められたくないのなら、馬鹿な考えは早く捨てることだね」

この人はいったい誰だろう。

微笑んでいるのにどこかほの暗い色を瞳に宿すアレクシスに、クラリスはふと、そんな妙な疑問を抱いてしまった。

「朝から仲良しねぇ、クラリス！」

できるだけ張り付くと宣言した通り、アレクシスは王妃の私室の隣——侍女の控室の前までついてきた。

ちょうどクラリスと同時刻に出勤した侍女仲間のブリュエットがにやにや笑いで揶揄うものだからいたたまれなくなる。

「アレクシス様、もう大丈夫ですわ」

まさか侍女の控室の中まで入ってくるつもりかと軽く睨めば、アレクシスもさすがにそこまで非常識な手段はとるつもりはないらしい。馬車の中で見せたほの暗い気配が嘘のように、アレクシスはさわやかな好青年の笑顔を浮かべた。

「それじゃあ、帰宅するころにまた迎えに来るよ。今日は俺も早いからね」

（……遅く出勤して早く帰るの？　それっておかしくない？）

侍女よりも騎士の方が出勤時間は長い。クラリスの送り迎えできるほど勤務時間が短いなんてありえないのだ。

クラリスは怪訝がったが、アレクシスはブリュエットに「クラリスをお願いします」と告げて颯爽と去っていく。

「はあ、かっこいいわねえ！　あんな人が婚約者なんて、クラリスは幸せ者だわ！」

このこの、と肘でつつかれてクラリスは何とも言えない顔になった。

未来の記憶を得るまでのクラリスなら、頬を染めて照れていただろう。だが、今のクラリスは手放しで喜べない。どんなに素敵でも、優しくても、二年後に裏切られるのだから。

「そういうブリュエットだって、婚約者のオーランド様と仲良しじゃない」

これ以上アレクシスのことで揶揄われると困ってしまうので、クラリスはそっと話題をずらす。

なんだかんだ言って婚約者と仲のいいブリュエットは、暇さえあれば惚気たがるので、ちょっとでも話題を振れば食いつくはずだ。

「当たり前よ！　そうそう聞いて！　オーランド様ったらね……」

控室に入った途端に、早くも惚気話がはじまった。

本当に、仲がよさそうで結構である。

（羨ましいわ……）

クラリスだって、惚気るくらいアレクシスのことが好きだった。でも今は、アレクシスの顔を思い出すだけで胸が痛い。

（アレクシス様の浮気相手が浮気相手だったし……その方と比べられたら、そりゃあわたしの方が見劣りするわ）

二年後にアレクシスが情をかわした女性は、なんと、この国の王女様だ。

第一王女、ウィージェニー。第二妃の産んだ王女で、現在十六歳。ピンクがかったベージュ色の髪に大きな茶色の瞳の、びっくりするくらい美人で可愛らしい王女だった。

クラリスだって、自分で言うのもなんだが、そこそこ顔立ちは整っている方だと思うけれど、ウィージェニーと比べると霞んでしまう。容姿も身分もすべて彼女の方が上。例えば町娘や娼婦と情をかわしたと聞いたならば、まだ一時の戯れと割り切ることができたかもしれないけれど、相手がウィージェニーだったら戯れな関係のはずがない。未来のアレクシスは、本気でウィージェニーを好きになったのだ。

ずーんと気分が重たくなってきた。

王妃フェリシテの前で沈んだ顔はできないと、クラリスは大きく深呼吸をする。

「王妃様の今日のご予定だけど、午後からお茶会が入っていたわよね？」

ブリュエットはまだ惚気話を続けていたが、クラリスの言葉を聞いて表情を改めた。侍女は王妃の予定に合わせて動かなくてはならない。

「あと、今日のお昼は王太子殿下とサロンで取られるそうよ」

「お昼はクラリスとフルール、午後のお茶会はクラリスとわたくしでいいかしら？　クラリスは午後からわたくしたちが帰るまで休憩だもの」

本日出勤するフェリシテの侍女はクラリスとブリュエット、そしてフルールの三人だけだ。クラリスとブリュエットが同じ十七歳。フルールが十六歳である。王妃の侍女は合計七人いて、朝の支度や朝食の準備、夜の就寝の支度などを担当するため、交代で城に寝泊まりしている。フルールは一昨日から城に泊まる担当で、だいたい一週間ごとにその役目は交代されていた。一日中城で仕事につくので、城に泊まる期間のときは休憩が多めになる。

王妃や第二妃などの侍女は行儀見習いという意味合いが強いため入れ替わりが激しい。結婚したら退職する人がほとんどだ。フェリシテのケースで言えば、古参の侍女は彼女が嫁いだときに実家から一緒にやって来たレオニー夫人ただ一人である。しかしレオニー夫人は四年前に三人目の子を出産し、子がまだ幼いために以前よりも出勤日数を減らしているため、週に二日ほどしか登城しない。レオニー夫人だけは、城の泊まり仕事も免除されていた。

ゆえに、レオニー夫人が不在の際は、侍女の采配をするのはクラリスより半年早くに侍女になったブリュエットだ。クラリスはブリュエットの采配にもちろん異論はないので、頷いて答える。

「わかったわ。お菓子の準備は終わっているわよね？」

「ええ。お菓子も、今日の茶葉の用意も終わっているわ。今日のお茶会は王妃様以外には公爵夫人とそのご令嬢のお二人だけの内輪のお茶会だから、準備もそれほどないし大丈夫よ」

大人数のお茶会は、城で働くメイドも大勢駆り出さなければならないほど大変だが、内輪のお茶会はそれほど気を遣わなくても問題ない。

要は、フェリシテが仲のいい友人と楽しくおしゃべりする場だ。社交的な駆け引きはほぼ存在しない、ほんわかした場なので、それほど気を張りつめなくてもいいのだ。

（いらっしゃるのはエディンソン公爵夫人とそのご令嬢のマチルダ様だもの。いつも通り和やかな会になりそうね）

エディンソン公爵令嬢マチルダは王太子グラシアンの婚約者である。マチルダは現在十八歳で、半年後にグラシアンとの結婚を控えているのだ。その打ち合わせもかねてのお茶会なのである。

今日の予定を確認して控室から王妃の部屋へ向かう。王妃はすでに朝食をすませて今日の仕事を確認しているころだ。同じ妃であっても、第二妃と違い王妃は政にも参加するため忙しいのである。

「ああ、おはよう二人とも」

フェリシテは銀髪に青い瞳のおっとりと優しそうな外見をした女性だ。

「ちょうどよかったわ。この書類を宰相のところに渡しに行ってくれるかしら？　教会の修繕工事の書類だと言えば伝わると思うわ」

多岐にわたる王妃の仕事の中で大きな比重を占めるのが福祉方面の仕事だ。その中には教会の運営に関するものもある。教会は、孤児院や養老園を運営していたり、貧困層への炊き出しを行っていたりと、福祉や奉仕活動に深く関係するため、国からも多額の援助を行っている。一年の予算を決めるのは財務大臣や宰相、国王であるが、その予算をどう割り振るか決定するのは王妃なのだ。ただし、王妃の独断で国の予算を動かすのは問題があるため、都度宰相と国王の承認を得る必要もある。

「かしこまりました。ブリュエット、わたくしが行って参りますね」

「ええ、お願いしますね、クラリス」

二人きりのときは砕けた口調でしゃべっても、王妃の前ではきちんと敬語を使わなくてはならない。普段よりも丁寧な言葉を心がけつつ、淑女として恥ずかしくない身のこなしをする。フェリシテもクラリスたち年若い侍女たちは行儀見習いとして預かっているため、このあたりは徹底して教え込まれるのだ。

クラリスは書類を受け取って、優雅さに気を配りながら静かに、けれど乱れないくらいの速足で部屋を出ていく。城はとても広いので、のんびり歩いていたらこの後の予定に差し支えるからだ。

王や妃、王子たちの私室がある区域と主に文官が執務を行っている区域は、同じ城の中でも分けられている。王妃の私室のある三階から二階に降りて、宰相が使っている執務室へ歩いていると、前方から豪奢な濃い紫色のドレスを身にまとった女性が歩いてくるのが見えた。

焦げ茶色の髪にオレンジ色の瞳の気の強そうな外見の女性の姿を見つけた途端、クラリスは慌てて足を止めて廊下の端に寄った。第二妃ジョアンヌである。ジョアンヌは気難しい性格で、少しでも気に入らなければ容赦なく叱責が飛んでくる。それが王妃の侍女であろうとおかまいなしだ。

クラリスが頭を下げてジョアンヌが通り過ぎるのを待っていると、ジョアンヌが足を止めた。

「あなたは王妃様のところの……。どちらへ向かうの？」

「宰相閣下のお部屋でございます、お妃様」

「そう……」

今日は機嫌がいいのか、ジョアンヌは鷹揚に頷く。

ジョアンヌはちらりとクラリスが持っている書類に目を留めて、にこりと笑った。

「その書類、わたくしが届けて差し上げましょう。ちょうどこれから宰相閣下のところへ行くのよ」

宰相の部屋から遠ざかるように歩いて来たのに、これから行くとは妙な話だった。

（この方、隙あらば王妃様を蹴落とそうとなさるところがあるから……）

この書類をジョアンヌに手渡せば、どうなるかわかったものではない。宰相の手元に届くかどうかも怪しいし、下手をすれば書類の内容を書き換えてフェリシテを非難する材料にされかねないのだ。

ジョアンヌの目的がすぐに推察できるほど怪しさ満点だったけれど、相手は第二妃である。クラリスが下手に逆らえば、今度はそれがもとでフェリシテを非難しに行くだろう。

フェリシテが国王と仲のいいことを妬み、邪魔に思っているジョアンヌは、過去にもさんざん嫌がらせをしてきたのだ。

（困ったわ……）

書類は渡せないが、安易に断ることもできない。

「どうしたの、早くお渡しなさい。わたくし、忙しいのよ」

クラリスがなかなか書類を差し出さないから、ジョアンヌは少々イライラしはじめた様子だった。

あまり待たせるとヒステリーを起こされかねない。クラリスはますます弱り果てた。

「その、王妃様から直接宰相閣下に手渡すように仰せつかっておりまして……」

フェリシテが渡してくるようにと指示を出したということはそういうことなのだ。

本来であれば、王妃の命令であることをほのめかせば、第二妃が食い下がるのはあり得ない。王妃の身分は特別なのだ。同じ妃であっても、王妃とそれ以下では格が違う。が、ジョアンヌは何を勘違いしているのか、王妃と自分が同等――もしくは自身の方が上であると思っているようで、クラリスの説明にムッと眉を寄せた。

「このわたくしが渡せと言っているのよ」

（やっぱり引き下がってくれなかったわね……）

むしろ、クラリスが必死に守ろうとする書類に余計に興味を持たれてしまったようだ。

（教会の修繕工事はかなりの予算が動くから、何が何でも死守しないと……）

腐っても第二妃。この書類を悪用し私腹を肥やすようなことはしないと思いたいが、はっきり言って、クラリスはジョアンヌが信用ならない。

それは、もしかしたら今から二年先の記憶が関係しているのかもしれなかった。

二年後にアレクシスが浮気心を起した相手はジョアンヌの一人娘なのだから。第一王女ウィージェニーの放った刺客によって殺されたクラリスは、どうしてもその母親であるジョアンヌにいい印象を抱けない。

まあ、その記憶がなくとも、いい印象は抱いてはいなかったのだが。

はしたないけれど走って逃げようか。

クラリスがそんな乱暴な方法を検討しはじめたそのとき、不意にジョアンヌが歩いて来た反対方向から、二人の男性が歩いてくるのが見えた。

（アレクシス様……と、グラシアン王太子殿下）

十九歳であるグラシアンは、すでに政治に参加している。騎士でありながらグラシアンの側近も務めているアレクシスの手に分厚い書類の束があるのを見ると、どこかの大臣に提出しに行くのか、それとも会議があるのかのどちらかだ。側近だけでなく王太子も動いたところを見るに、後者である線が濃厚だろうか。特に王太子が出向く予定がなければ、書類は文官が取りに来るか、側近が届けに行くからである。

「おや、第二妃。ここで何をしているんですか？」

にこやかに、けれども腹の底を見せない胡散臭い笑顔でグラシアンがジョアンヌに訊ねた。グラシアンは穏やかで優しい王太子だが、海千山千の大臣たちを相手に仕事をしているため、意外と狡猾な面も持っている。そうでなければ王太子や国王などやっていられないのだろう。

ジョアンヌはあからさまに嫌そうな顔をして、ぷいと顔をそむけた。

「別に、なんでもございませんわ。王妃様の侍女を見かけたので挨拶をしていただけですわ」

「そうですか。ならば、彼女を少し借りてもよろしいですか？　用事がありまして」

「……構いませんわ。わたくしもこのあと用事がありますから急いでおりますし。失礼いたしますわね」

　先ほど宰相に用事があると言ったのに、ジョアンヌは宰相の部屋とは逆の方へ逃げるように歩いて行く。

　クラリスがホッと息をつくと、グラシアンとアレクシスが近づいて来た。

「大丈夫？　絡まれていたんだろう？」

「ありがとうございます、殿下。宰相閣下にお届けする書類を渡せと言われて困っていたところだったんです」

「おやおやそれはまあ……。第二妃にも困ったものだね」

　第二妃が王妃を目の敵にしていることをグラシアンも知っている。そのため、王妃付きの侍女がジョアンヌや彼女の侍女に絡まれることも。

「アレクシス。彼女を宰相の部屋まで送ってあげてくれる？　私は先に会議室へ向かうよ」

　グラシアンがそう言って、アレクシスが持っていた書類の束をひょいっと受け取った。

　アレクシスが小さく笑って「かしこまりました」と頷くと、クラリスの背にそっと手を回した。

「いちゃいちゃせずに、送り届けたらすぐに会議室に戻って来るんだよ」

「いちゃい――」

　クラリスは真っ赤になった。こんな場所で何を言い出すのだ。それにクラリスはアレクシスといちゃいちゃするつもりはない。彼とは早々に婚約を解消する予定なのだ。

　慌てるクラリスに、グラシアンは「あはは」と笑いながら歩いて行く。

（もうっ――）

クラリスは赤い顔を隠すように俯いて、少し速足で宰相の部屋へ向けて歩き出した。そのあとをアレクシスがついてくる。

「嫌な思いはしなかった?」

一歩がクラリスの歩幅の倍くらいあるアレクシスでは、クラリスがどんなに急ごうと簡単に追いつかれる。

小声で訊ねられて、クラリスはちょっと顔をあげた。

「大丈夫です。……その、助かりましたわ」

グラシアンとアレクシスが来なければ、本当に困ったことになっていただろう。あのような場面でそつなく対応できるのが立派な淑女なのだろうが、クラリスにはまだ無理だった。もっと研鑽を積む必要がありそうだ。

「侍女の仕事は大変だろう? そろそろ辞して、結婚準備に専念しても――」

「ここで結構ですわ。送っていただきありがとうございました」

クラリスはわざとアレクシスの言葉を途中で遮って足を止めた。実際、目の前に宰相の部屋の扉がある。扉の前に立っている衛兵はアレクシスと仲がいいのだろうか、クラリスとアレクシスを交互に見てにやにやと笑っていた。

衛兵のにやにやした顔に恥ずかしさを覚えて、クラリスが逃げるように宰相への取次ぎを頼む。衛兵が中にいる宰相の側近に許可を得るのを待っていると、アレクシスが上体をかがめてクラリスの耳元にささやいた。

「結婚したら、すべての悪意から君を守ってあげられるのに……」

クラリスは、そのささやきを聞かなかったことにした。

入室許可が出たのでもう一度アレクシスに礼を言って、さっさと部屋の中に入る。

（何を言うのかしら。守ってなんてくれなかったじゃない……）

それどころか、二年先の未来でクラリスが殺されたのは、アレクシスのせいだ。

ずきりと胸の奥が痛くなったが、クラリスはその胸の痛みに目を背ける。

ぱたんと背後で扉が閉まる直前、アレクシスがどんな顔をしていたのかには気づかなかった。

☆

ぱたん、と目の前で扉が閉まった瞬間、アレクシスは重たいため息をついた。

「どうした、浮かない顔だな」

宰相の部屋の扉を守っている衛兵がそんなアレクシスに不思議そうな顔をする。

「もしかして、愛しの婚約者と喧嘩したのか？」

「……そんなところです」

認めるのも癪だが、こんな顔をしているところを見られては否定できない。

この衛兵はアレクシスより三つ年上の男爵家出身の男で、気さくで人懐っこい性格をしているのだが、いかんせん色恋沙汰に興味を示しすぎるのが問題だった。特に酔っぱらうとその方面で絡んでくる。アレクシスもお年頃なので、その手の話題に興味がないわけではないが、今は勤務中だしそんな気分ではなかった。

「喧嘩なら、花束でも贈って誠心誠意謝れば許してくれるだろ。早く仲直りしないと、こじらせると面倒くさいぞー?」

(そんなもので機嫌が直りそうなら苦労はしないんだ……)

昨日から、クラリスの様子がどうもおかしい。

純粋でどこかふわふわした雰囲気を持っていたクラリスが、妙に大人びた表情を見せるようになった。

それはそれで愛らしいのだが、問題は突如としてアレクシスとの婚約を解消したいと言い出したことにある。

(俺がいったい何をしたんだ……)

心当たりはまるでなかった。

アレクシスはクラリスを愛しているし、クラリスもそうであるはずだ。彼女は心の動きが表情に出やすいので、アレクシスへの好意は疑いようがない。相思相愛を確信していたアレクシスにとって、昨日の別れ話は寝耳に水だった。

何が悪かったのかも、見当もつかない。

しかも言うに事欠いて、アレクシスが将来浮気をするからと言い出したのだ。

(俺が将来浮気するなんて、どうしてクラリスにわかるんだ。というか、俺はそこまで信用されていなかったのか……)

絶望した。同時に、これほど愛しているのに、どうしてわかってくれないのだと腹が立った。

頑なに別れたいと言うクラリスに、心の奥からインクのようにどす黒い何かが溢れそうになり、いっそこのままどこかへ連れ去って閉じ込めてしまおうかという狂気めいた考えすら浮かんで、それがアレクシスをさらに戸惑わせた。

クラリスを泣かせたいわけではない。

でも、アレクシスから離れて行こうとするのならば、どこか遠くへ連れ去って、自分だけのクラリスにしてしまえばいいと、そんなほの暗い感情を覚えてしまったのだ。

「まあ、何にせよ、早く仲直りすることだな。頑張れよ」

ぽん、と肩を叩かれて、アレクシスは苦笑しつつ礼を言って歩き出す。

急がなければ、グラシアンが出席する会議がはじまってしまう。

（殿下も、どこか面白そうな顔をしていたし、まったく……）

昨日クラリスから別れ話をされたその足で、アレクシスはグラシアンの元へ向かった。クラリスが呼び出すのはよほどのことだろうと、仕事を途中で抜けてきたからだ。

戻ったアレクシスに、グラシアンは何があったのかと根掘り葉掘り聞いてきた。それだけアレクシスの顔色が悪かったのだろう。

アレクシスは自分の胸の中にとどめておけないほど動揺していたので、求められるままにクラリスから言われたことをグラシアンに説明した。

グラシアンは腕を組んで、難しい顔をし、そして最終的にこう結論付けた。

――あれだな、マリッジブルーとか言うやつだ。マチルダも最近急に機嫌が悪くなったりすることがあるんだが、それと一緒だろう。

マリッジブルーで別れ話をされてはたまったものではないが、それ以外の仮説は立てられなかった。

そして、グラシアンはクラリスが結婚に何かしらの不安を覚えているのだろうから、できる限りそばについていてやれと、アレクシスの仕事を調整してくれたのだ。

おかげで朝はいつもより遅く出勤し、夕方もいつもより早く帰宅できるようになった。クラリスの送り迎えが可能になったカラクリはこれだった。アレクシスは騎士ではあるがグラシアン付きなので、仕事の時間の調整はグラシアンの采配でどうにでもなるのだ。ありがたいことである。

（はあ……浮気なんてしないのに……）

アレクシスには一生クラリスだけだ。根拠はないが、彼女しか愛さないだろうという自信がアレクシスにはある。それだけクラリスが好きなのだ。

心はどんよりしつつも表情を取り繕って会議室へ急いでいると、「あら」と華やかな声が聞こえてきた。会議室の前で足を止めてこちらを見ているのはウィージェニー王女だった。

「王女殿下も会議に参加なさるのですね」

王女は本来であれば政には参加しないものだが、王子がグラシアン一人しかいないのを理由に、ウィージェニー自身が国王に仕事をしたいと進言したらしい。建前上は「お兄様をお手伝いしたいので」と言っていたらしいが、さて、本心はどこにあるのだろう。本当にグラシアンを手伝いたいと思っているのか、あるいは他の思惑があるのか――今のところその目的は定かになっていないから、どうしても警戒してしまう。ロベリウス国では、王女にも王位継承権が与えられるからだ。隙あらば王妃を蹴落とそうとしているジョアンヌの娘であるウィージェニーが、王太子を失脚させようと考えていないとどうして言えようか。

ウィージェニーは「ふふ」と華やかな笑みを浮かべた。

「そうなの。今日の議題は地方の医療問題でしょう？　王都と地方での医療技術の格差問題にはわたくしも興味があるから、参加させてもらうの」

この王女の思惑がどうであれ、彼女の頭の回転が速いことは確かだ。医療技術の格差問題の提言は、一年前、ウィージェニーが議題に挙げた。各地に総合医療が行える機関を建てる、国で医師を雇って技術を磨かせ各地に派遣するなど彼女が出した案は多岐にわたり、すぐに行動に移せるものではなかったが、こうして少しずつ前進している。その責任者にはグラシアンが任ぜられたが、内心でそれを面白く思っていないのか、それとも自身の出した案がどこに着地するのかを見届けたいのか、この議題の会議にはウィージェニーは頻繁に顔を出していた。

王女を差し置いて入室するわけにはいかないので、ウィージェニーが会議室へ入るのを待っていると、彼女は何故かこちらに向かって歩いて来た。

「顔色が悪いわ。目の下に隈がある。昨日、眠れなかったのかしら？」

そう言って、ウィージェニーがアレクシスの頬に手を伸ばす。

急に頬に触れられて、アレクシスは瞠目した。クラリスと手をつないだり彼女を抱きしめたりすることは大好きだが、他の女性と触れあうのはどうも苦手で慣れないのだ。

パーティーでも、クラリス以外の女性とは、誘われても踊らない徹底ぶりなのである。

「王女殿下――」

困惑して離れようとしたとき、ふわりと甘い香りが鼻腔をくすぐった。ウィージェニーの香水だろうか。その香りを嗅いだ瞬間、軽い眩暈を覚えてよろめいてしまう。

「あら、本当に大丈夫？」

よろめいたアレクシスを抱きしめるような体勢になったウィージェニーが、微笑みながら訊ねてくる。

どうしてだろう、これ以上彼女のそばにいるのは危険な気がした。

アレクシスはくらくらする頭を片手で押さえながら、一歩退く。

「ご心配をおかけいたしました。そろそろ会議がはじまる時間です。急ぎましょう」

「そうね……」

ウィージェニーは十六歳という年齢に不似合いなほど艶然とした笑みを浮かべて、くるりと踵を返す。

彼女が去って行っても甘い香りはなかなか離れてくれず、アレクシスは確かに昨日は眠れなかったから、疲れが出たのかもしれないなと、眉間をもみほぐしたのだった。

☆

午後になって、エディンソン公爵夫人とマチルダがやって来た。

未来の王太子妃であるマチルダは、クラリスと一歳しか違わないのに所作が洗練されていてとても気品がある。

ロベリウス国の国王は一夫多妻であるため、グラシアンがマチルダと結婚したのちに側妃を娶る可能性がないわけではないが、今のところそんな風には思えないほど二人は仲睦まじい。

（二年後も、グラシアン殿下は側妃を娶っていなかったし、本当に仲がよかったから……もしかした

ら、建国以来例を見ない、側妃のいない国王陛下になるかもしれないわね）

国王が側妃を娶るのには世継ぎ問題が大きく関係している。

現王が第二妃を娶ったのも、結婚後一年経ってもフェリシテに懐妊の兆しがなかったというのが大きかったそうだ。ジョアンヌを娶って少ししてフェリシテはグラシアンを身ごもったが、もともと妊娠しにくい体質なのか、国王の方の体質の問題なのか、グラシアン以外の子を孕むことはなかった。

しかしマチルダは、クラリスの記憶ではグラシアンと結婚して半年で懐妊し、クラリスが死ぬ二年後も、ちょうど二人目を懐妊中だった。世継ぎ問題に不安がないため、グラシアンが側妃を娶らずとも問題ないのだ。

「どうしたの、マチルダ。浮かない顔をしているわね」

お茶会がはじまって、クラリスはブリュエットとともに少し離れたところに控えていると、フェリシテが心配そうにマチルダに訊ねた。

何でもありませんわとマチルダは微笑んだが、母親のエディンソン公爵夫人が困ったような顔をしてばらしてしまう。

「この子ったら、今から殿下の側妃様問題を憂いているんですのよ」

「お母様」

マチルダが非難めいた顔をしたが、エディンソン公爵夫人は肩をすくめるだけだ。

フェリシテが目を丸くして、それから頬に手を当てておっとりと微笑んだ。

「それればかりはわたくしには何とも言えないけれど……、あの子にはマチルダの他に心を傾けている子がいるのかしら」

二年後でもあれだけ仲睦まじいのだからいるはずがない、とクラリスは思ったがもちろん口には出せない。

（二年後にも誰も側妃を娶らず、マチルダ様だけを大切にしていますよって教えてあげたい……）

結婚前だから余計に不安になるのか、表情を曇らせているマチルダに、クラリスはできることなら未来のことを話して聞かせたくなったがぐっと我慢する。そんなことを言えば訝しがられるし、おそらく信じてもらえず、適当なことを言うなと叱責されるだろう。それに下手なことを言った結果、未来が変わることだってある。現にクラリスは、二年後に殺されないよう、アレクシスとの婚約を解消しようと画策しているのだ。

「いえ、そのようなことは……。わたくしの心が弱いだけですから」

「そう？　結婚前ですものね。わたくしも、陛下との結婚前にはいろいろ考えすぎて一喜一憂したものだわ」

「王妃様もですの？　わたくしも夫と結婚する前は思い悩んだこともありましたわ。ふふ、花嫁になる前の通過儀礼のようなものですわね」

エディンソン公爵夫人もころころと笑う。

（そういうものなのね。わたしは、ただただ幸せだったけど……）

クラリスがアレクシスと結婚するのは今から一年後。未来の記憶から考えるならば殺される一年前のことだ。結婚準備も結婚式も、幸せで、嬉しくて仕方がなかった記憶しかない。

（ま、アレクシス様とはもう結婚なんてしないけど！）

結婚式が幸せでもその一年後に不幸のどん底に叩き落されるのだから、もう二度と彼とは結婚したくない。

クラリスがそんなことを考えている間にも、三人は会話に花を咲かせて楽しそうにしていた。側妃問題の話題は終わったらしい。

「そうそう、もうじき花をめでる会ですわね」

エディンソン公爵夫人が思い出したように軽く手を叩いた。

花をめでる会とは、春の半ばに開かれる城の年間行事だ。ロベリウス国では、妃がそれぞれ城の敷地内に温室を所有していて、そこで一年間大切に育てた花を披露する場である。

現国王にはフェリシテとジョアンヌの二人の妃しかいないが、王が権力の象徴として大勢の妃を抱えていた遥か昔より続く伝統ある行事だ。今ではだいぶその意味合いは薄れてきているが、花をめでる会は妃たちの寵取り合戦なのである。花をめでる会で一番美しい花を育てた妃は、王が一週間その妃の元ですごすという特権が与えられるのだ。

（といっても、陛下の寵愛は王妃様に傾いていらっしゃるから、今更なんだけどね）

国王は昔からフェリシテを大切にしている。花をめでる会でも、クラリスが知る限りフェリシテが育てた花が選ばれていた。もっとも、純粋にフェリシテが育てた花が素晴らしいというのもあるのだが。ゆえに、ジョアンヌは毎年躍起になって珍しい花を集めては、国王の寵愛を得ようと必死になっていると聞く。

「ふふ、今年の花たちもとても可愛らしく咲いているのよ」

妃が二人しかいないので、それぞれ数種類の花を飾る。フェリシテは薔薇が好きで、毎年自身で品種改良した薔薇を展示していた。クラリスの記憶によれば、今年は数年前から丹精込めて育てていた虹色の薔薇がついに花をめでる会に出せるまでに成長したので、それをメインに数種類の薔薇を展示するはずだ。クラリスたち侍女も総出で手伝うことになるが、今からとても楽しみだった。

（虹色の薔薇は、虹のような七色ってわけじゃないんだけど、濃い紫色から薄いピンク色のグラデーションが見事なのよね）

花の中心が濃い紫色で、そこからだんだんと色が薄くなり、花弁の縁は薄いピンクや白になる大輪の薔薇だ。不思議な色合いの薔薇で、フェリシテがいろいろな薔薇を掛け合わせて品種改良している際に偶然出来たものなのだ。

「グラシアンと結婚したらマチルダにも温室が与えられることだし、来年からは一緒に楽しめるかしらね」

「そうですわね。待ち遠しいですわ」

王太子妃であるマチルダは、グラシアンが即位するまでは義母であるフェリシテと一緒に参加する。その際にマチルダが育てた花はフェリシテが飾るスペースに一緒に飾られるのだ。

ちなみに、王女の参戦も認められるので、去年からウィージェニーも母であるジョアンヌとともに花を展示している。ウィージェニーの花が選ばれたらジョアンヌの手柄になると言うわけだ。

（記憶では、今年もフェリシテ様の花が選ばれるのよね）

今年の一番の花に選ばれるのはフェリシテの虹色の薔薇だ。未来がわかっているからこそ、安心して準備が進められる。

（わたしが花をめでる会に関わるのは今年が最後だから……勝ち負けに関係なく、準備はしっかりしないとね）

記憶では、今から半年後に、クラリスは結婚準備のために侍女を辞すのだ。できることならこのままずっと侍女を続けていたいのに——とそこまで考えたとき、クラリスの脳内に天啓がひらめいた。

（そうよ！　その手があったわ‼）

これで、アレクシスとの結婚は回避できるはず。

クラリスはフェリシテたちの会話に耳を傾けつつ、心の中でほくそ笑んだ。

二　王妃様に侍女を辞めたくないと言ってみた

「なんだか機嫌がよさそうだね」

王城からの帰りの馬車の中。

アレクシスが若干の訝しさを含んだ声でそんなことを言った。

帰宅するころに迎えに来ると宣言した通り、クラリスが侍女の仕事を終える夕方にアレクシスが迎えに来た。

そして、なんと明日から送り迎えをすると勝手に決められたのだが、まあいい。今のクラリスはアレクシスに言い当てられた通り機嫌がいいのだ。

（ふふん、婚約を解消してくれないなら、結婚をずるずると先延ばしにすればいいだけの話なのよ）

クラリスは考えたのだ。

記憶ではクラリスは半年後に結婚準備のために侍女を辞める。が、もし辞めなかったらどうなるのだろうか、と。

（王妃様にお願いして侍女を続けさせてもらえば、結婚を先延ばしにできるかもしれないもの）

侍女を続けると結婚できないというわけではないけれど、アレクシスの場合、クラリスと結婚するということはブラントーム伯爵家の婿になって跡を継ぐ準備をはじめるということである。クラリスの父に伯爵家のことを学ぶため忙しくなり、クラリスもアレクシスを支える仕事を求められる。

実際、結婚後はそうだった。アレクシスについて領地へ行ったり来たりし、忙しい日々を送っていたのだ。

しかしクラリスが侍女を辞めなければ、アレクシスとともに領地の細々とした仕事をすることができない。すると結果として、侍女を辞められる時期まで結婚が延期される可能性が出てくる。

安直と言われるかもしれないが、これが意外とうまくいくはずなのだ。

問題は侍女を続けさせてもらえるかどうかだが、クラリスが辞す予定の三カ月前にブリュエットが結婚準備で侍女を辞める。レオニー夫人以外の侍女はみんな入って日が浅く、ブリュエットの次の古参がクラリスなのだ。勝手を知っている侍女が一度に抜けるのはフェリシテとしても困るはず。だから交渉の余地はある！

（いつまでも逃げ回っていたらそのうち諦めてくれるわよ）

クラリスが結婚しなければブラントーム伯爵家の跡継ぎに困るが、伯爵家ともなれば親戚なんて吐いて捨てるほどいる。叔父か叔母のところから養子を取るなりすればいいのだ。

アレクシスとの結婚を回避し、いまだに胸の内に強く残っている彼への恋心が鎮火するのを見計らって、クラリスが親戚の誰かと結婚したっていい。アレクシスと結婚さえしなければ、裏切られることも殺されることもないはずなのだから。

「何かいいことがあったの？」

ほくほくと思考に没頭していると、アレクシスがにこにこしながら手を握ってきた。

朝のほの暗い色をした瞳は鳴りを潜め、いつもの優しい彼の碧い瞳に戻っている。

「何があったの？　教えてよ、クラリス」

いつも通りの優しい彼についドキドキしてしまうのが悔しい。

「な、なんでもありませんわ」

顔が赤くなりそうになって、クラリスは馬車の窓外を見るふりをして顔をそむけた。

「秘密にしなくてもいいだろう？　ねえ、教えてよ」

教えてと言われても、アレクシスとの結婚を先延ばしにする方法を考えていたなどと言えるはずがない。そんなことを言おうものならアレクシスが激怒して、意地でも阻止しようとするだろうからだ。

「……花をめでる会のことを考えていただけです」

他に適当な話題がないので、クラリスは苦し紛れに言ったが、アレクシスはあっさり騙されてくれた。

「ああ、もうすぐだね。当日は俺も殿下について出席するよ」

花をめでる会は王族以外にも、貴族が大勢やって来る。妃たちが育てた花を観賞する以外に、お茶やお菓子が出されるので、規模の大きなガーデンパーティーのようなものなのだ。

「今年はどんな花を展示するの？」

「まだわかりません」

情報が漏れるといけないので、どの花を飾るかはギリギリまで知らせない。未来の記憶があるためクラリスは虹色の薔薇を展示すると知っているが、本当ならばまだ教えられていないのだ。そして、教えられたあとも侍女たちには秘密保持の義務がある。いくら婚約者と言えども秘密は教えられない。

「でも、今年もクラリスは花を頭に飾って参加するんだろう？」

「それは……そうなると思います」

花をめでる会では、妃は頭に生花を飾るのが習わしだ。フェリシテはどうせならみんなで楽しみましょうと、例年侍女にも生花を飾らせる。

「去年は百合を飾っていたよね？　今年はどうするの？」

「王妃様に合わせることになると思います」

記憶では、フェリシテは今年は髪に虹色の薔薇を飾る。侍女たちはそれに合わせて色とりどりの薔薇を髪に挿すはずである。

「俺が送った花を飾ってもらえればいいのに……」

アレクシスがそう言って、クラリスの焦げ茶色の髪に触れた。恭しく一房を手に取ると、髪にチュッと口づける。

髪には神経は通ってないはずなのに、ビリッと体がしびれたような不思議な感じがした。

（……どうしてこういうことをするの？）

クラリスは早くアレクシスへの恋心を消し去って、彼と婚約を解消したい。それなのに、こんなにドキドキすることをされたら、一生懸命封印している恋心が溢れ出してきそうになる。

いったいどこで間違ってしまったのだろう――、考えたところで仕方のない問いが、頭の中をよぎりそうになるのだ。

どうしてアレクシスは、未来で心変わりをしたのか。

どうすればアレクシスの心をウィージェニーに奪われずにすんだのか。

もしかして、クラリスが悪かったのだろうか。

いつから、アレクシスはクラリスから心が離れはじめたのだろう――

そんなこと、いくら未来の記憶があるからってわかるはずがない。

クラリスが知っているのは事実だけで、アレクシスの心はわからないからだ。

アレクシスが心変わりしない方法を見つけることができたら、もしかしたら幸せな結婚生活が送れるのではなかろうかと、弱い自分が逃げようとする。

殺されたときの恨みや絶望が胸の中で渦巻いているのと同時に、ずっと抱え続けてきた恋心もまた、同じように存在しているから。

今目の前にいるアレクシスは、クラリスのことを確かに愛してくれているのだろう。

だからこそ、揺れてしまう。甘えたくなってしまう。

(しっかりしないと……また同じ未来を迎えるの?)

アレクシスはまだクラリスの髪をもてあそんでいる。

拒絶しないといけないのに今声を出すと震えてしまいそうで、クラリスはせめてもの抵抗にそっと目を閉じた。

☆

「あら、まあ。アレクシスと喧嘩したの?」

翌朝。

宣言通り迎えに来たアレクシスとともに登城して、フェリシテの手が空いているときに今後も侍女を続けたい旨を伝えたところ、フェリシテがきょとんとしたように首を傾げた。

「それはわたくしも助かるけど……でも、ちゃんとアレクシスと相談した？　そういうことはきちんと婚約者と話し合わないとダメよ？」

フェリシテの言い分はもっともだったが、相談すれば反対されるに決まっている。

クラリスが言葉に詰まると、フェリシテは困った娘を見るような優しい顔で言った。

「結婚前って、些細なことで喧嘩したりするものよねえ。でも、そういうのを一つずつ乗り越えて絆が強くなっていくのだとわたくしは思うわ」

「そう、かもしれませんけど……」

沈痛な顔をしたクラリスに、フェリシテが小さく笑う。

「そう思いつめた顔をするものではないわ。続けてくれるならわたくしは大歓迎よ？　クラリスがアレクシスに相談もなしにそんなことを言い出すなんて、何か事情があるのだろうし。ひとまず、半年先に退職しないかもしれないことだけ念頭に置いておくわね。でも、やっぱり予定通り辞めると言っても大丈夫だから、思いつめずに少し時間をかけて答えを出しなさいな」

「はい……」

「困ったらいつでも相談に乗るから。……ほら。気晴らしと言うわけでもないけど、温室の花に水をあげて来てくれる？」

「かしこまりました」

これ以上は食い下がっても無理だろう。フェリシテに断られなかっただけよしとすることにして、どのように説得するかはゆっくり考えればいい。

（アレクシス様によくない噂の一つでもあればそれが理由にできるんだけど……）

今のところそんな噂の一つもないから困る。

クラリスは一度侍女の控室に戻り、花粉でドレスが汚れないようにエプロンを身に着けると温室へ向かった。

温室は広大な庭のあちこちに点在している。かつて妃が多かったときの名残で残っているので、妃が少ない現在では使われていないものもいくつかあった。一部は庭師が花の苗を育てたり、寒さに弱い花を冬に避難させるのに使っていたりする。

フェリシテが使っている温室は城の裏庭の東だ。

この温室は代々王妃に受け継がれていて、数ある温室の中で一番大きい。

ジョアンヌは温室の大きさで不利だと騒いで、西側の温室を二つ所有しているが、ウィージェニーが参戦したことでより人数で有利になったのについては何も言わない。自分に都合がいいときは黙るのだ。

（あの方、フェリシテ様がいなければ自分が王妃に選ばれていたと思っているから、余計に面倒くさいのよね）

表立って妃の悪口は言えないが、フェリシテの侍女仲間の間だけではなく、メイドや女官の中にもジョアンヌの行動に頭を悩ませている人は多い。

第二妃に選ばれるだけあって、ジョアンヌは侯爵家の出身だ。とはいえ、国王に縁付かせるため遠縁の伯爵家から侯爵家の養女になったのだが、当時国王の年齢と釣り合う女性は公爵家の中ではフェリシテしかおらず、フェリシテがいなければ侯爵家以下の令嬢が選ばれていた。そういう理由もあってか、ジョアンヌはフェリシテがいなければ自分が王妃だったと思い込んでいる。

必ずしも、第二妃に選ばれた女性に王妃の素質があるかと言えばそう言うわけではないのだが、妃が他にいない現王の治世でそう勘違いするのも仕方がないのかもしれない。

（フェリシテ様は幼いころから王妃になるべく教育を受けてきた方だもの。はっきり言って格が違うんだけどね）

　これも口には出せないが、城で働く大勢の使用人はそう思っている。

　ジョアンヌが嫁いできた際、彼女に王妃に準ずる教育をしなかったのは、フェリシテの身に何かが起こったとしても、ジョアンヌを王妃に繰り上げることはないという国王の意思表示だと思うのだが、ジョアンヌは勝手にフェリシテの陰謀だと決めつけているのだ。やれやれである。

　クラリスの記憶では、今年の花をめでる会でまたしてもフェリシテに負けて、毎年フェリシテの花が選ばれるのは何かの策略だとジョアンヌは騒ぎ立てる。それがきっかけで、社交界の一部の第二妃派閥が便乗してひと悶着あるのだ。

（……そうだったわ。そんな面倒くさい騒動があるのをすっかり忘れていたわ）

　春になって社交シーズンも終わりに差しかかっていたおかげか、騒動はそれほど大きくならずに沈静化するのだが、第二妃の実家とその親戚が卑怯な手を使うフェリシテは王妃にふさわしくないと言い出したせいで、フェリシテの子であるグラシアンにまで飛び火したのだ。卑怯なフェリシテが産んだグラシアンが果たして王太子にふさわしいのかと噂にまでなったのである。

　ただ、フェリシテもそうだがグラシアンも国民人気が高く人望も厚いため、彼に大きなダメージはなかったのだが。

（ああ、嫌なことを思い出しちゃった。二年前に戻って来ちゃったってことは、またあの気分の悪い噂を聞くことになるのね……）

温室の外で水を準備し、中に入る。

春先はまだ朝夕が冷えるので、温室の中にはボイラーが焚かれていた。そのため湿度が高くて温かい。

フェリシテが管理する温室には、十数種類の薔薇の他に、様々な花が育てられている。ジョアンヌは珍しい花を取り寄せては育てているが、フェリシテは自分で品種改良していくのが好きな人で、薔薇以外にも彼女が掛け合わせたここにしかない花がたくさんあるのだ。

(紫陽花も綺麗に咲いているわ)

温室の一画には、色とりどりの紫陽花が毯のような花を咲かせていた。

他にも、百合や蘭が複数種類、珍しいものではサボテンもある。頻繁に水を与えると枯れてしまうサボテンや蘭の種類には水を与えなくていいと言われているので、クラリスはそれ以外の植物に丁寧に水をあげていく。

花をめでる会にあわせて花が咲くように管理されているので、今が一番、温室が華やかな時期だ。

王妃が何年もかけて育て上げた虹色の薔薇は、さぞ人目を惹くだろう。

(確か、ウィージェニー様がすごく香りのいい珍しい花を用意していたけど、虹色の薔薇にはかなわなかったものね)

母親に似て、ウィージェニーも珍しい植物の収集家だ。どこで仕入れて来るのか、ジョアンヌよりも珍しい植物を多く育てている。

ウィージェニーの華やかな顔を思い浮かべて、クラリスはそっと胸を押さえた。

十六歳という年齢の割に大人っぽい外見のウィージェニーは、花をめでる会にも華やかで豪華な衣装を身にまとって現れて周囲の注目を集める。

（もしかしたら、アレクシス様がウィージェニー王女に興味を持つのは、花をめでる会がきっかけなのかしら……？）

そんなことを思うくらいに、記憶の中のウィージェニーは華やかだった。

（花をめでる会は楽しみではあるけど、楽しいだけの気分ではいられないわね……）

未来の記憶を持っていると、この先に起こることがわかるからか、純粋に楽しめない。死ぬ未来を回避するために記憶がなければいいとは思わないけれど、クラリスはちょっぴり憂鬱だった。

☆

「お前、いったい何をしてクラリスを怒らせたんだ？」

グラシアンが休憩すると言うのでアレクシスがつき合っていると、彼は唐突にそんなことを言った。

グラシアンの執務室に用意された紅茶を飲みながら、アレクシスが肩をすくめる。休憩を理由にグラシアンの補佐をしている文官たちは追い出されたので、部屋の中にはグラシアンとアレクシスの二人だけである。

「だから、わからないって言ってるじゃないですか」

クラリスが急に別れたいと言い出したということは、何かしらの原因があるとはアレクシスも思っているが、それが何なのかはいまだにさっぱりわからないのだ。

「だがなぁ、侍女を辞めたくないとまで言い出したってことは、よほどお前との結婚が嫌なんだとしか思えないんだが」

「は？」

アレクシスはティーカップを持ったまま動作を止めた。

「今なんておっしゃいました？」

「だから、お前との結婚が嫌なんだとしか――」

「そっちじゃなくて！」

「ああ。クラリスは侍女を辞めたくないと母上に言ったらしい」

「なんですって？」

アレクシスは茫然とした。

侍女を辞めたくないということは、少なくとも予定している一年後に結婚をするつもりがないということと同意である。

クラリスの場合は、結婚と同時にアレクシスがブラントーム伯爵家を継ぐ準備に入る。妻として、そして伯爵家の一人娘として、クラリスはアレクシスについて伯爵領を行ったり来たりすることになるのだ。とてもではないが、侍女を続けることはできない。

「聞いていませんよ……」

「そりゃあ、お前に言えば反対されるからじゃないのか？」

「だからって！」

そんな重要な問題を、こそこそと裏で画策されていたという事実に動揺してしまう。それと同時に、クラリスから別れ話をされてから時折感じるほの暗い感情が胸の奥から溢れ出しそうになった。

「おい、怖い顔になっているぞ。その顔を見せたらクラリスが怯えるだろうから気をつけろよ」

「……わかっています」

うっかりクラリスの前で怖い顔をしてしまったことはあるが、アレクシスだって愛しい婚約者を怯えさせるのは本意ではない。できることならこのほの暗い感情もクラリスの前では封印しておきたいのだ。けれど、自分の意思で止められないことだってある。

(でも、侍女を辞めたくないなんて……)

アレクシスが婚約解消に同意しなかったから、強硬手段に出たのだろうか。そうすればアレクシスがクラリスを諦めるとでも？

(逃げるなら地獄の果てまで追いかけるって、言っただろう？)

逃げようとしても絶対に逃がさない。クラリスの前でしっかり宣言したのに、彼女はそれをきちんと理解していなかったようだ。

「だから、そんな顔するなって。母上はその話は保留にしてお前に相談するように言ったらしいから、どこかできちんと話し合って、妙なわだかまりが残らないようにしろよ？」

「ええ、わかっています」

アレクシスだってこのままではいけないことくらいわかっていた。だが、原因が何もわからないから困っているのだ。

(触れると赤くなるし、俺への気持ちが冷めたわけではないと思うんだが)

嫌悪されているわけでもないはずだ。

(愛情表現が足りなかったのだろうか……？)

クラリスへの気持ちは隠したことはないが、アレクシスも忙しい身だ。仕事で会えない日が続いたこともある。もしかして、それが原因なのだろうか？　だが今は、グラシアンの計らいでクラリスと会える時間が増えたし、結婚したら騎士の仕事は辞めるから、一緒にいられる時間はぐんと増えるわけで——そう考えると時間が理由ではない気もする。

「まあいい。侍女の仕事の件はクラリスから直接聞け。それで、例の件だが——」

グラシアンが声の調子を落とすと、アレクシスも表情を引き締めた。

「何か動きが？」

「ああ。そろそろ仕掛けてくるだろうなとは思っていたが、予想通りだな」

「マチルダ様の方に接触があると困りますから、輿入れ前ですが護衛騎士の手配もした方がいいかもしれませんね」

「ああ。信用のおける女性騎士を数名つけてくれ」

「かしこまりました」

グラシアンは指先で眉間をもみながら、はあと息を吐きだした。

「さっさと尻尾を出してくれれば動きやすいのに、あれはなかなか狡猾で困る」

「こちらから仕掛けますか？」

「いや、下手につついて警戒されるとやりにくくなるからまだいい。マチルダの安全を最優先にしてくれ。私に嫁ぐんだ、否が応でも巻き込まれる」

「このことはマチルダ様には？」

「言っていない。言う必要もない」

言えば怯えさせるだけだというグラシアンに、アレクシスはもっともだなと頷く。もし自分がグラシアンと同じ立場でも、クラリスには何も教えなかっただろう。

アレクシスはふとグラシアンの執務机の上に置かれている一輪挿しに目をやった。

(もうじき花をめでる会か。……何事もないといいんだが)

大勢の貴族が集まる場で、表立って騒ぎを起こすようなことはないと思いたいが、フェリシテの侍女として花をめでる会に参加するクラリスがいるからか、どうしても不安に思ってしまう。

(念のため、花をめでる会の警備は厳重にしておくか)

花をめでる会は二週間後。

来週には会場となる城の前庭の設営がはじまる。

妙な仕掛けをされないように、設営段階から騎士を配置していた方がよさそうだ。

(騎士団長に相談してみるか)

騎士団長は普段は国王の護衛任務についている。安全のためだと告げれば、手の空いている騎士を派遣してくれるだろう。国王や妃たちが参加する催し物は特に気を遣うので、怪訝にも思うまい。

(クラリスのことだけ考えていたいのに、そうもいかないから嫌になるな)

アレクシスはこっそりと嘆息した。

三　切り刻まれた花

城の前庭で、花をめでる会の設営がはじまった。

花を温室から運び出すのは花をめでる会の前日の作業だが、その前に、花を飾る台やテーブル、テントなどのセッティングをする。その他にも花をめでる会にあわせて前庭の花壇を整えたり、灌木を刈り込んだり、芝生を整えたりするため、作業者が大勢出入りすることになるのだ。

台を組み立てる金槌の音が響きはじめると、花をめでる会の開催が近くなったと実感する。

前庭での設営がはじまると、妃たちも展示する花の最終調整に入った。

クラリスもフェリシテとともに温室へ向かい、花を剪定したり、鉢についた土汚れを落としたりといった作業を手伝うので、普段よりもちょっぴり忙しくなるのだ。

より華やかに見えるように、鉢をリボンで飾ったり、花の角度を調整するために支柱を立てたりしていると、フェリシテがレオニー夫人に鉢を運び出す指示を出していた。

「もう花を運び出すんですか？」

クラリスが手伝おうとすると、レオニー夫人が微笑んで首を振った。

「庭にではなくて、王妃様のお部屋に少し持って行くんですよ。このあたりの花は大丈夫ですけど、虹色の薔薇を含めた数種類の薔薇と蘭は、外気に慣らすという意味もあって王妃様のお部屋で開催日まで管理するんです。ほら、今年は例年より少し気温が低いでしょう？」

急激な温度変化に弱い花は、一度温室から出して、王妃の部屋で温度変化に慣らすらしい。去年はそのようなことはしなかったので、今年の外気温を見ての判断なのだろう。虹色の薔薇は特に気を遣うようなので、万全の状態で展示するためだろうと思う。

レオニー夫人が指した鉢植えは七つあった。重たいので城までは台車を使い、階段は二人がかりで抱えて上ることになる。

「ブリュエットとクラリスはここで王妃様のお手伝いをしていてくださる？　二人は去年も準備に参加していたから慣れているでしょうし」

レオニー夫人がブリュエットとクラリス以外の侍女仲間に指示を出し、鉢を運び出した。

枯れた花を丁寧に取り除いていたフェリシテが、「運び出した花以外には何を飾ろうかしら」と楽しそうに目を細める。

フェリシテはたくさんの花を育てているので、とてもではないが全部展示することはできないのだ。

「飾る予定の七つの花は濃い色合いのものばかりでしたから、残りは淡い色合いのものを選ばれてもいいかもしれませんね」

ブリュエットが真っ白な大輪の百合の花粉を丁寧に取り除きながら言う。百合の花粉は目立つし、服が汚れるので、品種改良する以外の百合の花からはすべて花粉を取り除くのだ。

「そうねえ。だったらその百合と、あと淡いピンクの百合。それから黄緑色の紫陽花も、他の花を邪魔しなくていいかもしれないわね」

フェリシテが指示を出した花の鉢植えをブリュエットとともに避けていく。避けた鉢植えの鉢をクラリスが磨いて、ブリュエットがリボンを巻き、それが終わると展示に使う花は一カ所に固められた。

クラリスたちがせっせと作業していると「やってるな」という楽しそうな声とともに侍従を伴って

国王が温室に顔を出した。

「へ、陛下！」

クラリスとブリュエットが慌てて手を止めて腰を折ると、「構わず続けてくれ」と手を振って、国王がフェリシテのそばによる。

「今年は百合と紫陽花か？」

「薔薇と蘭もありますわ」

「そうか。そなたの展示は毎年華やかだからな、楽しみだ」

国王夫妻が仲睦まじく話しているのを聞きながら、クラリスは作業を再開した。

（本当、お二人は仲がいいわね）

フェリシテが、展示に使わない百合の花をいくつか切って国王に渡している。侍従が代わりに受け取ろうとしたが、「私が持とう」と言って王自身が受け取った。

侍従が弱り顔で「このあと第二妃様の温室へ向かうのでは……？」と控えめに進言するが、国王は気にしたそぶりもない。ジョアンヌは、国王がフェリシテの育てた花を持っていると、自分より先にフェリシテの温室へ行ったのだと機嫌が悪くなるだろうが、いいのだろうか。

（まあ、さすがに陛下相手に当たり散らしたりはしないでしょうけど……）

ジョアンヌは自分よりフェリシテが優先されるのが気に入らないのだが、さすがに国王に対して自分を優先しろとは言えないはずだ。だが、代わりに侍従が八つ当たりされるのだろう。侍従の顔色は悪い。

長居しようとする国王を侍従が急かすと、残念そうな顔で国王が温室から出て行った。ジョアンヌの温室へ行かなければならないのに加えて、このあとの予定も詰まっているらしい。

「さてと、次の予定まで時間があるから、予備の鉢植えも選んでしまいましょうか」

避けた鉢植え以外に、フェリシテが指示した鉢を別の場所に固めていく。花をめでる会は二週間後なので、それまでに選んだ鉢の花が枯れはじめることがある。そういうときに予備の鉢植えから出すのだ。

予備の鉢植えもリボンで飾り、レオニー夫人たちが鉢を運び出す作業も終わると、クラリスたちは温室に施錠をして城に戻る。

(今のところ、記憶にある通りに進んでいるわね)

記憶通りということは、花をめでる会のあとでジョアンヌが引き起こす迷惑な騒動も起こるのだろう。

(なんとか防ぎたいところだけど、陛下は王妃様の花を選ぶでしょうから、止めるのは無理かしらね)

未来は予定通りに進んでいく――

まさか三日後、未来の記憶にはない事件が起こるとは、このときのクラリスはこれっぽっちも考えていなかった。

☆

「温室の花が切り刻まれていた⁉」

(そんな事件、記憶にないわ‼)

三日後、例のごとくアレクシスとともに登城し、侍女の控室に入ったクラリスは、ブリュエットからの報告に思わず大声をあげてしまった。

「しー！　声が大きいわ！」

すかさずブリュエットに注意されて、クラリスは両手で口を押さえる。

「切り刻まれていたってどういうこと？」

声を落として訊ねると、ブリュエットはクラリスと自分以外誰もいない控室に注意深く視線を這わせて言った。

「昨日のことよ。昨日は暖かかったから、空気を入れ替えるために日中だけ温室の窓を少し開けていたの。それを閉めるために夕方に温室に向かったら、温室の鍵が中からあけられていて、花をめでる会に出す予定の花と予備の花が全部切り落とされていたのよ」

クラリスは昨日、休みだった。休みの間にそんなことがあったなんてと驚いていると、ブリュエットが悔しそうに唇をかむ。

「絶対に第二妃様の仕業だと思うのよ。だって第二妃様以外、そんなことをして得をする人なんていないもの。なのに王妃様はことを荒立てたくないからって、事件のことは内緒にするって言うの」

「そんな……」

「わたくし悔しくって！　王妃様はこのまま様子見するつもりみたいだけど、また侵入されて残った花が被害にあったら大変でしょ？　だからね、わたくし考えたの」

こそこそとブリュエットが内緒話をするようにクラリスの耳に口を近づける。

「交代で温室の番をするのよ。日中はもちろん、夜もね！」

「温室に寝泊まりするってこと？」

「そうそう。毎日はつらいけど交代ならいけるんじゃない？　どう？」

クラリスは一瞬考えたが、残った花を守るためにこれ以上の名案はないだろう。

フェリシテが大事にしないと言ったので、温室の周りに警備を敷くこともできない。ならば自分たちで守るしかないのだ。

「いいと思うわ」

「クラリスならそう言うと思ったわ！　レオニー夫人はさすがに子どもがいるから無理だけど、昨日出勤していた他の子からは了承を得たし、あとで誰がいつ寝ずの番をするかスケジュールを決めましょ！」

「王妃様に内緒でいいの？」

「だって、お伝えしたら危ないからやめなさいって言われると思うもの」

確かにフェリシテならそう言うだろう。止められては身動きが取れなくなるので、秘密にして行動した方がいい。

フェリシテの侍女たちはフェリシテのことが大好きだ。フェリシテがいいと言っても、納得がいかないのである。

（王妃様が大切に育てた花を切り刻むなんて、ひどすぎるわ！）

花をめでる会のためだけではない。フェリシテは花が好きで、我が子のように大切に育てていたのだ。フェリシテが育てた花は国王も気に入っていて、時折分けてほしいと言いに来ることもあるほどなのである。

「じゃあ、続きは休憩時間に話し合いましょ。残った花の中で、展示する花を選ばなきゃいけないし」

不幸中の幸いは、鉢植えを七つほど王妃の部屋に運んでいたことだろう。展示の目玉である虹色の薔薇をはじめ、特に綺麗に咲いている薔薇や蘭は無事だ。

でも、もし花をフェリシテの部屋に避難していなかったらと思うとゾッとする。

（残った花は、絶対に守り切らないと！）

フェリシテの今日のスケジュールを確認しながら、クラリスは使命感に燃えていた。

☆

休憩時間にブリュエットと相談した結果、クラリスが温室の夜の番をするのは三日後と七日後に決まった。夜の番は寝ずの番なので、翌日が休みの日に調整することにしたのだ。

三日後、クラリスは侍女の仕事が終わったあとでこっそり温室へ向かった。

アレクシスが毎日迎えに来るため、アレクシスにだけは夜の番をすることを伝えている。さすがに城の内情なので家族には伝えられないため、家族には泊まりの侍女仕事だと言っておいた。

ランタンと毛布、それからブリュエットが事前にバスケットに詰めておいてくれた軽食を抱えたクラリスが温室に入ると、日が落ちかけた今でも温室の中はかなり薄暗かった。

ランタンとバスケットを温室の中にある丸テーブルの上に置いて、毛布を羽織って椅子に座る。

ランタンのオイルはとてもではないが朝まで持たないし、灯りをつけたままにしておくと、城の衛兵が警備のために巡回するときに不審がられるので、ランタンの灯りは食事が終わったら落とすつもりだ。

　バスケットに詰まっていたサンドイッチの一部をいつもより少し早い夕食として食べて、残りは空腹になったときのために取っておく。バスケットには食べきれないくらいたくさんのサンドイッチが詰められていたので、間でつまんでも余るくらいだろう。

　ランタンの灯りを消し、クラリスはぼーっと温室の窓の外を眺める。あと一時間もしない間に星が輝きはじめることだろう。今日は半月だった気がするが、空に雲がかかっているので星も月もあまり綺麗に見えないかもしれない。

　一人でぼんやり夜空を眺めていると、だんだんと不安になってきてクラリスは表情を曇らせた。

　温室の中は夜も暖かいのですごしやすいが、一人きりだとやっぱり淋しいし、ちょっと怖い。

（今のところ、犯人らしい人は来ていないって聞いたけど、諦めたのかしら？）

　昨日と一昨日に寝ずの番をした侍女仲間は、朝まで誰も来なかったと言っていた。犯人は一度の犯行で満足したのだろうか。

（でも、犯人が予想通りジョアンヌ様だったら、しつこく他の花も狙いそうなんだけど……）

　代わりに選んだ花を、再び切り刻みに来ると思うのだ。フェリシテが育てた花はどれも素晴らしく、決めていた花が切り刻まれたからといって、予備の花が見劣りするということはないのである。

（来ないということは、ここで交代で番をしているのに気づいているのかしらね？）

　それはそれでも構わない。クラリスとしては犯人を捕まえて、一度ジョアンヌには痛い思いをしてほしいという思いもあるが、最低限残った花を守ることができればそれでいいのだ。これは花を守るための夜の番であって、犯人を捕縛するためではないのだから。

（まあ、むしろ犯人が現れたとしても、わたし一人じゃあ取り逃がしてしまいそうだし。騎士が協力してくれれば別なんでしょうけど）

フェリシテが犯人の特定に動く気になれば別だが、フェリシテにその気がないのだから仕方がない。

そんなことをぼんやり考えていると、突如として、コンコンと温室の扉を叩く音がした。

（まさか犯人⁉）

クラリスが飛び上がらんばかりに驚いて、そーっと温室の扉に近づくと、外から「クラリス？」と声がかけられる。

「なんだ、アレクシス様か……」

声はアレクシスのものだった。

クラリスがホッとして温室の扉を開けると、騎士服を来たアレクシスが立っていた。

「どうしたんですか？」

「話は中でするよ。入っていい？」

「それは構いませんけど……」

温室の扉をいつまでも開けておくと、夜の冷たい風が入って花たちによくない。

アレクシスを中に入れて扉を閉めると、アレクシスは薄暗い温室の中をぐるりと見渡した。

「はじめて入ったけど、花がいっぱいですごいね。夜でこれなら昼に来たらもっと綺麗なんだろうな」

「殿下は温室へは足を運びませんからね」

国王はフェリシテが温室にいるときを見計らって遊びに来るが、グラシアンはクラリスが記憶している限り一度も来たことがない。そのため、グラシアンの側近であるアレクシスも、足を踏み入れる機会がないのだ。

クラリスが座る隣の椅子に腰を下ろしたアレクシスが、テーブルの上のバスケットを目ざとく見つける。この時間なら、まだ夕食を食べていないはずだ。

「……サンドイッチ、食べます？」

どうせ一人で食べきれない量が入っているので、食べてもらっても構わない。

クラリスがバスケットを開けながらサンドイッチを勧めると、アレクシスが嬉しそうに手を伸ばした。

「クラリスが作ったのか？」

「違いますよ。わたしじゃあ、こんなに綺麗に作れません」

そう言えば、アレクシスのために何度かサンドイッチを作ったことがあるなと思い出しながら、クラリスは肩をすくめる。

伯爵令嬢であるクラリスはキッチンに立つことがない。ただ、乙女心というかなんというか、貴族令嬢の間で恋人や婚約者に手作りのお菓子や料理をふるまうのが流行った時期があって、そのころに数回サンドイッチを作ったのだ。

慣れないクラリスが作ったサンドイッチはいびつでお世辞にも美味しそうに見えなかったが、アレクシスは嬉しそうにすべて平らげてくれた。

（嬉しくて、調子に乗って何回も作っちゃったのよね）

十七歳のクラリスからすれば一年ほど前の出来事であるが、二年後の記憶を持っているクラリスには遠い昔のことのように思える。

懐かしい記憶に無意識のうちに口元を緩めながら、クラリスはアレクシスのためにポットからお茶を注いで渡した。

アレクシスがあっという間にサンドイッチを五つ平らげて、お茶でのどを潤してお腹をさする。サンドイッチはまだ残っているが、もういいのだろう。

「ありがとう。美味しかった」

「わたしが作ったんじゃありませんけど、どういたしまして」

バスケットに蓋をして、クラリスは「それで？」とアレクシスを促した。

「アレクシス様がどうしてここに？」

「ああ、そうだった」

食べることに夢中になって忘れていたらしい。

アレクシスがちょっぴり気まずそうに笑う。

「殿下に言われたんだ。ここでクラリスたちが寝ずの番をしているのを殿下も知っていてね。危険がないように、それとなく騎士を派遣させたんだよ。で、今日はクラリスの番だから、俺に行かせてほしいってお願いしたんだ」

「え？　そんなの聞いてないですけど……」

ブリュエットも騎士がいるなんて言わなかった。

「そりゃそうだよ。他の騎士たちはこっそり見張っているからね。殿下はできることなら犯人を特定したいと考えているから、犯人に気づかれそうなところには隠れたりしない」

「そういうことですか……ん？　それじゃあ、アレクシス様はどうして中に入って来たんですか？」

「そりゃあ、クラリスがいるからだよ」

答えになってない気もするが、アレクシスのことだ、本当にそれが理由のような気もする。

（ってことは、このままアレクシス様と朝まで二人きり……？　え⁉　どうしよう……！）

それはさすがに気まずいのではなかろうか。そして、心臓にも悪い。

二人きりでずっと近い距離にいるのは問題な気がして、クラリスはそーっと椅子を遠ざけようとするが、その前にアレクシスに手をつかまれてしまった。

「毛布を半分貸してくれない？　温室だから外よりは暖かいけれど、やっぱりちょっと肌寒いよね」

絶対嘘だ、とクラリスは思った。アレクシスはむしろ暑がりな方なので、この気温で肌寒いなんて言うはずがないのである。

（くぅ……）

でもここでダメと言ったらただの意地悪だ。

クラリスは諦めて、毛布を半分アレクシスに渡した。

「近づかないと毛布が小さいよね」

などと言いながら、嬉しそうな顔で椅子を近づけて来る。

ぴったりと椅子をくっつけて、一つの毛布に一緒にくるまるアレクシスに、クラリスはものすごい敗北感を感じた。アレクシスと距離を置きたいのに、彼の策略なのか、全然距離が取れない。それどころか、日々の送迎といい今日といい、より近づかれている気もする。

（悔しい！　そして静まれわたしの心臓‼）

気がつけば、アレクシスの腕がクラリスの肩に回っている。離れてほしいのに嫌ではない自分がとにかく悔しい。別れたい、結婚したくないと思っているのに、こうして流される自分の弱い意志に絶望しそうだ。

クラリスがドキドキと高鳴る心臓を押さえつけようと必死になっていると、アレクシスがクラリスの頭にコツンと頭をぶつけながら言った。

「そう言えばさ、侍女を辞めたくないって王妃殿下に申し入れたんだって？」

（どうして知ってるの⁉）

違う意味でクラリスの心臓がドキーンと跳ねた。

思わずびくりとしたクラリスの顔をアレクシスが覗き込む。

「どうして侍女を続けたいの？　そんなに俺と結婚したくない？」

結婚したくないと返したかった。以前にも別れ話をしたし、アレクシスも当然それは承知しているはずだ。それなのにどうしてか今それを言ったらダメな気がする。

すぐ目の前にあるアレクシスの碧い瞳の中に、温室よりも暗い何かがある気がしたからだ。

ここで迂闊なことを言うと、彼の腕に捕らえられて離してもらえなくなりそうで――クラリスはごくりと唾を呑んだ。

「そんなに俺が信用できない？　まだ未来で浮気するって思ってるの？」

吐息がかかる距離で問われる。声は優しいのに、まるで詰問されているようだ。

「浮気はしませんって、俺が誓約書を書けば納得する？　それとも、結婚後、ずっと俺に張り付いてる？　俺はそれでも構わないよ？」

誓約書はともかくとして、ずっと張り付いていられるはずがないのにアレクシスは本気の目でそんなことを言う。

「だ、だって……」

未来でアレクシスがウィージェニーと浮気して、彼女の使いに殺されることになるのだと、言えるはずがない。

「俺はクラリスが好きだよ。どうしたらわかってもらえるの？」

今目の前にいるアレクシスがクラリスを愛してくれていることは、クラリスだってわかっている。でも、未来でそうでないなら意味がない。

アレクシスがクラリスの頬に口づける。そのまま顔を滑らせて唇が塞がれたけれど、少し前までは心臓が壊れそうなくらいに嬉しかった口づけが、今はただ、悲しかった。

☆

一回目のクラリスの夜番の日には何も起きず、他の侍女仲間が番をしていた日も何事もなくすぎて、クラリスの二回目の夜番の日が訪れた。

今日はあいにくの雨だ。

激しい雨ではないが、夕方から降りはじめた小雨がずっと続いている。

（今日もアレクシス様は来るのかしら……？）

朝までアレクシスと二人きりと言うのは、今のクラリスの精神衛生的によろしくない。彼への恋心を封印したいクラリスにとって、半ば拷問のような時間だ。好きな人を好きでいられないのが――自分の気持ちを押さえつけないといけないのがこんなに苦しいとは思わなかった。二年後に裏切られた恨みと絶望だけでは制御できないのだ。

温室で毛布にくるまってぼんやりしていると、コンコンと温室の戸が叩かれた。

どきっとして、クラリスがそっと入口に近づくと「クラリス」とアレクシスの声がする。

（今日も来てくれた……）

喜んではダメなのに、クラリスの夜の番に合わせて来てくれる彼の優しさを嬉しいと思ってしまう自分がいる。

アレクシスが優しければ優しいほど、別れを想像すると苦しくなるから、できれば冷たくしてほしいのに、どうして彼は離れてはくれないのだろう。未来で浮気するなんて失礼なことを言った婚約者なんて、さっさと愛想をつかしてしまえばいいのに。

ドキドキする胸を押さえて扉を開けると、騎士服姿のアレクシスが微笑んで中に入って来る。

「ちょっと遅くなってごめんね」

「べ、別に、待ってなんていませんから……」

もっとツンとした声で言えたらよかったのだが、なかなかどうしてそれができない。

今日もサンドイッチが詰まったバスケットがあるので、アレクシスに食べるかと訊こうとしてクラリスはハッとした。

「アレクシス様、濡れていますよ？」

傘をさしてこなかったのだろうかと考えて、騎士は任務中には傘をささないことを思い出した。アレクシスは遊びでここに来ているのではなくて、一応任務中なのだ。傘を持っていなくても不思議ではない。

　クラリスは急いでハンカチを取り出して、アレクシスの顔に当てる。顔も髪も肩も濡れていて、これでは寒いだろう。

「たいして濡れていないから大丈夫だよ」

　アレクシスはそう言うが、風邪でもひいたら大変だ。

「座ってください。髪を拭きますから」

　ハンカチでは埒が明かない。雨が降っているので念のためタオルは持ってきていた。クラリスはバスケットの横の袋からタオルを取り出すと、アレクシスを椅子に座らせて髪のしずくを拭う。

　せっせとアレクシスを拭いていると、彼が突然くすくすと笑い出した。

「クラリスは世話焼きだね」

「何を言って――あ……」

　反論しかけて、クラリスはようやく、別れたいと言っている相手に対して世話を焼くのはおかしいのではないかと気がつく。

　むっと口をへの字に曲げて、アレクシスに強引にタオルを押しつけた。

「あとは自分でしてください！」

「はいはい。そんなことより、お腹すいたなぁ？」

　アレクシスが片手で髪を拭きながらバスケットを見た。

　何だか揶揄われているような気がしてむむっと眉を寄せつつも、クラリスはバスケットを開ける。

「今日も美味しそうだね。食べていいの？」

「どうぞ。わたしだけでは食べきれないので」

「ありがとう」

アレクシスが片手で髪を拭きながら、もう片手でサンドイッチを手に取る。

もぐもぐとサンドイッチを食べながら、彼はかわりはないかと訊ねてきた。

「今のところは、何も起こっていないみたいです。このまま花をめでる会まで何もないといいんですけど……」

「何も起きなければ犯人が捕まえられないが、まあ、何かあると危険だから起きない方がいいのは確かだね」

フェリシテの大切な花を切り刻んだ不届き者を捕まえて突き出してやりたい気持ちもあるが、これ以上温室の花が被害に遭うのは避けたい。実に悩ましいところだとクラリスは眉を寄せる。

クラリスの予想では犯人はジョアンヌなのだが、確証がないし、あったとしても相手は妃だ。クラリスの力ではどうしようもない。

（フェリシテ様が陛下に奏上してくれたら違うんでしょうけど）

事を荒立てたくないという意思は変わらないようだから、これも難しいだろう。

あとは夜の番をしているときに現れて騎士によって現行犯で捕縛されれば、王太子の権限で咎めることはできるかもしれないが、現行犯で捕らえるとなると花が被害に遭うということだ。

（それは嫌だわ……）

クラリスがうーむと頭を悩ませていると、いつの間にかサンドイッチを食べ終えたアレクシスが、当然のように椅子を近づけてきた。

毛布が取られたとき、前回と同じように同じ毛布にくるまる気だと悟ったクラリスは、パッと顔をあげた。

「毛布ならもう一つ用意しましたよ」

前回の二の舞になってたまるかと、今日は毛布を二枚用意してきたのだ。ちょっとかさばったが、また流されてキスをされてはたまらない。いい加減アレクシスと距離を取らなければ、クラリスの弱い意思はあっけなく流されてしまいそうだからだ。

「一枚でいいよ。一緒にくるまった方が温かいだろう？」

アレクシスは不満顔でそんなことを言うが、そんな言い分に騙されてはならない。

「いいえ、それぞれ一枚ずつ使った方が温かいはずです」

「俺はクラリスと一緒がいいんだけど」

「わたしと一緒の毛布にくるまっていたら、すぐに動けないいんじゃないですか？　騎士の任務でいらしているんですから、身動きが取りにくくなるのは問題でしょう？」

仕事中でしょうと言えば、アレクシスがむっと口を曲げて黙り込んだ。

（勝った！）

クラリスはアレクシスをやり込めて満足したが、喜べたのは一瞬だけだった。

あっと思ったときには、アレクシスに抱きしめられていたからだ。

「どうしてそんな風に冷たいことを言うの？　俺はクラリスのことがこんなに好きなのに、どうやったら伝わるのかな」

「な――」

クラリスは逃れようとしたけれど、相手は鍛えている騎士である。胸を押そうとビクともしない。

「いつまで、将来俺が浮気するなんて意味不明なことを言い続けるわけ？　どうして俺と結婚したくなくなったの？　いい加減白状しなよ」

白状も何も、クラリスは嘘なんてついていない。

だが、クラリスが未来の記憶を持っていることはアレクシスは知らないので、彼の言いたいこともわかる。いきなり未来の話をされても、理解できるはずがないだろう。以前彼が言ったように、怪しい占い師の言葉を真に受けていると思われても不思議ではないのだ。

クラリスが困っていると、アレクシスの腕の力が強くなった。

「ねえ、いったい誰に心を奪われたの？　いきなり俺と別れたいなんて言うってことは、そういうことなんだろう？　クラリス、いつの間に俺以外の男に気を取られたの？」

「ちが――」

これでは、浮気心を起こしたのがクラリスの方だと言われているに等しかった。冗談ではない。クラリスはずっと――それこそ、二年後に殺される直前まで、アレクシスしか見ていなかったのに。

「わたしはずっと――」

言いかけて、クラリスは慌てて口を閉ざす。ずっとアレクシスだけが好きだったと言ってどうする。アレクシスと別れたいと言っているのに、それでは本末転倒だ。好きならば別れる必要がないだろうと言われてしまう。

「わたし、は……」

なんていうのが正解だろうか。いっそ、他に好きな人ができたと嘘をつくべきだろうか。でも、そんな嘘をついて、では相手はどこの誰かと詰問されれば答えられない。

「……わたしは、あなたとは結婚できません」

結局、クラリスが言えるのはそれだけだった。それ以外、何も言えないのだ。

（いっそ、アレクシス様が本当に最低な男だったらよかったのに――）

二年後に浮気心を起した彼のことは憎い。でも、憎み切れない。それまでの彼は本当に優しくて、クラリスを大切にしてくれていたから。大好きだったから。だから、クラリスだって、つらいのだ。

でも、そんなことは言えない。

つらいけど別れてくれなんて言って、アレクシスが納得するはずがない。

「クラリスが嫌がっても、俺はクラリスと結婚するよ」

硬質なアレクシスの声が、責めるようにクラリスの耳を打つ。

顔をあげたクラリスは、アレクシスの綺麗な碧い瞳が、ひどく冷たい色を宿していることに気がついた。

ああ――、最近見せるようになった、彼の暗い目だ。

こんな色を宿したアレクシスは、未来の記憶にはいない。

（アレクシス様にこんな顔をさせたのは、わたし、よね……）

それでも、やはりクラリスは彼と結婚できない。

裏切られて、心を粉々に砕かれるのは、もうたくさんだからだ。

アレクシスの腕の中から身をよじって逃げようとすると、アレクシスが腕を伸ばしてクラリスの顎を捕えた。

口づけられる——、と顔を背けようとしたが、アレクシスの力が強くて逃げることができない。

お願いだからこれ以上心を縛るのはやめてほしい——唇にかかった吐息に、クラリスが泣きそうになったときだった。

ギイ、と小さな音がして、アレクシスがハッと顔をあげた。

クラリスも音がしたあたりに顔を向けると、温室の扉が小さく開いている。

「待て‼」

アレクシスが勢いよく温室から飛び出して行く。

やがて遠くで聞こえた小さな悲鳴と、アレクシスの詰問する声を聞きながら、クラリスはそっと唇を押さえる。

アレクシスの吐息が、まだそこに、残っているような気がした——

四　花をめでる会

アレクシスが捕らえたのは、ジョアンヌの侍女の一人だった。

ジョアンヌの侍女はアレクシスによってグラシアンの前に突き出されたが、当然フェリシテにも報告が上がり、クラリスたち侍女はフェリシテからちょっぴり叱責されてしまった。

「もう危ないことはしたらダメよ？　いい？」

薄々クラリスたちが何かしていそうなことは察していたようで、フェリシテは怒っているというよりはあきれ顔だった。

しかし、ジョアンヌの侍女を捕まえたはいいけれど、彼女は「温室の様子を見に来たら物音がしたから様子を見に行っただけだ」と言い張った。

ジョアンヌもジョアンヌで、花をめでる会が近くなって、温室の花に何かがあるといけないから侍女に見回りをさせていたのだと言って、結局、侍女を捕えたはいいが花を傷つけたところを見たわけではないので、罪には問えないそうだ。

温室が暗くて、クラリスとアレクシスがそのとき何をしようとしていたのかは見ていないようなので、それだけは不幸中の幸いだったが、せっかく捕らえたのに何の罪にも問えないことが腹立たしい。

だが、国王も今回の一件で何か思うところがあったようで、花をめでる会まで温室の周辺を警備するようにと指示を出した。もうフェリシテの花が傷つけられることはなさそうだ。

花をめでる会が明日に迫った本日、クラリスたち侍女は総出で会場となる前庭に花を運んでいる。

フェリシテの自室に避難させていた虹色の薔薇をはじめとする七つの鉢植えに加えて、温室で無事だった花の中から十鉢を選りすぐり、合計十七鉢分を運び出した。

一番目立つところに虹色の薔薇を置き、一番美しく見えるように少しずつ配置を変えながら並べていく。

「右の百合はとその左斜め百合の薔薇は交換してもいいかしらね？」

フェリシテが全体を眺めながら指示を出し、何度か鉢を動かしたあとで、フェリシテが満足そうに頷いた。

「それでいいわ。あとは飾りつけましょ」

花を展示する台も自由に飾り付けていいので、クラリスたちは用意して来たリボンなどで台を彩っていく。

わいわいとおしゃべりしながら作業を続けていると、反対側の台座にウィージェニーが侍女を引き連れてやって来た。ジョアンヌはフェリシテと顔を合わせることを嫌うので、おそらくフェリシテたちが下がってから来るだろうが、娘のウィージェニーはそのあたりは気にしないので堂々としたものである。

「王妃様、ごきげんよう」

十六歳という年齢の割に大人びた微笑を浮かべて、ウィージェニーが優雅に挨拶をした。

「ごきげんよう。あら、ウィージェニー王女の花は珍しいものが多いのね」

ウィージェニーは異国から珍しい花を取り寄せて育てている。運ばれてきた花も、この国ロベリウスではあまり見かけないものだった。

「ええ、珍しい花が好きなんですの。わたくしは王妃様のように品種改良するのは得意ではございませんので、気に入ったものがあれば取り寄せるようにしておりますのよ」

挨拶を終えたウィージェニーが侍女に指示を出して花を並べていく。

クラリスはちらりとウィージェニーの後ろ姿に視線を向けて、そっと胸の上を押さえた。

(……本当に、お綺麗な方だわ)

女性の平均身長よりも少し低いクラリスと違って、すらりと高い身長に、均整の取れた肢体。整った顔立ち。

十六歳でこれなのだ。二年後の十八歳になったウィージェニーは、本当に美しかった。

(アレクシス様が浮気心を起こすはずよね……)

美貌に加えて、ウィージェニーには知性もある。噂では、積極的に政にも参加しているそうだ。

グラシアンが王太子のため、よほどのことがない限り彼女が女王になることはないだろうが、国を導いていく王族としての矜持は人一倍高い。

同時に、穏やかな気質のグラシアンと違って、激しい気性の持ち主でもあった。

未来でアレクシスを手に入れるためにクラリスを殺害したように、弱者に対して容赦がないところがある。

今のウィージェニーとアレクシスの間には何の関係もないとはわかっているけれど、彼女の顔を見ると心が痛かった。

ウィージェニーがいなければ、未来でアレクシスと幸せな夫婦でいられたのにと、考えたって仕方のないことを考えてしまう。

（別れるつもりなんだから、もうアレクシス様のことなんて考えなきゃいいのに……）

どうしても、考えることをやめられない。

温室のあの一件以来、アレクシスとは少しぎくしゃくしていた。

アレクシスも強引だったと反省しているのかどうなのか、クラリスの顔を見ると困ったように眉尻を下げる。

クラリスもなんだかあれ以来アレクシスが少し怖くて、まともに彼の顔が見れないでいた。

朝夕の送り迎えのときにも、馬車の中には気まずい沈黙が流れることが多くなり、アレクシスも強引に距離を詰めてこない。

このまま少しずつクラリスとアレクシスの間に亀裂が入れば、今は別れないと言っているアレクシスも折れるかもしれなくて――、そうすればクラリスとしてはありがたいはずなのに、どうしてだろう、そうなっても全然喜べそうになかった。

（どうやったら、アレクシス様のことが嫌いになれるのかしら……）

裏切られ、傷ついた未来の記憶を持っているのに、何故心の底から憎めないのだろう。

「クラリス、クリーム色のリボンを取ってくれる？」

ブリュエットに言われて、クラリスがリボンをまとめている籠の中を覗き込んだときだった。

城の方からグラシアンがこちらへ歩いてくるのが見えて、クラリスは思わずぎくりとする。

「母上、華やかでいいですね」

楽しそうに笑いながらやって来るグラシアンの隣には、アレクシスの姿があった。

アレクシスはクラリスを見つけて、どこか困ったように、けれども優しく碧の目を細める。

グラシアンがフェリシテと談笑をはじめると、アレクシスがゆっくりクラリスの方へと近づいて来た。

「何か、手伝おうか？」

「……いえ、あとは飾りつけだけですから」

アレクシスの顔が直視できなくて、クラリスは視線を落として答える。

そうか、とアレクシスが残念そうにつぶやいたとき、彼の背後から声がかかった。

「あら、でしたらわたくしの方を手伝ってくださいます？　鉢植えが重くて」

ウィージェニーだった。

声をかけられたアレクシスが振り返る。

ハッと顔をあげたクラリスの視線の先で、アレクシスがウィージェニーに優しく微笑んでいた。

心臓が、ぎゅっとすくみ上る。

長らく油を注していない蝶番のように、心臓が軋むような変な違和感がある。

息苦しさを覚えて、クラリスは籠の中からクリーム色のリボンをつかむと、逃げるように踵を返した。

「ブリュエット、これかしら？」

背後では、手伝いを要求するウィージェニーに応じているアレクシスの声がする。

意識をそらさないと今にも泣き出してしまいそうで、クラリスは必死にアレクシスとウィージェニーの存在を頭の中から追い出そうとした。

「そうそう、それよ。リボンの端を持ってくれる？　……って、どうしたのよ。ひどい顔してるわよ」

ブリュエットがクラリスの表情を見て、声を落として訊ねてきた。

クラリスはぎこちなく微笑んで、ゆっくりと首を振る。

「何でもないの、ゴミが目に入ったみたい」

「……本当に？」

ブリュエットがクラリスの背後を見て、わずかに眉をひそめた。

「ねえクラリス、王女殿下とアレクシス様のことが気になるなら、わたくしが王妃様に――」

「いいの」

クラリスの背後では、ブリュエットが思わず眉をひそめるくらいに、ウィージェニーとアレクシスが仲良くしているのかもしれない。気になるけれど見たくなくて、クラリスは首を横に振った。

「でも、王女殿下はちょっと不躾よ。クラリスがいるのにアレクシス様を顎で使うなんて。なんか、距離も近いし。アレクシス様も困った顔をしているから、助けてあげた方がいいわよ」

「本当に、いいのよ」

そんなことを言って、何になるだろう。

今、ウィージェニーとアレクシスを引き離したところで、結局二年後には二人はそういう仲になるのだ。

それに、クラリスはアレクシスと別れると、そう決めているのだから。

（無駄なの……）

二人がいずれ結ばれる関係になるのならば、ここで邪魔をしたところで無駄なのだ。

そして、別れるつもりの婚約者が、誰と仲良くしようと関係ない。

（関係ないの。……だから、悲しむ必要はないのよ、クラリス）

けれど、どれだけ自分に言い聞かせたところで、感情というものはままならないもので。

（誰か、人を憎む方法を教えてちょうだい……）

それができないのならば、いっそ心が凍りついてしまえばいいのにと、クラリスは思った。
☆

「あら、でしたらわたくしの方を手伝ってくださいます？　鉢植えが重くて」

アレクシスは背後からかけられたウィージェニーの声に、思わずため息を吐きたくなった。

温室の一件以来、クラリスが怯えていることを、アレクシスは知っていた。

アレクシスも、自分が抑えられずにクラリスを怖がらせたことを自覚している。

――わたしは、あなたとは結婚できません。

あのとき、クラリスの口からはっきりと拒絶の言葉が出た瞬間、アレクシスは自分の心が黒く染まっていくような錯覚を覚えたのだ。

黒く染まった心は、自分から離れて行こうとするクラリスがただただ許せなかった。

こんなに好きなのに、愛しているのに、どうして伝わらないのだろう。

どうしてクラリスはアレクシスから逃げようとするのか。

クラリスがアレクシスへ向ける目には確かに恋情が残っている気がするのに、それはすべてアレクシスの目が都合よく見せている錯覚で、懸念しているように彼女は他に好きな男ができたのではないだろうか。

感情がどんどんどろどろしてきて、粘度を持ったそれが、心にからみついて蝕んでいくようだった。

好きだからこそそんなクラリスが許せなくて、逃げられるくらいならいっそ強引に絡めとってやろうと、黒く染まった心がささやく。

逃げ出そうとするのならば、逃げられなくしてやればいいのだ。

そんな思いに突き動かされて、無理やりクラリスの唇を塞ごうとした。

別れるなんて言う可愛げのない唇なんて、塞いで奪い取ってしまえばいい。

クラリスが怯えを見せたことはわかっていたけれど止まらなかった。

あのとき、ジョアンヌの侍女がやって来なければ——物音を聞かなければ、クラリスが泣こうとどうしようと離してやれなかっただろう。

それを考えれば、あのタイミングで侍女が現れたのはよかったと考えるべきなのかもしれないが、捕えた侍女を連行するためにクラリスのそばから離れる必要があって、その場で仲直りができなかった。

クラリスは、アレクシスがまた強引なことをするのではないかと警戒しているのかもしれない。

送り迎えの馬車の中でも、ぎゅっと小さな体に力を入れて、俯いて縮こまっている。

それは全身でアレクシスを拒絶しているようで、さすがのアレクシスもそんな彼女に触れることはできなかった。

（はあ……。今なら他の侍女もいるし、クラリスもそれほど怯えないだろうからと思ったのに）

クラリスの作業を手伝いながら、それとなくあの日のことを謝罪しようと思っていたのにと忌々しく思いつつも、顔に笑顔を貼り付けて振り返る。

「構いませんよ。何を運べばよろしいですか？」

相手は王女だ。クラリスに手伝おうといった手前、王女の要望を断ることはできない。

「あの青い鉢を中央に運んでくださいませ」

「かしこまりました」

ウィージェニーの指示で動こうとすると、何故か彼女がアレクシスの腕にそっと手を添えてくる。

まるでアレクシスがウィージェニーをエスコートしているように見えたが、この腕を振り払えば不敬になるだろう。

（この王女の考えていることはよくわからないな）

ここ最近だが、妙に距離を詰めてこようとするときがあるのだ。

（グラシアン殿下と仲がいいわけでもないのに、何故……）

ウィージェニーは、表面上はグラシアンと仲のいい兄妹を演じてはいるが、心の中では煙たがっている。

グラシアンもそれには気づいていて、必要以上にウィージェニーに近づかないようにしているのだが、ここのところ、どうもウィージェニーの方からアレクシスに近づくことが多くなった。

グラシアンの側近であるアレクシスに近づいて、一体どうするつもりなのだろう。

ウィージェニーの目的がわからない以上拒絶はできない。もしウィージェニーの目的がアレクシスの態度をもとにグラシアンを陥れるつもりだったなら、不用意な拒絶は彼女にグラシアンを責める理由を与えることになる。ゆえに、ひとまずは友好的に接するに限るのだ。

くるりとアレクシスに背を向けたクラリスが、侍女仲間のブリュエットとともに飾りつけを行っている。

　こうなればもう、アレクシスがクラリスに話しかける機会は得られないだろう。

　ちらりと肩越しに振り返ったクラリスの背中は、アレクシスを拒んでいるように見えた。

「アレクシス」

　ウィージェニーに言われるまま彼女の手伝いをしていたアレクシスをグラシアンが呼ぶ。

　いくらウィージェニーでも、グラシアンに呼ばれればアレクシスを引き留めることはできない。アレクシスはグラシアンの側近だからだ。

　面白くなさそうな顔をしたウィージェニーが一瞬後には笑顔を浮かべて、「手伝わせてごめんなさいね」と殊勝なことをいいながらアレクシスをグラシアンの方へ送り出す。

　逃げるように速足でグラシアンの元へ向かうと、彼はあきれ顔を浮かべた。

「何をしているんだ。クラリスと仲直りするんじゃなかったのか？」

　グラシアンが小声でささやくように言った。

　グラシアンはアレクシスがクラリスとぎくしゃくしていることを知っている。人の感情の機微に敏感で、人から話を聞き出すのが得意な王太子を相手にすると、アレクシスには隠し事なんてできない。

　グラシアンと二人きりになったときは、最近ではもっぱら恋愛相談ばかりしている気がする。この王太子は側近で友人でもあるアレクシスの恋路が気になって仕方がないらしいのだ。

「婚約者の前で他の女と仲良くしてどうする。馬鹿なのか？」

「そう言われても……」

　ウィージェニーが相手でなければ断れたが、彼女が相手ならば一介の騎士であるアレクシスには断る術がない。

「手伝うにしてももう少し距離を取れ。それともクラリスに嫉妬させる作戦か？　言っておくが、今の状況でそれは悪手だぞ」

「そんなつもりはありませんよ」

「だったらさっさと仲直りして来い」

「……今、忙しそうですから」

「はあ……」

　グラシアンが「情けない」と言いながら首を横に振る。

「以前のお前なら、クラリスが忙しかろうとどうしようと、平然と手伝いに行っていたと思うがな」

　そうかもしれない。

　だが、今のアレクシスには無理だった。

　クラリスと喧嘩をしたことはあるけれど、あのように怖がらせたことはないのだ。自分が悪かったと自覚しているからこそ、怯えている彼女に不用意に近付くのは躊躇われる。

「俺は最近、女性の心の中がわからなくなりましたよ」

　女性というよりはクラリスの、だが。

　アレクシスがついぼやけば、グラシアンが鼻で嗤った。

「そんなものがわかれば苦労はしない。女性の感情なんて永遠の謎だ」

　だからこそ言葉が存在するのだろうといいながら、グラシアンは匙を投げるように手を振った。

☆

花をめでる会当日。

よく晴れた空のしたでは、華やかな談笑の声が響き渡っていた。

噴水を挟んで、フェリシテが育てた花と、ジョアンヌとウィージェニーが育てた花がそれぞれ展示されている。

伯爵家以上へは招待状が配られ、城の庭には大勢の貴族が妃たちの育てた花を見ようと押しかけていた。

お茶やお菓子も用意されて、城のメイドが忙しく動き回っている。

クラリスは侍女だが、当日は侍女が交代でフェリシテのそばについているので、実質の仕事時間は二時間そこらだ。

はじまりから二時間ほどフェリシテのそばで侍女としての仕事をし終えたクラリスは、今はゆっくりとお菓子を食べながらフェリシテの花を眺めている。

来客が不用意に花に触れないように、展示物の周りを柵で囲い、騎士が立っている。

アレクシスはグラシアンの側近のため、花の監視の仕事はないようで、先ほどからグラシアンに連れられて挨拶に来る貴族の相手をしていた。

（……はあ、ついついアレクシス様の姿を探してしまうのが悲しい）

気がつけばアレクシスはどこにいるのだろうと探してしまうクラリスは、花を見るのに集中しようとアレクシスのいる方角に背を向けた。

ウィージェニーが育てた花も、ジョアンヌが育てた花も見事だが、やはり会場で一番注目されているのはフェリシテの虹色の薔薇だ。

もともとフェリシテが改良した薔薇は人気がある。花をめでる会で発表されたあと、毎年、花の苗を譲ってほしいという申し込みが殺到するのだ。

そうした改良された薔薇は、厳選した数店の園芸店にのみ卸される。その売り上げはそのまま国庫に納められるが、これがなかなか馬鹿にならない金額らしい。

（ただ、虹色の薔薇は育てるのが難しいみたいだから、今年は販売しないかもしれないけど）

フェリシテによれば、虹色の薔薇はなかなか蕾をつけないらしい。蕾をつけさせるためには、温度管理や肥料、剪定などに非常に気を遣うそうなのだ。現在、展示されている虹色の薔薇を使って、もっと育てやすくできないかとフェリシテが改良中なので、そちらが成功してから市場に出すつもりなのだろう。

ふふふ、と鈴を転がしたような楽しそうな笑い声が聞こえたので顔を向けると、少し離れたところでフェリシテと国王が談笑していた。

国王は今年もフェリシテが育てた花がお気に召したようだ。漏れ聞こえてくる言葉の中には「あの薔薇が欲しい」といったものがある。おそらく虹色の薔薇のことだろう。

「会が終われば、いくつか切ってお持ちしますわ」

「ああ、頼む。あちらもいいな」

「あちらは花を切るより鉢植えのままの方が楽しめるかもしれませんわね。この時期なら温室でなくても大丈夫ですから、そのままお部屋にお持ちしましょう」

仲睦まじい夫婦の会話に、クラリスはほっこりしてくる。記憶では今回もフェリシテの花が選ばれるはずだったが、花が切り刻まれるという事件があったので多少の不安もあったのだ。しかし、この様子だと大丈夫そうである。

（……フェリシテ様って、陛下がジョアンヌ様を娶られたとき、どんなお気持ちだったのかしら？）

国王夫妻を見つめていたクラリスは、ふとそんなことを思った。

王族なのだからそれが当たり前だと、今まであまり気にならなかったことが急に気になってくる。

王妃という立場ではあるが、フェリシテだって一人の女性だ。クラリスはアレクシスがウィージェニーと浮気をしたと知っただけで身が引き裂かれそうに苦しかった。だが、フェリシテの場合は浮気どころか夫のもう一人の妻として受け入れなければならないのだ。

（わたしだったら……耐えられないわ）

好きな人が自分以外の人も妻にするなんて、クラリスには許容できない。

立場上認めるしかないとはいえ、フェリシテはどんな気持ちだったのだろう。クラリスと同じように苦しかっただろうか、それとも割り切ることができたのだろうか。

こんなことを考えてしまう自分は心が狭いのだろうか。

王室に限らず、貴族の中には愛人を抱えている人もいるわけで――、それが当たり前なのだと、本来であれば割り切るべき問題なのだろうか。

アレクシスの浮気の結果、クラリスは二年後の未来で命を落としたわけだが、それがなくても嫌なのだ。殺されるという事柄よりも、アレクシスの心が他人に移ったというのが何よりも。

どうやらクラリスはアレクシスに相当執着しているらしい。

何となくわかっていたけれど、改めて思う。

執着しているからこそ苦しくて、ゆえにこの執着から早く逃れたいのだ。解放されたい。大好きなアレクシスを大嫌いになって、苦しまないで生きていきたい。

だから早く、この「好き」という気持ちが消えてなくなればいいのに。

「クラリス、ちょっといいかしら?」

どうすれば「好き」が「嫌い」に変わるのだろう。答えのないことを考えていたクラリスは、フェリシテに声をかけられてハッとした。

「はい!」

急いでフェリシテのそばに行けば、フェリシテが困った顔でおっとりと頬に手を当てる。

「休憩中ごめんなさいね。実は今思い出したのだけど、温室に、飾る予定にしていた鉢植えを一つ忘れてしまったみたいなの。小さなものだから、取って来てもらえるかしら?」

「はい、大丈夫です」

返事をしながら、クラリスは飾る予定の鉢が他にあっただろうかと首を傾げる。

鉢植えの数は事前に聞いていたし、飾る予定の鉢に小さなものはなかった気がするが。

不思議に思うものの、フェリシテがわざわざ頼んできたのだからそうなのだろう。

「温室の入口に置いてあるから」

「わかりました。すぐに取ってまいります」

「ああ、いいのよ、ゆっくりで。ゆっくり行ってきてちょうだい」

「？　は、はい、わかりました」

ゆっくりでいいとフェリシテは言うが、花をめでる会も半分終わったころだ。急いだほうがいいのではなかろうか。

（優雅さを忘れずにっていう意味かしらね？）

ゆっくりというのは、貴婦人らしく優雅に行ってこいということかもしれない。

確かに大勢の貴族がいる前で、慌ただしく行動するのは避けるべきだろう。

クラリスは丁寧にフェリシテと、そして隣の国王に腰を折って挨拶をしてから温室へ向かった。


「小さな鉢植えっていうけど……どれかしら？」

クラリスは温室の中を見渡しながら首を傾げる。

フェリシテは温室の入口に置いてあると言ったけれど、それらしいものは見当たらない。

小さな鉢がないわけではないが、どれも花をつけていないものばかりだ。

（奥のヒヤシンスかしら？）

ヒヤシンスは耐寒性にも耐暑性にも優れているので、別に温室で育てなくてもいいのだが、フェリシテがヒヤシンスの香りが好きで温室の奥にヒヤシンスのコーナーを設けているのだ。

青紫や白、ピンク、黄色、赤……とカラフルなヒヤシンスが並んでいる様はとても愛らしい。

「うーん、でも、王妃様は入口って言ったし……」

いくらなんでも奥と入口を間違えたりはしないだろう。

もしかして入れ違いで誰かが取りに来たか、それともフェリシテの勘違いなのかどちらかかもしれない。

「早くしないと花をめでる会が終わっちゃうわ」

ここは一度、フェリシテに確認しに戻った方がいいだろう。

クラリスが温室から出ようと踵を返そうとしたとき、蝶番が軋む小さな音がして、温室に誰かが入って来た。

一瞬、温室の花が切り刻まれたことが脳裏をよぎって警戒したクラリスだったが、入って来た人物を見て思わず息を呑む。

「アレクシス様……」

何故アレクシスがここにいるのだろう。

今日はグラシアンのそばにいたはずだ。側近が王太子から離れたらダメだろうに。

ここでアレクシスと二人きりになるのは気まずい。先日の夜のことがまざまざと思い出されるからだ。こんな昼間からアレクシスが強引なことをしないとは思いたいけれど安心はできなかった。

（……とにかく、戻らないと）

「クラリス、待ってくれ」

クラリスは小さく会釈をして逃げるようにアレクシスの脇を通り過ぎようとしたが、温室から出る前にアレクシスに腕をつかまれてしまった。

反射的にびくりと肩を震わせ、そろそろと振り返ると、どうしてかアレクシスが傷ついたような顔をする。

「そんな顔をしないでくれ……。この前のようなことはしないから」

そのような顔と言われても、クラリスは自分がどんな顔をしているのかなんてわからない。

最近のアレクシスは急に雰囲気が暗く変わるので、クラリスは彼の言葉をどの程度信じていいのかわからなかった。

少なくとも、クラリスが持つ二年後までの記憶では、アレクシスがクラリスに対して強引なことをしようとしたことはない。

時折見せるほの暗い表情も、ちょっぴり怖い顔も、これまでクラリスが知らなかった顔だ。

そういう顔をするときのアレクシスは、クラリスが知らない誰かに見える。

逃げなければ無理やり捕らえられて、閉じ込められてしまいそうな――そんな危険な気配がするのだ。

「クラリス」

困った顔で、アレクシスがもう一度クラリスの名前を呼ぶ。

どちらにせよ、アレクシスに腕をつかまれた状態では逃げ出せない。男と女というだけでも力差があるのに、アレクシスは優秀な騎士だ。彼がクラリスを逃がす気にならない限り、ここから出ることはできないだろう。

「殿下に頼んで、少し時間をもらったんだ。話がしたい」

「……わかりました」

クラリスは小さく息を吐いて、アレクシスに促されるまま温室の中の椅子に座った。

（もしかしたら、王妃様とグラシアン殿下はグルなのかしら？）

フェリシテが鉢植えを取って来いと言ったことからして妙だったのだ。グラシアンと示し合わせて、クラリスとアレクシスを二人きりにするつもりだったと考える方がしっくりくる。フェリシテは、クラリスが侍女を続けたいと言い出したときからアレクシスとの間に何かあったのだと気づいていた。心配して気を回したのかもしれない。

クラリスが椅子に座っても、アレクシスはクラリスの逃亡を警戒しているのか、腕からは手を離してくれたが絡め取るように手をつながれた。

アレクシスの大きな手からクラリスより少し高い体温が手のひらを伝って流れ込んでくる。

この、大きくて温かくて優しい手が、クラリスは好きだった。

アレクシスの手は、クラリスを守ってくれるのだと、裏切ったりしないのだと、ずっと信じていた。

どこかで間違えてしまったから、アレクシスはウィージェニーに心を許したのだろうか。

（わたしはいったい、どこで何を間違えたのかしら……？）

思えば、二年後——クラリスが殺される日の朝まで、アレクシスは優しかった。

本当に直前まで、クラリスはアレクシスがウィージェニーと浮気していたことを知らなかったのだ。

いつもと変わらない日常。

あの日クラリスは、グラシアンに呼ばれて城へ向かうアレクシスを見送った。

いってくるよとクラリスの頬に口づけて、アレクシスは優しい笑顔で邸を出て行った。

それが、アレクシスの姿を見た最後の記憶。

本当ならばあの日、アレクシスは夕方に戻ってくるはずだった。

けれども昼前に城から使いが来て、戻るのは夜遅くなると言われた。

城で何かがあったのかと不安に思ったが、城からの使いが持っていたのはアレクシスの筆跡の手紙だったため、それほど大きな問題でもないだろうと思いなおした。

そして夜。

夕食を終えて部屋に戻り、アレクシスが帰って来るまで待っていようと、灯りを落とした部屋の窓際で、ぼんやりと月を見ていた。

気配は、感じなかった。

気がついたのは、クラリスの口に布のようなものが押し当てられたとき。

びくりとして振り返ろうとしたけれどその前に壁に押さえつけられて身動きが取れなくなった。

恐慌状態に陥りそうになったクラリスの首に、冷たくて硬いものがあてられる。

それがナイフだと知ったクラリスには、もうなす術はなくて。

震える声でアレクシスの名前をつぶやいたクラリスの耳に嘲笑が聞こえる。

――馬鹿な女だ。裏切られことにも気づかないなんてな。今頃お前の夫はウィージェニー様の寝所だろうよ。

ナイフが首を滑る。

意識が闇に飲まれる前に見た男は知らない顔で――けれども、赤く染まったナイフの柄には、ウィージェニーが使っている紋章が入っていた。

何が何だかわからなくて、冷静になれたのは二年前に巻き戻って来たあと。

アレクシスはウィージェニーと関係を持っていて、クラリスはそのせいでウィージェニーに殺されたのだと理解した。

もし、だ。

アレクシスが妻以外見えないほど、クラリスが彼の心を縛ることができていれば。

アレクシスがウィージェニーに心を奪われる前に気がついていれば。

あの日、彼を家から出さなければ。

何かが違っていたのだろうかと思わなくもない。

でもそんなことを考えたって仕方がなくて。

臆病なクラリスは、もう二度とあの絶望を味わいたくないのだ。

アレクシスがこの先の未来でクラリスを裏切るのだとすれば、もう二度と裏切られたくない。傷つきたくない。

ウィージェニーに奪われないように繋ぎ止めておけばいいのだと、そんな楽観的に考えられるほどクラリスは強くない。

（だからもう解放されたいのに……、何故、離れてくれないの？）

クラリスだってわかっている。

もしクラリスがアレクシスと同じ立場だったら、いきなり未来で浮気をするから別れろと言われても納得できなかっただろう。

でも、だったらどうしろというのか。

クラリスは、アレクシスの嫌いなところはどこにもないのだ。嫌いだから別れてくれなんて口が裂けても言えなかった。

「クラリス、俺には君がよくわからないよ。あの日、いきなり未来の話をされたときから、クラリスはなんだか人が変わったみたいだ」

（それは、アレクシス様もだわ）

あの日から、アレクシスも雰囲気が変わった。優しい以外の彼を知らなかったクラリスには、アレクシスが時折見せる暗い顔が怖い。

「あの夜のことは、悪かったと思っている」

クラリスが黙ったままだからだろう、アレクシスは少し視線を落として続ける。

「クラリスに結婚できないって言われて、なんだかここが、すごく冷たくなったんだ」

アレクシスはクラリスとつないでいない方の手を自分の胸にあてた。

「もしかしたらクラリスには俺以外の男がいるかもしれない。だから俺と別れたいんだって思うと、頭と心の中が真っ黒に塗りつぶされていくようだった。もちろんそんなことは言い訳にはならないだろうけど……クラリスを怖がらせたことは、すまないと思っているんだ。ごめん」

「わ、わたしには、他の男の人なんて……」

クラリスは、ずっとアレクシスだけを見ていた。アレクシスに疑われるようなことは何もない。ふるふると首を横に振ると、アレクシスは自嘲と苦笑が混ざったような小さな笑顔で「うん」と頷く。

「クラリスは真面目だから、そんなことはないって俺も信じている。信じているけど……、クラリスが急に別れたいなんて言うから、俺も頭の中がぐちゃぐちゃなんだよ」

「……はい」

確かに、クラリスを裏切ったアレクシスは二年後の彼で、今の彼には何の落ち度もない。

それなのに一方的に別れてくれと言われれば、彼だって動揺もするだろう。

自分がアレクシスの心を何も考えていなかったことは、クラリスも認める。

「ねえ、クラリス」

アレクシスが膝を少し動かして、クラリスに向きなおる。

顔をあげれば、少し淋しそうな彼の顔があった。

「俺はクラリスが好きだよ。本当だ。だから将来、俺が君を裏切って浮気をすると言われて、困惑したし、腹も立った。俺は君を裏切らない。別れろと言われても納得なんていかないんだ」

(裏切らないって言うけど……だって……)

実際、アレクシスは未来でクラリスを裏切ったのに。

そんなことを言いそうになって、ぎゅっと唇を引き結ぶ。

「クラリス、信じてほしい」

信じられることなら信じたい。

目の前の彼は、二年後のアレクシスとは違うのだと。

今のアレクシスは、クラリスが知るアレクシスと違って、二年後もクラリスから離れて行かないのだと。

けれども、信じるのはまだ怖い。信じても裏切られない保証は、どこにもないのだ。

クラリスの葛藤がわかったのか、アレクシスが遠慮がちに手を伸ばして、クラリスの頭に触れる。

優しく頭を撫でられて、クラリスは泣きそうになった。

「クラリスは俺が信じられない?」

「それは……」

信じたいけれど、怖い。それを言うのは憚られて、クラリスは視線を落とす。

「クラリスが俺を信じられなくなったのなら、きっと俺が君を不安がらせるようなことをしたんだろうね」

頭を撫でる手が止まって、遠慮がちにアレクシスがクラリスを抱き寄せた。

「でもやっぱり、俺は君とは別れられないよ。だから、少しずつでいい、俺を見て。君が俺をもう一度信じてくれるように、頑張るから。だから別れるなんて言わないでくれ」

クラリスは頷けない。

でも、少しだけ——少しだけ。

(今のアレクシス様なら、わたしを裏切ったり、しない……?)

二年後の記憶には、アレクシスとこうして温室で語り合ったものはない。

裏切らないと言われたことも、信じてほしいと言われたこともない。

記憶とは少しだけ違うから、もしかしたら二年後も違う未来が待っているかもしれない。

(そんな楽観的なこと……)

流されてはダメだと、心の中のもう一人の自分が告げる。

「愛してるよ、クラリス」

でも——

目の前のアレクシスを拒絶することは、どうしてもできなかった。

五　避暑地へ

「クラリス、疲れただろう？　少し休もうか」

アレクシスに手を引かれて、クラリスはカフェへと立ち寄った。

今日はアレクシスに誘われてデートをしている。と言っても、王都の商店街をぶらぶらと歩いているだけなのだが。

花をめでる会から二カ月。

ロベリウス国はすっかり夏に彩られて、照りつける日差しもかなり強くなった。

日傘をさしているけれど少し歩けばじっとりと汗をかくくらいなので、カフェで冷たい飲み物が出てくるとホッとしてしまう。

アレクシスに「別れるなんて言わないでくれ」と言われた花をめでる会から今日まで、彼は宣言通りクラリスのために頑張ってくれている。

忙しいのに休みの日には必ずクラリスをデートに誘って、朝夕の送り迎えも継続中。もともと優しかったが、輪をかけて優しくなったアレクシスに、クラリスもあれ以来「別れてくれ」なんて言えなくなっていた。

もちろん、まだ心の中では不安が渦巻いている。

このまま流されるように結婚してしまったら、また同じ未来が訪れるのではないかという恐怖はなかなか消えるものではない。

でも、クラリスに優しく微笑みかけてくれるアレクシスを前にすると、別れてほしいとは言えないのだ。信じるのは怖いけれど、信じたいと思う自分もいて、どうしていいのかわからない。

このままではいけない気がするという焦りが生まれては、優しいアレクシスを前に霧散する。その繰り返しだ。

「そう言えば、避暑地にはクラリスも行くんだろう？」

ぱたぱたと手で風を送りながら、アレクシスが言う。彼の目の前のアイスティーはすっかりからっぽで、おかわりが持ってこられるのを待っていた。アレクシスは暑がりなので、クラリス以上に喉が渇いていたらしい。

「はい、そのつもりです」

王都は盆地なので、夏場はとても暑くなる。そのため、夏が本番になると国王や妃たちはここから少し北にある避暑地へ移動するのだ。だいたい毎年一カ月程度は避暑地ですごしている。

クラリスもフェリシテの侍女のため、彼女について避暑地に向かうことになっていた。アレクシスもグラシアンのお供で向かうはずだ。

「今年はマチルダ様も一緒なんですよね？」

グラシアンとマチルダの結婚式は秋――あと三カ月と少し先に予定されている。そのため、マチルダは城へのお引っ越し作業中だ。一週間の半分ほどを城ですごすようになっていて、結婚前だがグラシアンとマチルダはほとんど新婚のような雰囲気である。

「うん。殿下と一緒に向かうはずだよ。マチルダ様が行くならクラリスは少し忙しくなるかな？」

「少しだけですけどね」

マチルダは実家から一人侍女を連れてくるはずだが、他の侍女はグラシアンとの結婚後に任命される。

城の生活に慣れるまでが大変だろうからと、フェリシテの侍女から二人ほどマチルダの方に移動されるはずだ。クラリスは以前に希望を出した通り侍女を続けることができなければ、マチルダとグラシアンの結婚式と時を同じくして辞める予定だし、ブリュエットも来月結婚のために辞職するので、マチルダの侍女にはならないが、彼女が結婚するまではフェリシテの頼みでマチルダが城にいるときの侍女も兼任していた。フェリシテの侍女として働いていた時間の三分の一ほどが、マチルダの侍女としての仕事にあてられている。

(といっても、マチルダ様が連れて来られるエディンソン公爵家の侍女はしっかりした方だから、あまりすることはないんだけどね)

勝手が違う部分を説明したり、侍女が一人では対応しきれないところを助けたりするくらいなものだ。マチルダは侍女に無理を言うような性格ではないので困ることもない。

運ばれてきたアイスティーのおかわりを飲みながら、アレクシスが笑った。

「それなら今年も自由時間があるだろうし、一緒にすごせる時間も多そうだね」

侍女とはいえ、交代で仕事をするので、仕事中以外は自由時間だ。羽目を外しすぎなければ、散歩に行こうと、たまたま一緒に避暑地で仕事をしている恋人とすごそうと咎められることはない。

(さすがに、仕事もないのに婚約者を連れて行くのはダメだけど……)

去年もそうだったが、ブリュエットからは恨めしそうな目で見られそうだ。ブリュエットの婚約者は避暑地には向かわないので、一カ月ほど離れ離れなのである。

「そう言えば、結婚式のドレスのデザインは決まったの？　避暑地に行く前に決めなければいけないんじゃなかったっけ？」

結婚式の話題が出て、クラリスはドキリとした。

アレクシスとこのまま結婚していいのかどうか、クラリスはまだ悩んでいる。けれど、結婚式はすでに予定が決まっているため、準備を無視することはできないのだ。両親もクラリスがアレクシスに別れを告げたことを知らないし、今の彼を前にして「別れてくれ」とは言えないので、このままいけば結婚式を迎えることになるだろう。

別れるなら早くしなければならないし、別れることができないならば結婚することを受け入れなければならない。

頭ではわかっているのに、クラリスは答えが出せないでいた。

「ドレスのデザインは、決まりました」

ドレスは悩んだ末に、記憶とは違うデザインにした。実は未来でアレクシスと結婚したとき、最後まで二つのデザインで悩んでいたのだ。だから今回は、悩んで選ばなかったもう一つのドレスに決めたのである。

「どんなドレスにしたのかは聞かないでおくよ。当日のお楽しみだね」

「はい……」

果たして、そのドレスでアレクシスの隣に立つ日は来るのだろうか。

（早く決めないと。……結婚式の直前になって取りやめるなんて、できないんだから）

別れるならば、避暑地から王都へ帰ってくる頃には決断しておかなくてはならない。

（あと、一カ月……）

この一カ月で、クラリスは決断できるだろうか。

何とかクラリスの意思を変えようと頑張ってくれているアレクシスを前に、やっぱり別れてほしいと言うことはできるのだろうか。

（でも、もう無理だわ。これ以上は時間がない。……避暑地から帰るまでに、答えを出さないと）

別れるか、別れないか。

猶予は一カ月。

もうこれ以上は、優柔不断ではいられない。

☆

王都から北へ馬車で半日。

標高の低い山の中腹のあたりに建てられている王家の別荘は、一カ月も王族がすごすため広い造りになっている。

国王が長期間滞在するため、武官や文官も大勢移動するのだ。避暑とはいえ、国王が一カ月も遊んではいられないので、別荘で仕事をするのである。

一度に全員が移動すれば大行列になるので、三組に分かれての移動となる。

国王と王妃一行、第二妃とウィージェニー王女一行、そしてグラシアンとマチルダ一行だ。

時間をずらして出発するため、グラシアンとマチルダ一行は、フェリシテたちが別荘に到着する翌日に到着することになっていた。

グラシアンたちが来る前にマチルダの部屋を整えるのだというフェリシテは楽しそうだ。

「ふふ、娘ができるっていいわね」

そう言いながら、マチルダがすごしやすいようにと、カーテンを明るいものに変えさせたり、部屋に置いておく茶葉の用意をさせたりしている。

マチルダの部屋はグラシアンの部屋の隣だ。結婚すればグラシアンと夫婦の部屋を使うことになるが、さすがに結婚式前に堂々と夫婦の部屋を使わせるわけにもいかないのである。

「王妃様、クッションカバーはこちらの水色のものでよろしいですか？」

「悩んでいるのよねぇ、ピンクと水色、どっちがいいかしら？」

クラリスがクッションカバーを手に訊ねると、フェリシテが顎に人差し指を当ててうーんと唸る。

「夏なので水色の方が涼しそうに見えますわね」

「でも、ピンクも捨てがたいですわ。白い花の刺繍が可愛らしいですもの」

「それなら水色のカバーの鳥の刺繍も愛らしいわ」

水色とピンクのカバーを並べて、侍女たちが揃ってむむっと悩みだす。

王太子夫妻の部屋を整えるときはマチルダが好きにするだろうが、この部屋は結婚前に使うだけなのでフェリシテに任されている。義母としてマチルダが気に入る部屋を整えたいフェリシテも、そんなフェリシテの役に立ちたい侍女たちの目も真剣だ。

「他にも色があったわよね？」

フェリシテは荷物が詰められている鞄に視線を向けた。

「他にはミント色と、クリーム色、それから白のレースをご用意しています」

ブリュエットが鞄からさっとクッションカバーを取り出す。

レオニー夫人は一カ月も子供を放置できないため同行していないが、荷物の準備はレオニー夫人が確認しながら行った。どうやらフェリシテが悩むであろうことはお見通しで、たくさんの選択肢を用意しているようだ。

「ううん、悩むわぁ……」

クッションカバーを一枚一枚確かめながら、フェリシテが頬に手を当てた。

「何を悩んでいるんだ？」

どうやら開けっ放しにしていた扉から外に声が漏れ出ていたようだ。ひょこっと顔を出したのは国王で、クラリスたちは慌てて姿勢を正す。

「あら、陛下。ちょうどいいところに。クッションカバーの色ですけど、どれがよろしいかしら？」

「またずいぶんと持って来たな……。どうせなら全部使えばどうだ？　クッションならたくさんあるだろう。足りなければ他の部屋から運んで来ればいい」

「まあ！　名案ですわ！」

目からうろこ、というようにフェリシテが手を叩く。

悩んでいたフェリシテは、嬉々として五色すべてのクッションカバーを使うことに決めて、ソファやベッドの上にクッションを並べさせた。

「ベッドの上は白とピンクにしましょう。残りはソファね」

「解決したか？　それならば休憩につきあってくれ。小腹がすいてね」

国王はフェリシテを誘いに来たらしい。フェリシテがくすくす笑いながら、マチルダの部屋の準備をクラリスたちに任せて部屋を出ていく。

フェリシテと国王がいなくなると、ブリュエットが部屋の扉を閉めながら小さく息を吐きだした。

「ここなら第二妃殿下の部屋からは遠いから大丈夫そうだけど、念のため部屋の中にあるものはすべてリストアップしておきましょう。……嫌がらせをされたら大変だもの」

小声でささやくように言ったブリュエットの言葉にクラリスたちは大きく頷いた。

夕方にはジョアンヌたち一行が到着するだろう。フェリシテを目の敵にしているジョアンヌが、マチルダの部屋に何か悪戯を仕掛けないとも限らないのだ。

考えすぎかと思うかもしれないが、実際、過去にフェリシテの部屋には細工がされたことがあったらしい。犯人不明のままで終わったが、レオニー夫人からおそらくジョアンヌだろうと聞いていたブリュエットの顔は険しかった。

「リストにないものを見つけたら注意するのよ。家具の色もチェックして。少しでも色が変わっていたら警戒するのよ。いいわね？」

「ええ」

マチルダにはフェリシテの侍女たちも交代でつく。必ず誰かがマチルダの周囲を警戒しておくようにと決めて、クラリスたちはフェリシテが国王とお茶をしている間に急いで部屋の中の確認を開始した。

（命にかかわるようなものではないとしても、結婚前に何かあったら大変だもの）

以前フェリシテの部屋に細工がしてあったときは、触れればかぶれを起こす薬品が、窓枠や家具に塗られていたらしい。大事にはならなかったが、フェリシテも小さなかぶれを起こしてしまったと聞いた。陰湿な嫌がらせである。結婚前にもしマチルダの手や顔がかぶれてしまったらと思うとゾッとした。

（そんな悲しい思いで迎える結婚式は嫌だもの。気をつけないと）

記憶ではマチルダがそのような嫌がらせをされたことはなかったけれど、花をめでる会のときと同じだ。記憶にないことが起こるかもしれないと警戒しておくに越したことはない。

クラリスは飾り棚を確認しながら、この一カ月、何事もなくすごせればいいけれど、とそっと息を吐きだした。

☆

翌日、グラシアンとともにアレクシスが別荘に到着した。

フェリシテが心を込めて用意した部屋は、マチルダのお気に召したようだ。可愛らしい部屋に嬉しそうに顔をほころばせてフェリシテに感謝を述べているのを見て、クラリスはホッとする。

二年後でもフェリシテとマチルダはとても仲が良かったけれど、巻き戻った今もそれは変わらない。

本日のクラリスの予定は、午前中はフェリシテの侍女としての仕事で、午後からは休みだ。

ジョアンヌは朝から侍女を引き連れて、山を下りた先にある街へ遊びに出かけて、夕方まで戻らないと聞いた。

フェリシテは午後からはグラシアンとマチルダとすごすようだ。

国王陛下は、ウィージェニーに誘われてこのあたりの町を視察に出かけた。ウィージェニーは医療に関心があり、王都を中心に新しい病院を作ろうとしているらしい。

各地に総合医療が行える施設を建てる案をウィージェニーが推し進めようとしているのだ。

（未来ではすでに王都に一つ、病院を作っていたわよね。古い建物を買い取って改装しただけのものだったけど……）

いずれは新しい総合病院を建てると計画を出していたが、なにぶん建造物を建てるのには時間がかかる。そのため、早く取りかかりたいウィージェニーは、施設が建てられるまでの仮の施設として、古い建物を改装して使うことにしたのだ。

最初はなかなか賛同が得られなかった総合病院だったが、はじめて半年もしないうちにその評価はひっくり返った。

ウィージェニーは王太子グラシアンの地位を脅かしたいのかと思うほどに積極的に動き回り、その名声を高めていたのだ。

クラリスは、自分を殺したウィージェニーにはいい感情は抱けない。だが、彼女が頭脳明晰であることは間違いない。やっていることも、国のため、人のためになることなので、否定しようがないものだった。

（複雑だけど……ウィージェニー王女のおかげで助かった人もいるのだし……）

その一方で、邪魔だと思ったもの——例えばクラリスの命をあっさり摘み取ろうとするウィージェニーのことは、正直まったく理解できない。命を大切にしたいのか、それとも粗末にしたいのかよくわからなかった。

だからだろうか。つい、疑った目で見てしまう。

ウィージェニーが医療の発展に力を注いでいるのは、果たして国民のためなのだろうか、と。

（って、こんなことを考えたらだめよね）

こんなことばかり考えていると、ウィージェニーと顔を合わせたときに失礼な態度を取ってしまうかもしれない。相手は王女なのだ。クラリスが失礼を働けば、最悪、ブラントーム伯爵家に累が及ぶ。気をつけなければ。

午前中の仕事を終えて、一度自分に与えられている部屋へ戻ろうと廊下を歩いていると、前方からアレクシスがやってくるのが見えた。

「ああ、クラリス。ちょうどよかった。今から会いに行こうと思っていたんだ」

花をめでる会の日から、アレクシスがほの暗い表情をすることはなくなった。にこにこと微笑みながらクラリスのそばまで歩いてくる。

「午後から余暇をもらったんだけど、クラリスも休みだろう？　近くの川にでも行かないか？　涼しくて気持ちがいいんだ」

（こんなに都合よく休み時間がかぶるなんて……王妃様と殿下が示し合わせたのかしら？）

あの二人はクラリスとアレクシスの関係を心配していて、何かあるたびに二人の時間を作らせようとするのだ。善意だとはわかっているが、変に気を回されすぎると困ってしまう。

（でも……別れるのなら、アレクシス様と一緒にいられるのもここにいる間だけだものね）

まだ心が揺れているが、別れなければ同じ未来を迎えることになるかもしれない。もしかしたら違うかもしれないという淡い期待に安易に流されてはいけないのだ。

（この一カ月で、優柔不断なこの感情にも区切りをつけなくちゃ）

何とかしてアレクシスを大嫌いになれないかと考えたこともあったが、それはもう不可能な気がしている。ならば、恋心を抱えたままでもいい。自分の中できちんと区切りさえつけられれば、恋心はいつか思い出に変わるだろう。

「予定もないですし、いいですよ」

「じゃあ、昼食を食べたあとで、玄関で待ち合わせよう。歩きやすい格好をしてくるんだよ。ドレスだとレースを小枝に引っ掛けてしまうかもしれないからね」

「確かにそうですね」

侍女の仕事をしているときは華美なドレスではないけれど、伯爵令嬢にふさわしい格好をしている。多少レースやリボンもついているので、小枝に引っ掛けて無残なことになるのは避けたい。

（部屋着のワンピースがあったからそれでいいかしら？）

靴もヒールのないものに履き替えた方がいいだろう。

足元を確認しながらそんなことを考えていると、アレクシスが身をかがめて耳元でささやいた。

「まあ、俺が抱きかかえて歩いてもいいんだけどね」

甘い声とそのささやきに、クラリスの顔がボッと赤くなる。

恥ずかしくなって思わず耳を押さえて身を引いた瞬間、ヒールの先端を絨毯に引っ掛けてしまって、クラリスの体がぐらりと傾いだ。

「おっと」

アレクシスがクラリスの腰に手を回して体を支えてくれる。

「急に後ろに動いたら危ないよ？」

「――――っ」

揶揄うように目を細めて、アレクシスがやはり近い距離でささやいてくる。

（絶対わざとやってるんだわ！　意地悪！）

アレクシスはクラリスの反応を見て楽しんでいるのだ。

クラリスがむっと口をへの字に曲げると、アレクシスが少しだけ体を離した。

「それじゃあ、あとでね」

クラリスが怒り出す気配を察したアレクシスは、怒られる前にそそくさと退散することにしたらしい。長い付き合いなので、どのタイミングでクラリスが拗ねるかを熟知しているのだ。

（もう！）

昔からこうだ。未来でもこうだった。

（文句を言う前に逃げるんだから、ずるい！）

クラリスは口をとがらせて、どこか楽しそうな足取りで去っていくアレクシスの背中を小さく睨んで、それからそっと息を吐き出す。

ちょっとムッとしたけれど、こんなやりとりは嫌いではなくて――

（やっぱりずるい……）

アレクシスは、こんな些細なやり取りでもクラリスの心をとらえて、離してはくれないのだ。

昼食と着替えを終えて、クラリスは玄関に降りた。

玄関前にはすでにアレクシスが立っている。彼も騎士服ではなく、シャツとズボンという楽な格好をしていた。足元だけはぬかるみを想定してか、乗馬のときのブーツを履いている。

手には小さなバスケットがあるので、飲み物や軽食が入っているのだろう。

「じゃあ行こうか」

自然と手をつないで、クラリスはアレクシスとともに別荘の西側へ向かって歩き出す。

西に少し行けば小川が流れているのだ。

山の中は木々が日差しを遮ってくれるので涼しくて気持ちがいい。

「落ち葉が滑りやすいから気をつけて。歩きにくかったり、疲れたりしたら本当に抱えて歩いてもいいんだよ?」

「大丈夫です！」

「恥ずかしがらなくても、山の中なんだから人に見られたりしないのに」

人に見られていなくても恥ずかしいものは恥ずかしいのだ。抱きかかえられたらアレクシスの体温を強く感じるし、距離も近くなる。目の前にアレクシスの顔があったらドキドキするではないか。

(これ以上好きになったら大変だもの！)

未来も今もアレクシスはクラリスに激甘なので、すぐに甘やかすのだ。

「じゃあ、つらくなったら言うんだよ？」

「そんなに長い距離でもないじゃないですか……」

すでに小川のせせらぎが聞こえてきている。小川までは別荘から歩いて十分もかからない距離だ。

「でも、クラリスは小さいから」

「身長は関係ないです！　それから、まだ伸びているんですからきっともっと大きくなります！」

言ってみたものの、二年後でも今と身長は大差なかったことはもちろん知っている。

（確かにわたしは身長がちょっと低いけど、ちょっとだけだと思うの。アレクシス様が高いから小さく思うだけだわ！）

アレクシスは長身なので、並ぶと結構身長差がある。おそらく三十センチ近く違うはずだ。でも、だからと言ってクラリスが小さすぎるわけではない。断じて！

「身長と体力は比例しないんです！」

「まあ確かに。クラリスはダンスも三曲くらい続けて踊れるもんね」

「三曲じゃないです。五曲は頑張れます」

「そう？　じゃあ、今度試してみる？」

「いいですよ？」

そして少しは見直せばいいのだと思って、そこでクラリスはハッとする。

ダンスを踊るということは、パーティーに出席するということだ。パーティーは基本社交シーズンに多く開かれて、シーズンオフの夏場はよほどのことがない限り開催されない。せいぜいガーデンパーティーなど、ダンスをしないのんびりした会が開かれるくらいだ。

（しまった……。こんなことを言ったら、今年の社交シーズンでアレクシス様と踊る約束をしたようなものじゃない……）

ロベリウス国の社交シーズンは秋の半ばほどからだ。ちょうど、クラリスが侍女を辞める予定の時期からである。今年はグラシアンの結婚式があり、社交シーズンの開始をその日からとするので、通年より社交シーズンの開始が一、二週間早まるが、それでも秋からだ。

（暢気に社交シーズンまで一緒にいたら、それこそ別れるのは不可能だわ……）

侍女を辞してから本格的に結婚準備にとりかかる。そうなれば、やっぱり結婚式はしませんとは言えない。ドレスだけならまだしも、招待客に招待状を配ったり、大聖堂に前金を支払って日付を押さえたあとでは無理なのだ。さらに、そのタイミングで国王陛下にも正式に結婚の報告をするから、そうなれば覆せなくなる。

内心あわあわするクラリスに対して、アレクシスは楽しそうだ。

「言質は取ったよ？」

そう言って笑うアレクシスは、絶対にわざとダンスの話題を出したに違いなかった。

（ずるいずるいずるい！）

気づけば逃げられないように包囲されている気がする。

（どうしよう……）

やっぱり今の約束はなしでと言えば、アレクシスは怒るだろうか。

（怒るわよね……）

この二カ月、アレクシスは怖い顔をしなくなったけれど、何かのタイミングでまたあの怖い雰囲気を出されるかもしれない。クラリスはまだ少し怖くて、アレクシスが確実に怒りそうな発言を二人きりのときにする勇気はない。

「ああ、川が見えてきたよ」

けもの道のように入り組んだ細い道を進んでいくと小川が見えてきた。

そよそよと流れている清流のほとりの小さな川州に降りてそっと水を覗き込む。

川底にはたくさんの拳大の石が沈んでいて、そのせいか水面が波打って見えた。ここのところ雨がなかったからか水量が少なく、石の表面を撫でるように水が流れているからだ。波打つ水面に日差しが反射して、キラキラしてとても綺麗だ。

魚でもいないだろうかとじっと川を観察するクラリスの横で、アレクシスが乗馬ブーツを脱ぎ始める。

「あー、暑かった」

そう言いながら、アレクシスはざぶざぶと川の中に入っていった。と言っても、水量が少ないので、アレクシスの踝（くるぶし）ほどの深さしかない。

「クラリスもおいで。水が冷たくて気持ちがいいよ」

「でも……」

「大丈夫。流れがゆっくりだし、深くないから大丈夫だよ」

（流される心配をしているんじゃなくて、足を出すのが恥ずかしいからなんだけど……）

川に入るなら、ワンピースの裾をたくし上げる必要がある。

未来で夫婦だったのだから今更だと思わなくもないが、今の時代では未婚のクラリスは、異性の前で足を出すのが恥ずかしいのだ。

（アレクシス様はそういうの、全然気にしてないみたいだけどね！）

クラリスが足を出すことについて、彼は何も思わないのだろうか。

ちょっぴり面白くないが、一人気持ちよさそうに水を楽しんでいるアレクシスを見ると悔しくなってくる。

（もういいわ！　どうせアレクシス様しかいないんだものね！）

相手が気にしていないのに、一人で悶々とするのは馬鹿馬鹿しい。

クラリスは靴を脱ぐと、ワンピースの裾を軽く持ち上げて慎重に川の中に足を入れた。

アレクシスがすぐに近づいて来て、転ばないように手を引いてくれる。

「気持ちがいいだろう？」

「……はい」

ちょっと悔しいが、確かに冷たくて気持ちがいい。

クラリスを支えるためだろうか、アレクシスが自然と腰に手を回してくる。

近い距離にドキリとしたけれど、狼狽えればアレクシスが揶揄ってくるのは目に見えていた。アレクシスはクラリスがドキドキしているのを見ると楽しそうな顔をするのだ。そして、嬉しそうに笑う。

「クラリスと王家の別荘地に来るのは今年が最後だね」

「そうですね……」

結婚するにしろしないにしろ、アレクシスとこうしてここで過ごせるのは今年が最後になるだろう。

アレクシスと別れて侍女を続けた場合、来年も同じようにクラリスがこの地を訪れる可能性はあるが、そうなっても二人の関係は変わっている。

クラリスが視線を落とすと、何かを感じ取ったのか、アレクシスがクラリスをそっと抱きしめた。

「ねえ、クラリス。頬へのキスくらいなら許してくれる？」

「きゅ、急に何を――」

驚いて、クラリスは弾かれたように顔をあげた。

綺麗な碧色の瞳が思った以上に真剣で、クラリスの顔が真っ赤に染まる。

花をめでる会以降、アレクシスはクラリスの唇にキスをしなくなった。クラリスを怯えさせるのではないかと自重してくれているのだろう。だから、手をつないだり、抱きしめられることはあっても、この二カ月の間キスはされていない。

狼狽えるクラリスの頬を、アレクシスがそっと撫でる。

「頬で我慢するから、ね？」

「で、でも……」

「もちろん唇でもいいよ。どっちにする？」

「あ……ぅ……」

おろおろと視線を彷徨わせるも、アレクシスは許してくれない。

「頬、唇。さあ、どっち」

何故二択なのだろう。おかしい。絶対におかしい。

「答えなければ唇ね。三、二……」

「頬で！」

カウントダウンをはじめられて、クラリスが慌てて叫ぶように言えば、してやったりとアレクシスが笑った。

悔しくて膨らませた頬に、ちゅっとアレクシスの唇が触れて、離れていく。

時間にして一秒くらいなものだっただろう。

それなのに、信じられないくらい恥ずかしくてクラリスが両手で顔を覆えば、アレクシスがぎゅっとクラリスを抱きしめた。

シャツ越しに、ミントのようなさわやかな香りがする。

(どうして唇にキスされるより恥ずかしいの……!?)

顔から火が出そうなほど熱くて、顔があげられない。

「今はこれで満足しておくよ」

言いながら、頭のてっぺんにもキスが落ちる。

「大好きだよ、クラリス」

その言葉を、いったいどこまで信じていいのだろうか。

(ねえ、アレクシス様は永遠にわたしを好きでいてくれるの……?)

クラリスが一度経験した未来のアレクシスではなく、今の彼なら。そんなことを、訊ねてしまいそうだった。

六　クラリスの決断

――それは、何の前触れもなく起こった。

「きゃああああああ――――‼」

夜のしじまを引き裂くような悲鳴が響き渡った。

「何⁉」

ベッドの中で微睡んでいたクラリスはどこからか聞こえてきた悲鳴に飛び起きて、慌てて部屋を飛び出す。

隣の部屋を使っているブリュエットも同じタイミングで部屋から出てきて、クラリスを見つけて駆け寄ってきた。

「今の聞いた？」

「ええ！　あの声……、マチルダ様かもしれないわ」

「何ですって⁉」

半分夢の中だったからはっきりとはわからないが、そんな気がする。

しかし、言ったクラリス自身も半信半疑だった。

（こんなこと……起こらなかったはずなのに……）

不用意に動いていいのかわからずブリュエットとともに廊下に立ち尽くすクラリスの耳に、バタバタという足音が聞こえてくる。夜の番をしている騎士たちだろう。

「どうした⁉」

「悲鳴が……あちらの方から……。マチルダ様かもしれません」

未来の王太子妃だ。マチルダの部屋の前には護衛のための騎士が常に立っているし、隣にはグラシアンもいる。彼の部屋のさらに隣はアレクシスたち側近の部屋だ。何かあればグラシアンやアレクシスがすぐに駆けつけるはずだが、何があったのかわからない状況では不安しかない。

「わかった！」

騎士がそう言って駆けていく。指示があるまで動かない方がいいだろうから、クラリスはブリュエットとともに廊下で待つことにした。

（マチルダ様の身に何かあったのかしら……？　でも、なんで……）

こんなの、記憶にない。

もしマチルダの身に何かあったらと思うと、動揺が止まらなかった。

花をめでる会の準備のときもそうだった。何故、記憶とは違うことが起こるのだろう。未来で死んで過去に戻って来たクラリスの存在が影響しているのだろうか。

（もし……もしマチルダ様に何かあったら、わたしのせいかもしれない……）

ぎゅっと白くなるほど手を握りしめて、祈るようにマチルダの部屋がある方向に視線を向ける。

ドクドクと恐ろしいほどの速さで打つ自分の脈を聞きながら待っていると、ややして、騎士がこちらへ戻ってくる。

「二人とも、こっちに来てくれ」

「あの、マチルダ様は？」

「無事だ。だが、部屋が少し荒らされていて、片づけを手伝って差し上げてほしい」

「荒らされているって、何があったんですの？」

ブリュエットが眉を寄せて訊ねるが、騎士は首を横に振るだけだ。

「わからない。殿下がマチルダ様に訊ねているが、その、ひどく狼狽されていて、お話できる状況ではないようだ」

それはそうだろう。部屋が荒らされていたということは、何者かが侵入したということだ。マチルダは相当怖い思いをしたに違いない。

「わかりました。ありがとうございます。行きましょう、クラリス」

「ええ」

ブリュエットが一度部屋に戻りランタンを持って来る。

ブリュエットとともにマチルダの部屋へ向かうと、彼女が連れてきた公爵家の侍女が蒼白な顔で散らばったガラスの破片を集めていた。よく見れば、絨毯が濡れている。

「大丈夫ですか？　何でガラスが……」

クラリスが彼女のそばに膝をつきながら訊ねれば、侍女は小さく頷いた。

「大丈夫です。マチルダ様にお怪我はございません。このガラスは、マチルダ様が驚いて投げた水差しの破片です」

（水差しを投げた……？）

ということは、マチルダは侵入者に気づいて咄嗟に近くにあった水差しで抵抗したということだろうか。

（ひとまず、お怪我がなくてよかったわ……）

クラリスはそっと息を吐き出し、ガラスの破片を拾っている侍女の手にそっと触れた。

「ここはわたくしたちが片づけますから、あなたはどうぞマチルダ様のおそばについていてあげてくださいませ」

「いいえ、マチルダ様は殿下のおそばにいらっしゃいますから――」

「それでも、気心の知れた方がおそばにいらっしゃった方が、安心なさると思いますから」

落ち着いてきたら何か飲み物が欲しくなるかもしれないし、姿が見えない侍女を心配しはじめるかもしれない。

それに、マチルダの侍女も相当参っているようだ。侍女は別室で休んでいたと思われるので、侵入者の姿は見ていないかもしれないが、主人の部屋に何者かが入り込んだのだから動揺しているはずである。彼女も少し休んだ方がいい。

「では、お言葉に甘えて……」

侍女が隣の部屋へ向かうのを見届けて、クラリスは散乱しているガラスの破片を回収していく。大きな破片を集めたあとは箒で掃いた方がいいだろう。絨毯も交換すべきかもしれない。絨毯の毛の中に細かい破片が入り込んでいるかもしれないから。

クラリスがガラスを片づけている間に、ブリュエットは部屋の中におかしなところがないか点検している。

駆けつけてきた騎士たちは部屋の窓を確認していた。バルコニーの窓ガラスの鍵のところが割られているので、侵入者は窓から入ってきたようだが、ここは二階だ。庭には夜の番の兵士が巡回しているのに、いったいどうやって入り込んだのだろうかと思っていると、兵士の一人が何かを見つけたらしい。

「上だな」

（上……？）

もしかして、上からバルコニーに降りてきたのだろうか。

（この真上の部屋は、確か空室だわ……。でも、ということはマチルダ様の部屋に入った侵入者は、一度離宮の中に入ったってこと？　玄関にも裏口にも兵士が常駐しているのに？）

もちろん、一階の窓のどこかから侵入したとも考えられるが、常に兵士が巡回しているのだ。彼らの目をかいくぐって入り込んだということは、それなりに訓練を積んだものではなかろうか。

そのような人間が、マチルダの部屋に入り込んだなんて。ただふらりと物取り目的で入り込んだわけではない気がする。

（マチルダ様をはじめから害するつもりだった、とか……？）

クラリスはゾッとした。

クラリスの記憶では、二年後もマチルダは元気だった。だけど、その未来が変わる可能性があるのだろうか。

（この部屋で何があったのか、アレクシス様ならある程度事情を知っているかしら？　……って、アレクシス様はどこ？）

グラシアンの側近のアレクシスが、この部屋にいないのはおかしい気がした。この部屋で何かがあったのだから、側近として率先して状況確認に動いているはずだ。グラシアンの身辺警護のためにそばにいるのだろうか。いや、グラシアンの性格なら、何があったのかを調べろとアレクシスに命ずるはずで――

（アレクシス様はどこ？）

クラリスは急に不安になって来た。

アレクシスの姿が見えないのはどうしてだろう。彼の身に何かあったのだろうか。

いてもたってもいられず、クラリスは窓とバルコニーを調べている兵士たちに近寄った。

「あの……アレクシス様はどちらに……？」

「ああ、クラリス嬢か」

遠慮がちに訊ねれば、兵士の一人がクラリスに気づいて振り返る。彼の顔は見たことがあった。アレクシスの友人の一人で、男爵家出身の衛兵だ。

「アレクシスなら、不審者を追いかけて行ったぞ」

「え!?」

思わず、クラリスは声を裏返した。

「ああ、そんなに不安がらなくても、アレクシス一人じゃない。殿下の部屋の前で警護に当たっていた衛兵二人も連れて行った」

それでも、たった三人で不審者を追いかけたということになる。

青くなったクラリスを心配するように、衛兵が笑った。

「大丈夫、アレクシスは強いからな。それに、不審者がどこへ逃げたかを探りに行っただけだろうから、深追いはしないはずだ」

「そう、ですか……」

クラリスは衛兵に礼を言って部屋の片づけを再開する。

けれど、一度胸に広がった不安は消えてくれず、震える手でガラスの破片を集めながら、クラリスはきゅっと唇をかんだ。

（大丈夫よ……）

アレクシスは大丈夫。何度も自分に言い聞かせながらすごす夜の時間は、まるで永遠のように思えた。

「戻りました」

どのくらい経っただろうか。

隣の部屋から聞こえてきたアレクシスの声に、クラリスはハッと顔をあげた。

部屋の片づけはある程度終わったが、日が昇って明るくなってから念のためもう一度確認し、絨毯も入れ替えるため、マチルダはこのままグラシアンの部屋で過ごしてもらうことになる。

クラリスとブリュエットはもう戻っていいと言われたが、クラリスはアレクシスが心配で、もう少しマチルダの部屋で待たせてもらっていた。

アレクシスが無事に戻って来た――、ホッとしたクラリスが、部屋に戻ろうとソファから立ち上がったとき、グラシアンの驚いた声が耳を打つ。

「お前、怪我をしているじゃないか！」

「え⁉」

クラリスは飛び上がり、我も忘れて部屋の外に飛び出した。

「アレクシス様！」

廊下で話しているアレクシスとグラシアンの姿を見つけて駆けて行けば、アレクシスがクラリスに気がついて目を丸くする。

「クラリス？　ここで何をして……」

「ああ、クラリスはマチルダの部屋の片づけを手伝ってくれていたんだ。そのあと、お前が戻らないから心配して待っていたみたいだな」

グラシアンがクラリスの代わりに説明してくれたが、クラリスはそれどころではなかった。

アレクシスが腕にハンカチを当てて押さえていたからだ。そのハンカチは赤く染まっている。

青ざめるクラリスに、アレクシスが安心させるように笑った。

「ああ、これは犯人が投げたナイフがかすっただけで、それほど大きな怪我じゃないから大丈夫だよ」

「大丈夫だろうとどうしようと、このあと侍医に見てもらえ。それで、マチルダの部屋に侵入した犯人は？」

「すみません、取り逃がしました。土地勘があるのか、しばらく追いかけて、角を曲がったと思ったら姿が消えていて……」

「そうか……。いや、気にするな。夜だったからよく見えないだろう。ひとまず、マチルダの近辺の警護を今より厳重にしよう」

「殿下の近辺もですよ」

「そう、だな」

　グラシアンは考え込むように顎に手を当てたが、「考えるのは明日にしよう」と言って首を横に振る。

「マチルダは私と同じ部屋で休ませる。お前は侍医のところだ。クラリス、悪いがこいつについて行ってやってくれ。行けと言っても、面倒がっていかないかもしれないからな」

「わかりました」

　ぎゅっと胸の前で手を握りしめて神妙な顔でクラリスが頷けば、アレクシスが困ったように眉尻を下げた。

「殿下、クラリスが血を見たら怯えるかもしれないので……」

「このまま部屋に戻らせた方が心配するだろう。クラリスのことだ、不安に思って朝まで起きているぞ。婚約者を寝不足にしたくないなら、一緒に行け」

「……わかりました」

　アレクシスが肩をすくめて、クラリスを伴って歩いて行こうとし、途中で何かを思い出したように振り返る。

「殿下、俺に投げつけられたナイフですけど、回収させています。血を拭ったあとで届けさせますので、ご確認をお願いします。……と言っても、どこにでもありそうなものだったので、大した手掛かりにはならないかもしれないですけどね」

「わかったわかった。いいから行け。あと、手当が終わったら朝までゆっくりしていい。私の警護は他に頼んだからな」

「くれぐれもお気をつけて」

「ああ」

グラシアンが野良犬でも追い払うようにぱたぱたと手を振る。

「アレクシス様、行きましょう?」

グラシアンに一礼して、クラリスは怪我をしていない方のアレクシスの腕にそっと触れた。

騒ぎがあったので、侍医も起きているはずだ。

一階の医務室へ向かうと、すでにグラシアンが遣いを出していたのか、四十代くらいの医師がアレクシスの到着を待っていた。クラリスの知らない医師だったが、城で働いている侍医は十人くらいいる。つい先日新規で三名入ったとも聞いたので、新しく入った医師なのかもしれない。

「侍医頭はウィージェニー王女のそばにいらっしゃいますので、私が診させていただきますね」

アレクシスとともにクラリスがついてきたのが意外だったのか、侍医は目を丸くしてから眼鏡の奥の双眸を優しく細める。

「ウィージェニー王女殿下に何かあったんですか?」

侍医頭はクラリスもよく知っている六十代の医師である。二十代のころから王家に仕えている古参の侍医で、王家の信頼も厚いため毎年離宮にも同行しているのだ。

侍医はアレクシスの傷の確認をしながら首を横に振る。

「いえ、マチルダ様の部屋の騒ぎで目を覚まされまして、不安で眠れないから鎮静剤が欲しいとおっしゃられましてね。侍医頭がお部屋に向かったのですよ。陛下や王妃様、第二妃様もお目覚めでしたので、ウィージェニー王女の診察後、陛下たちのご様子も確認してから戻って来るそうです」

「そうですか……」

ウィージェニーが騒ぎを聞いて不安を感じるほど繊細な性格をしているとは思えないなと心の中でつぶやきながら、クラリスは頷く。

「ああ、深くはないですが、結構切りましたね。縫いましょうか？」

（え⁉）

アレクシスは大きな怪我ではないと言っていたけれど、縫うほどのものだったようだ。

アレクシスの腕の傷を確認すると、侍医の言う通りなかなか大きな傷だった。

クラリスが泣きそうに顔をゆがめると、アレクシスが今にも舌打ちしそうな顔になった。

「いや、大した怪我ではないので」

「これは充分大した怪我ですよ」

侍医にきっぱりと否定されて、アレクシスがはあと息を吐いた。

「……婚約者が心配するので」

「心配させたくないなら、きちんと治療しましょう。破傷風になったら大変ですからまず消毒しますよ。少ししみますが、我慢してくださいね」

半ば押し切られる形で、傷を縫うことが決定した。

アレクシスが心配そうにクラリスを見やる。

「見ていて気分のいいものではないだろうから、クラリスは部屋に戻った方が……」

「いいえ、ここにいます」

縫うような怪我ならなおさらだ。心配で部屋に戻る気にはなれない。

アレクシスの隣に座って、ぎゅっと彼の服の裾をつかむ。怪我は怖いし、怪我を縫うというのも怖いけれど、部屋には戻りたくない。

「じゃあ、縫う間は目をつむっていなよ。クラリスの方が倒れそうだ」

血の気が引いた顔をしていたのだろう。アレクシスが怪我をしていない方の手でクラリスの目の上を覆う。ハンカチ越しに怪我を押さえていたからだろう、彼の手からは少し血の匂いがして、それが一層クラリスを不安にさせた。

(こんな事件なんて、起こらなかったのに……)

記憶では、マチルダの部屋に侵入者が入ってアレクシスが怪我をする事件なんてなかった。

(やっぱり、ちょっとずつ何かが違う)

クラリスが過去に戻ってきたからなのだろうか。それとも、クラリスが一度経験した過去と違う行動――アレクシスと別れようと試みたからなのだろうか。

(わたしが余計なことをしなかったら、アレクシス様が怪我をすることはなかったのかもしれない)

クラリスが一度経験した通りに生きていれば、同じ未来が訪れていたはずだ。

(今回は怪我ですんだけど、もし、アレクシス様に何かあれば……)

アレクシスの身に危険が迫る方が嫌だった。

クラリスは、確かに傷つくのが嫌だ。アレクシスに裏切られるのが嫌だ。でも――、それ以上に、もし、クラリスの行動でアレクシスに万が一ということがあれば、生きていけないかもしれない。

「大丈夫だよ、クラリス」

アレクシスがクラリスを安心させるように優しい声で言うけれど、ちっとも安心できなかった。

裏切られるくらいなら、別れた方がいい。でも、失うくらいなら――

「じゃあ縫いますから、そちらのベッドに横になってください。麻酔を使うので」

麻酔は近年開発された技術で、いくつかの種類があるらしい。

「麻酔の効きによっては多少の痛みはあるかもしれませんけど、我慢してくださいね」

アレクシスがベッドに横になったので、クラリスは侍医の邪魔にならないように反対側へ回って彼の枕元に座った。

侍医が麻酔の用意をはじめたとき、ガチャリとドアが開いて、侍医頭が入って来る。

「ああ、疲れた。まったく、怖いからって大騒ぎしやがって……って、あ？　どうした？」

この侍医頭はちょっと目つきが悪くて、そして口が悪い。が、よく悪態をつくが腕は確かで、意外と優しい。

侍医頭はベッドに横になっているアレクシスと枕元に座るクラリスを見て目を丸くした。

「先生、怪我をしたみたいで」

「ああん？　見せてみろ。こりゃあぱっくりやったなあ。なんだ、縫うのか？」

「ええ、そうしようと思っているんですが」

「なら俺がしてやろう。麻酔は？」

「えぇっと、今用意を……」

侍医がちょっぴり焦ったような顔をして、手元に集めていた薬品を侍医頭から隠すように背後に回した。

不思議に思っていると、こきこきと首を鳴らしながら近づいた侍医頭が、カッと目を見開く。

「この馬鹿もんが！　この傷でそんな強い麻酔使ってどうする！　しかもそれとそれを合わせりゃ副作用が出るぞ！　依存を起こさせる気かボケが‼」

侍医頭の大音量の怒鳴り声が部屋をびりびりと震わせた。

しかし、その大声よりも侍医の言葉の方が怖かった。

（え、この若い方の先生大丈夫なの⁉）

泰然と構えていたから安心していたのに、そのような危険な麻酔をアレクシスに使おうとしていたなんてと、クラリスはゾッとする。

血の気が引いたクラリスの目の前で、侍医頭が侍医から薬瓶を奪い取った。

「ああもう俺が全部する！　お前はそこで見てろ！　馬鹿が！　ったく！」

悪態をつきながら、侍医頭が手際よく麻酔の準備をする。

「嬢ちゃんは顔をそむけてな。心配ならそっちの手を握ってりゃいい。見ていて気持ちのいいもんじゃねえからな」

そう言いつつ、侍医頭がアレクシスの口に薬品をしみこませた布を押し当てた。

「ゆっくり吸いな」

侍医頭の指示に従って息を吸いこんだアレクシスの表情が、だんだんとぼんやりしてきた。

針の先で腕をつついてはアレクシスの反応を確かめて、侍医が「よさそうだな」と頷く。

もう一度傷口を消毒してから、侍医頭が手際よく傷の治療をはじめた。

傷の縫合が終わると、アレクシスが起きたら声をかけてくれと言って、侍医頭たちは隣の部屋に移動した。

眠っているアレクシスを見ながら、クラリスは考える。

包帯を巻かれた腕は痛々しく、麻酔が切れたらしばらく痛むだろうと侍医頭が言っていた。痛み止めを処方してくれるらしい。

麻酔がしっかり効いているからか、アレクシスの寝顔は穏やかだ。

クラリスはそーっと手を伸ばして、アレクシスの顔にかかる前髪を横に払った。

傷の影響で熱が出ることがあるそうだが、今のところ熱があるようには見えない。

アレクシスは昔から元気で、未来でも彼が体調を崩すことは滅多になかった。そのためか、こうして怪我の治療をされて眠っているアレクシスを見るとすごく心配になる。もしかしたら、このまま目を覚まさないのではないかと思ってしまうのだ。

（……わたしって、我儘ね）

裏切られたくないからアレクシスと別れたいと思った。

でも、アレクシスを失うかもしれないと思うと、離れたくなくなる。

自分でもあきれるほど単純だが、それが答えなのだろう。

クラリスは、自分が死ぬより――殺されるより、アレクシスを失う方が嫌なのだ。

もし未来を変えて、アレクシスが死ぬようなことがあれば、後悔してもしきれない。

（もし、同じように未来で死ぬことになっても、それまでアレクシス様と一緒にいたいわ）

それでまた、裏切られても、傷つくことになっても、もういい。

クラリスはゆっくりと上体をかがめて、アレクシスの額に口づける。

(大好き……)

裏切られても、その結果殺されることになっても、この気持ちだけはどうしても消せなかった。

だからもう、いい。

同じ未来を迎えようとも、残りの時間を精一杯、彼とともにいられればそれでいいのだ——

七　事故と陰謀

「そう、やっぱり予定通り、侍女は辞めるのね」

避暑地から王都へ戻って来て、クラリスはすぐにフェリシテに侍女を辞める話をした。

淋しくなるわねと言ってから、フェリシテが優しく微笑む。

「でも、それがいいわ。伯爵家のためにはもちろんのこと、あなたのためにもね。アレクシス以上にあなたを大切にしてくれる人はいないでしょうから」

「はい」

フェリシテの言う通り、未来で同じことになったとしても、今のアレクシス以上にクラリスを愛してくれる男性はいないだろう。

クラリスが頷くと、フェリシテは「ふふ、惚気られてしまったわ」と笑って、机から書類の束を取り出した。

「悪いのだけど、この書類をグラシアンのところに届けてくれるかしら?」

以前、書類を運んでいる途中にジョアンヌに書類を奪われそうになったことが一瞬脳裏をよぎったが、今回向かうのはグラシアンの部屋だ。以前のように、ついでに渡してあげるという言い訳は使えないだろうから、ジョアンヌに遭遇しても書類を奪い取られることはないだろう。

「かしこまりました」

この時間なら、グラシアンは執務室の方にいるはずだ。避暑地での問題も片づいておらず、王都に戻ってからもグラシアンは忙しそうにしている。

（まだ犯人はわからないのよね……）

クラリスは廊下を歩きながら、ふと、避暑地でのことを回想した。

マチルダの部屋に侵入者が現れたあの夜から王都に戻るまで、再び誰かの部屋に何者かが入り込むことはなかった。

警備が見直されて厳重になったから、入り込む隙がなくなったのだろう。

けれど、犯人の手掛かりもつかめないままだった。

アレクシスたちが追いかけて見失った犯人が何者だったのかは、依然としてわかっていないのだ。

アレクシスが回収して来た短剣も、特別なものではなくどこにでも売っているようなもので、犯人を特定するには至らなかった。

（でも……アレクシス様も殿下も、何か心当たりがありそうなことを言っているのよね）

明言しているわけではないが、グラシアンは再びマチルダが狙われる危険を感じているようだ。狙われる理由に心当たりがあるのかもしれない。もちろん、ただの侍女であるクラリスが首を突っ込んでいい問題ではないので訊くことはできないが、そのせいでアレクシスが再び危険な目に遭ったらどうしようと不安で仕方がない。

（結婚したら、アレクシス様は殿下の側近も騎士も辞めるけど……、まだ半年以上あるもの）

クラリスは再来月の頭に侍女を辞める。アレクシスは結婚式のギリギリまでグラシアンの側近を続けるけれど、結婚後はブラントーム伯爵家を継ぐためにクラリスの父の補佐をしながら子細を覚えるのだ。

（その前に、一カ月くらい新婚旅行に行くんだけどね）

新婚旅行では南の内海に浮かぶ島へ行くのだ。

新婚旅行のときのことを思い出して、クラリスは頬が緩みそうになった。

アレクシスは結婚前もクラリスに甘かったが、結婚してから輪をかけて甘くなる。記憶と同じになるのか、それともちょっと違う展開が待ち受けているのかはわからないが、楽しみには変わりがない。

結婚式は春なので水が冷たくて海には入れないが、手をつないで海岸を歩いたり、夕暮れ時に人気のないところでキスをしたり、記憶にある限りとにかくすっごく幸せな時間だった。

（って、しっかりしないと。今は仕事中よ）

別れるのをやめて結婚すると決めてから、油断すると頭の中がピンク色に染まりそうになる。

好きな人ともう一度結婚式を迎えて、いちゃいちゃ、ラブラブな新婚旅行に行けると考えると、顔の表情筋が緩んで戻らなくなりそうだ。

同じように死ぬかもしれない未来を気持ちの上で受け入れられたからだろうか、それならばそのときまで目いっぱい幸せになりたいというふうに気持ちが切り替わった。

だからとにかくアレクシスに会いたくて、べったりと張り付いていたくなる。

（仕事中、仕事中。にやにやしてたら変に思われるわ）

片手で軽く頬を叩いて表情を引き締めて、クラリスは廊下を急ぐ。

グラシアンの部屋を叩くと、彼とともに室内にいたアレクシスがひょっこりと顔を出した。

「クラリス？　どうしたの？」

「王妃様に頼まれて殿下に書類をお持ちしました」

キリッとした顔で告げてみたが、目の前のアレクシスが嬉しそうに笑うからつられて笑み崩れそうになる。

（結婚するって言ってからアレクシス様、とにかく甘いんだもの）

あの夜覚悟を決めてから、アレクシスには結婚する意志を伝えてある。

そして、これまで「別れたい」と我儘を言ったことも謝罪した。

アレクシスはすごく喜んで、片腕を怪我していて痛いはずなのに、クラリスを抱えてくるくると回って――

（だから、仕事中！）

笑っちゃダメ、と気合いを入れて、クラリスはアレクシスに案内されてグラシアンの執務室に足を踏み入れる。

「ちょうど休憩する所だったから、クラリスもつき合え」

グラシアンがクラリスから書類を受け取ったあとざっと中身を確認して、メイドにティーセットを三つ用意させる。

「あとで母上に渡す書類を用意するから、それを持って帰ってくれ」

「わかりました」

グラシアンの対面にアレクシスと並んで座ると、しばらくしてメイドがお茶とお菓子を運んでくる。

「結婚式の準備はどうなんだ？」

「これから本腰をあげて準備する所です。殿下は終わったんですか？」

「私はほとんど口出し無用らしいからな。マチルダと母上が進めている」

男が口出しすると全然先に進まないから黙っていろとフェリシテに言われたらしい。自分の結婚式なのに蚊帳の外だ、とグラシアンが苦笑した。

「ああ、花や飾りつけのことを言われてもよくわかりませんからね」

アレクシスがグラシアンに同意しつつ、クラリスを見る。

「そういうことは、女性の方がこだわりが強いだろうから、任せた方がいいでしょうね。もちろん、出来る限りのことはしますけど」

「やめとけやめとけ。手伝おうとしたら邪魔者扱いされるぞ。なあクラリス」

「え……いえ、そんなことは……」

ないと言いかけて、そう言えば記憶でもアレクシスはあまり結婚式の準備には口出ししなかったなと思い出した。グラシアンの影響で余計なことを言わず黙っていたのかもしれない。

「ドレスの色に口出ししただけで怒られるからな。私たちの仕事は、花嫁にこうしたいと言われたことに頷くだけだ」

「色だけじゃないでしょう。露出が多いだのなんだのと言っていたじゃないですか」

「仕方ないだろう！　背中が腰まであいているんだぞ？　結婚式には男も来るんだ、文句も言いたくなる！」

なるほど、グラシアンはマチルダの肌を見せるのが嫌らしい。

「でも、ベールをかぶりますから……」

「クラリス。ベールはレースだ。透けているじゃないか」

「ええっと……」

「ああ、この気持ちは女にはわからないかもな。アレクシス、では逆に聞くが、クラリスのドレスの腰がこんなにあいていて、その白い肌をじろじろと他の男が見ると考えてみろ。どう思う？」

「その男たちは抹殺しましょう」

「そうだろう⁉　そう思うよな⁉」

グラシアンが仲間を得たとばかりに勢いづいた。

「だから嫌だと言ったのに、これが流行りだと言ってマチルダも母上も……。おかげで私は悪者だ」

クラリスはグラシアンに同情しつつも、やはりそこまで過敏になる必要ないのではないだろうかと思う。グラシアンはそう言うが、誰も花嫁の背中を見るために結婚式に参列するわけではないのだ。誰が王太子妃の背中をいやらしい目で見るだろうか。

それなのに、アレクシスまで真剣な顔をしてクラリスに向かって、決めたドレスのデザインの露出具合を確認しはじめた。

（何でもいいって言ったくせに……）

この男たちには困ったものである。

「わたしのドレスの背中は、真ん中くらいまでしかあいていませんよ」

マチルダのように腰のあたりまで見せるようなデザインではない。そう言ったのに、アレクシスは「背中の半分も見せることになるのか」とぶつぶつ言いはじめる。

（なるほど、こんな様子で口出しされたら準備が先に進まないわよね）

マチルダもフェリシテもグラシアンを邪魔者扱いするはずだ。結婚式の日は決まっているのに、あれこれ文句をつけられたら準備が全然先に進まなくなる。

散々ドレスについて盛り上がっている男二人はしばらく放置するのがいいだろう。

ティーカップに口をつけつつ、耳半分でアレクシスとグラシアンの会話を聞いていたクラリスは、「そういえば」というグラシアンの声に顔をあげた。

「ここ最近で、クラリスの近辺で不審なことはなかったか？」

「不審なことですか？　いえ、特には……」

「何もないならそれでいい。ただ念のため気をつけておくように」

「はあ。……あの、何かあったんですか？」

わざわざグラシアンが訊ねてきたということは、何らかの事情があるはずだ。

クラリスが訊ねると、グラシアンとアレクシスが顔を見合わせた。無言のやり取りがあったような一拍の間があり、アレクシスが口を開く。

「いや、最近、結婚予定の花嫁が無作為に襲われるという事件があったらしくてね」

「そうなんですか？」

そのような事件があれば噂の一つとしてクラリスの耳にも入っていておかしくないが、今のところ聞いたことがない。

「そうなんだ。だから、クラリスも身辺には充分に気を配った方がいい。何かあればすぐに俺に言うようにね」

「はあ……」

どうも腑に落ちないが、グラシアンが気にしてアレクシスがそう言うのだからそうなのかもしれない。

（でも、結婚予定の花嫁が無作為に襲われるなんて……よくわからないわ）

一度経験した未来ではそのような物騒な事件は起こらなかった。

経験した未来と少しずつ何かが違っているのは、もうすでにいくつもあったので今更驚かないが、今回の話はどうも違和感がある。

「そういうことだから、外出するときは一人にならないように。わかったか？」

「はい、わかりました」

頷けば、アレクシスがホッと息を吐き出して、もう一度グラシアンに視線を向けた。

（なんだか、この二人だけ事情が通じているような変な感じがするわ）

結婚予定の花嫁が襲われたらしいので、いくつかの情報は持っているはずなのに、それを教えてくれる気配もない。

（……何か隠していそうね）

それはただの勘だったので、もちろん口には出せないが、この二人の視線のやり取りが妙に気になった。

（そう言えば、未来でもアレクシス様とグラシアン殿下は何かコソコソしていたのよね）

アレクシスはクラリスと結婚後、グラシアンの側近を辞めたはずなのに、何かにつけてグラシアンに呼び出されて城へ向かっていた。

そのせいでウィージェニーに会う機会が増えて、浮気に発展したのだと思っていたが、果たして本当にそうなのだろうか。

素知らぬ顔をしてお茶を飲む二人を見ながら、ふと、クラリスはそんなことを思った。

☆

「クラリス、すまない。明日、仕事になったんだ」

避暑地から戻って数日がすぎたある日のこと。

城からの帰りの馬車の中で、アレクシスが申し訳なさそうに眉尻を下げてそう言った。

明日、クラリスはルヴェリエ侯爵家にお邪魔することになっていた。アレクシスの母と結婚式の打ち合わせをする予定だったのだ。

ルヴェリエ侯爵家からブラントーム伯爵家へアレクシスが婿に入るから、結婚式はブラントーム伯爵家が主体となって進めているが、アレクシスの家族を無視することはできない。そのため、義母とはこまめに連絡を取り合い、時間が許せば会いに行って、状況の報告と意向を聞いていた。

アレクシスの母はおっとりと穏やかな人で、息子を婿に出すとはいえ義理の娘ができることを喜んでくれている。義母には娘がいないので、義娘の結婚式をすごく楽しみにしてくれているのだ。だからできる限り、義母の意向も取り入れたいし、一度経験した未来でもそうしていた。

（不思議なのが、前のときのお義母様のご希望が少し違うことなんだけど……）

いくつかの経験していない出来事が起こった影響だろうか。

結婚式のあとは、ブラントーム伯爵家で結婚披露パーティーを開く。飾りつけや使用する食器、提供するお酒や料理に至るまで細かいことを決めなければならず、実母とも義母とも綿密に打ち合わせを重ねる必要があるのだが、義母が希望した食器のブランドが以前と違うのだ。

（食器はルヴェリエ侯爵家が買ってくれるって言うから最終的にはお任せすることになるんだけど、ちょっと不思議よね）

些細な違いだし、前回と少し似たデザインで、義母の好みからは外れていないので前回と今とで義母の趣味が変わったわけではないのだろうが。

（ちょっとずつ何かが違うと、未来も違うのかしらって、思ってしまうわ）

できることなら幸せになる方向で変わってほしいと思うけれど、これぱっかりはどう転ぶかわからない。アレクシスが危険な目に遭わなければいいけれど、とクラリスは目を伏せる。

「だからねクラリス……って、聞いてる？」

「あ、はい。お仕事ですね」

つい思案に耽っていたクラリスは、ハッとして誤魔化すように微笑んだ。

「うん、だから、明日うちに来るのは延期にしようか」

「え？　いいですよ、わたしだけでも。お義母様とお茶を飲みながら結婚式のお話をするだけですし」

アレクシスが隣にいても、結婚式の準備にはあまり口を挟んでこない。なので、打ち合わせにはいなくてもまったく問題がないのだ。

「そう？　クラリスがいいならいいけど……」

そう言いつつも、どこか面白くなさそうな顔だ。

（もしかして、のけ者にされたと思って拗ねてる？）

口には出さないが、おそらくこれは拗ねている顔だ。

クラリスはくすくすと笑って、隣に座っているアレクシスの顔を覗き込んだ。

「食器やお花の準備についてお話しするだけですよ？　ちゃんとあとで報告します」

「……クラリスは、うちの母上と仲がいいよね」

義母と仲がいいのは喜ぶべきことだと思うのだが、やっぱりアレクシスは面白くなさそうだ。

「まさか……お義母様にやきもちですか？」

それはないだろうと思いながら揶揄って見たのだが、アレクシスは少し頬を染めてぷいっと顔をそむけた。どうやら図星だったようだ。

（本当にやきもちだったの？）

クラリスは驚いたが、自分の母親にまで嫉妬するアレクシスを可愛いと思ってしまうのだから自分も大概重症だ。

「ふふ……」

クラリスがアレクシスの肩にそっと頭をつけると、彼がやっとこちらを向く。

そっとハーフアップにしている焦げ茶色の髪を撫でられた。

「俺はついて行けないけど、伯爵家の使用人と一緒に向かうんだよ？」

そう言えば、「結婚予定の花嫁が襲われる事件」とやらがあるから気をつけるように言われていたのだった。

（そんな事件、やっぱり聞かないいんだけど……）

かといって、ここは従っておかないと、心配したアレクシスに明日は外出禁止にされかねない。

「わかりました。侍女のエレンと、うちの護衛を一人連れて行きますね」

ブラントーム伯爵家には警護のために雇っている兵士が数名いる。普段は邸の警備や、父が外出するときに同行するのが仕事だが、家人が護衛を頼めばもちろんついて来てくれる。彼らの一人に頼めばいいだろう。

「うん、それならいいよ」

護衛を連れていくと聞いて、アレクシスも納得したようだ。

「護衛といえば、マチルダ様の近辺に配置された護衛の数がまた増えていた気がするんですけど……」

もともと数名の護衛がつけられていたが、今では十人近くに増えていて、マチルダが窮屈そうにしている。グラシアンの倍以上の護衛がつけられているのだ。

「結婚式が近いから、殿下も心配しているんだよ。避暑地の件も片づいていないからね」

「そうだとしても、お城の中にはたくさんの兵士がいるのに……」

外出中ならまだしも、城の中で十人近くも護衛をつけておく必要はない気がするが、アレクシスは首を横に振った。

「別荘のときも、見張りの兵士がいたのに侵入されただろう？　油断して未来の王太子妃に何かあれば大変だ」

「そう言われればそうですけど……」

だが、どこを行くにもぞろぞろと護衛にあとをついて来られるマチルダがストレスを感じているようなのだ。フェリシテに何とかならないかと相談しているのも聞いた。フェリシテは困った顔で「我慢して頂戴ね」としか言わなかったが。

「結婚したら殿下と同じ部屋になるから、護衛の数も落ち着くよ。あと二週間の辛抱だ」

そうは言っても、すでに憂鬱そうな顔をしているのに、あと二週間我慢してくださいとは言いにくい。

「せめて護衛を女性にできませんか？　大勢の男性について来られるのは精神的な負担が大きいと思います」

避暑地でマチルダの部屋に侵入した犯人が捕まれば、グラシアンの過保護も落ち着くかもしれないが、手掛かりがないそうなので仕方がない。

ならばせめて護衛が男性から女性に代われば、まだ落ち着いて過ごせると思うのだ。

「なるほど、確かにね。わかった、殿下に言ってみよう」

「お願いします」

そんな話をしていると、馬車がブラントーム伯爵家の玄関前で停まる。

「じゃあ、クラリス。名残惜しいけど今日はここまでだね。明日は気をつけて行ってくるんだよ」

ちゅっと頬に口づけてから、アレクシスがクラリスの手を引いて馬車からおろしてくれる。

別れ際に、今度は額に口づけが落ちてからアレクシスが再び馬車の中に戻った。

馬車が見えなくなるまで玄関前で見送ってから邸に入ると、馬車の車輪の音を聞いて迎えに出ていたエレンが困り顔をしていた。

「どうしたの？」

「それが、旦那様が……」

父に何かあったのだろうかとさっと顔を強張らせたクラリスだったが、続く言葉に脱力した。

「ベビーベッドを買ってこられました」

「…………」

クラリスは額に手を当ててため息を吐き出すと、無言で階段を上っていく。

エレンに案内されて向かえば、使っていなかった部屋の中で、両親があれやこれやと楽しそうに言い合っているのが聞こえてきた。

「お父様お母様、気が早いって何度言えばわかるんですか！」

結婚式も前に何故子供部屋の準備をはじめるのか。

部屋に入りながら文句を言えば、両親はそろって笑顔で振り向いた。

「クラリス、見て？　可愛いでしょ？」

「男の子でも女の子でも使えるようにしてみたんだ」

嬉しそうな二人には、クラリスの苦情が聞こえていないようだ。

（まったく！　……でも、そうね。そう言えば、未来では孫の顔を見せる前に、死んじゃったのよね）

少しずつ記憶と違う出来事が起こっているなら、せめて孫の顔だけは見せてあげることができるだろうか。

ドン！　と部屋の真ん中に鎮座するベビーベッドを見ながら、クラリスは困ったような、切ないような、複雑な感傷を覚えたのだった。

☆

次の日の昼、クラリスはルヴェリエ侯爵家へ向かう前に、手土産のお菓子を買うために商店街へ足を延ばした。

（お義母様はカヌレがお好きなのよね）

表面はカリッと、中はしっとりと口触りのいいカヌレはクラリスも大好きで、新作は常にチェックしている。確か、クラリスがよく行く店に秋の新作が並んでいるはずだった。

（プレーンと、お義母様のお好きな紅茶風味のものと、あとは秋の新作で決まりよね。新作はリンゴ味だったはず）

馬車を店から少し離れた場所の人の邪魔にならないところに停めて、クラリスはエレンとともに赤いレンガのお菓子屋の入り口をくぐる。

そして、カヌレを注文しようとしたクラリスは、限定のフレーバーを見て首をひねった。

（あれ、リンゴじゃない。イチジク？　あれ？）

勘違いでなければ、今年の限定はシナモンのきいたリンゴ味だったはずだ。

（ここでも、違いがあるの？）

記憶とちょっとずつ何かが違う日常。まさかここにも違いがあるなんてと驚きつつ、イチジク味を注文する。

手土産用にプレーンと紅茶、イチジクをそれぞれ五個ずつ、そしてせっかくなので自宅用にも同じだけ包んでもらってクラリスは店を出る。

（ま、いっか。食べたことのない味が楽しめると思えば）

この店のカヌレでイチジク味は食べたことがない。得をしたと考えよう。

エレンが荷物を持ってくれたので、クラリスは日傘をさして停めてある馬車までの短い距離を歩く。

「自宅用にもたくさん買ったから、帰ったらカヌレを食べつつお茶しましょ」

エレンとそんな話をしながら歩いていたとき、背後から「暴走車だ‼」という叫び声が聞こえた。

「え？」

振り返ったクラリスは、道の真ん中を一台の馬車がすごい勢いで走ってくるのを見つけて息を呑む。

「お嬢様‼」

エレンが叫んだが、クラリスは咄嗟に動けなかった。

「きゃあああああ‼」

馬車が人を何人も跳ねながらこちらへ向かって突っ込んできて――

クラリスの日傘が、宙を舞った。

☆

「今のところ、集まった情報はこれだけか。……証拠として使えそうなものはほとんどないな」

王城の王太子の私室で、アレクシスはグラシアンとともにローテーブルの上に広げられた資料を読んでいた。

「怪しいには怪しいですけど、怪しいだけでは罰せられませんからね」

資料の一枚を手に取って、アレクシスが眉を寄せる。

これらの資料は、グラシアンの側近の一人で諜報活動が得意なジェレットが調べてまとめ上げたものだ。情報が少ない中でこれだけのものを集めてきたジェレットの有能さには舌を巻くが、それでも決定打になる証拠は何一つない。

「ジェレットでも苦戦するとはな」

「あの方が敵ではなく味方であれば心強いんでしょうけど」

「あれが権力に固執する以上は無理だし、マチルダに危害を加えようとした時点で俺は容赦するつもりはない」

グラシアンが氷のような目をしてささやくように言う。

（まあ、確かに）

野心を持っているだけの状況ならもしかしたら……という希望は持てた。だが、グラシアンが世界で一番大切にしている存在に刃を向けた時点でそんな淡い希望は露と消えたのだ。あとはいかにして相手を出し抜き、証拠を集めて糾弾できるかというだけである。

クラリスにも秘密にしているが、グラシアンもアレクシスも、避暑地でマチルダの部屋に侵入してきた人物の裏にいる相手には予想がついている。それも限りなく確信に近い予想だ。だが、何一つ証拠がない。そのため、相手を油断させるためにも、何も気づいていない体を装っているのだ。

「お前の方に接触はあるのか？」

「たまに話しかけられはしますが、これと言って」

「そうか。だが油断はするな。お前が標的に上がる可能性だってあるんだぞ。あれは邪魔だと思ったものに容赦がないからな」

「わかっています」

「できることなら冤罪でも何でもいいから捏ちあげて捕らえたいところなんだがな」

「下手を打てば殿下の立場が危うくなりますよ。そのような絶好の機会を見逃すような甘い相手ではありませんからね」

「ああ……」

グラシアンが資料を睨みながら息を吐く。

アレクシスがもう一度資料を最初から読み直そうとしたときだった。

「殿下‼　こちらにアレクシス・ルヴェリエ様はいらっしゃいますか⁉」

どんどんと不躾なほど激しく扉が叩かれて、グラシアンが慌てて資料をまとめて立ち上がる。

鍵のかかる引き出しの中に資料を押し込めたあと、泰然と構えてから扉の外に返事をした。

「いるが、どうした？」

許可を得て扉を開けたのは、顔見知りの兵士の一人だった。

アレクシスを見ると、焦った顔で叫ぶように言う。

「ブラントーム伯爵令嬢が事故に遭ったと報告が――」

「何だって⁉」

アレクシスは弾かれたように立ち上がった。

「それでクラリスは⁉」

「現在ブラントーム伯爵家にいらっしゃると。命に別状はないそうですが、お怪我をされたとかで、心配なさった王妃殿下が城の侍医を派遣なさいました。私は王妃殿下の指示でこちらへ……」

「アレクシス、今日はいいからクラリスのところへ行ってやれ」

「はい！　失礼します！」

グラシアンの許可を得て、アレクシスは部屋から飛び出すと、無作法は承知で廊下を駆け抜ける。

（クラリス――！）

城の玄関前にはすでに手を回してくれていたのか馬車が用意されていて、それを使えと言われて飛び乗った。

ブラントーム伯爵家へ急ぐと、蒼白な顔をしたクラリスの母が出迎える。

「義母上、クラリスは⁉」

「鎮静剤が聞いて眠っていますよ」

自室にいると言われて、駆け出したい衝動を抑えて階段を上る。

部屋に入ると、クラリスがベッドの上で眠っていた。枕元には城の侍医頭が座っていて、クラリスの脈を測っている。クラリスの頭には包帯が巻かれていて何とも痛々しかった。

「先生、クラリスは――」

「うるせぇ騒ぐな。大丈夫だ。咄嗟に侍女の子がかばったおかげで、軽い怪我ですんだ。転んだ拍子に軽く頭を打ったみたいだが、命にかかわるような怪我はしていない。むしろ侍女の子の方が重傷だ」

クラリスの侍女といえばエレンだろう。アレクシスはエレンの姿を探して部屋の中を確かめたが、どこにもその姿が見えずに青ざめる。

「その、エレンは……」

「隣の部屋で寝かしている。腕と足の骨が折れているから、しばらく絶対安静だな。意識はしっかりしていたから、頭の方は大丈夫だが、リハビリを含めて半年はあまり仕事をさせずに様子を見た方がいい」

「わかりました」

命に別条がないとわかり、アレクシスはホッと息を吐き出した。

ベッドの縁に腰を掛けて、眠っているクラリスの頬に指先で触れる。

転んだ拍子に擦ったのだろう、頬に小さな切り傷があった。

頭以外に、肘と膝を擦りむいているらしい。大きな怪我ではないが血を止めるためにそれぞれ包帯が巻かれている。

「あの、事故と聞きましたけど……」

「俺も詳しく聞いたわけじゃねぇが、暴走車らしいぜ。運が悪かったな」

「暴走車……」

馬車を引く馬は調教されているとはいえ、何かに驚いたりして恐慌状態に陥った拍子に暴走することがある。とはいえ、それほど起こるようなものでもないので、侍医頭が言う通り「運が悪かった」のかもしれないが、大切な人が巻き込まれたらそんな一言では納得できない。

難しい顔をしたアレクシスに、侍医頭がクラリスの手首から手を離した。

「脈は正常だ。薬が切れたら痛むだろうから、つらそうなら鎮痛剤を飲ませてやれ。処方しておく。あと、何カ所か打撲があるから、しばらくは付き添ってやった方がいい。歩きにくいだろうからな」

「ありがとうございます」

「じゃあ俺は隣の侍女の子の様子を見に行くから、何かあれば呼べ。大丈夫だろうが、頭を打ってるからな、王妃殿下の指示で今日は一日ここに泊まり込むことになっている」

ひらひらと手を振って、侍医頭がエレンのいる隣の部屋へ向かった。

ぱたりと扉が閉まって、部屋に二人きりになると、アレクシスはぎゅっと眉を寄せる。

「クラリス……」

クラリスが事故に遭ったと聞いたとき、心臓が止まりそうだった。命に別状はないと聞いた今でも、ドクドクと壊れそうなほど激しく脈を打っている。

「暴走車なんて……」

いったいどこの馬車が暴走なんて起こしたのだろう。

事故を起こしたからには調査がされるはずで、アレクシスの元にもきっと調査報告が届けられる。馬車の所有者に苦情の一つでも――いや、百万くらいの苦情を言いたかったが、王太子の側近であるアレクシスが騒ぎ立てるわけにはいかない。王太子の品位が問われるからだ。

「やっぱり、今日は行かせるんじゃなかった……」

自分が仕事になった時点で、クラリスがルヴェリエ侯爵家へ向かう日取りを移動させればよかったのだ。

アレクシスは、消毒薬の匂いのするクラリスに顔を寄せて、きつく目を閉じた。

☆

夕方に目を覚ましたクラリスは、すぐそばにアレクシスがいるのを見つけて目を丸くした。

「アレクシス様、どうし――痛っ」

「クラリス、動くな。怪我をしているんだから」

起き上がろうとしたクラリスが全身に走る痛みに顔をしかめると、アレクシスが慌てて手を伸ばしてくる。クラリスを支えながら背中にクッションを入れてくれた。

「ありがとうございます。あの、わたし……」

クラリスはそこで、買い物を終えて店を出たところで暴走車にはねられそうになったことを思い出した。

「そうだ、エレンは⁉」

暴走車はクラリスの目前に迫っていた。

エレンがクラリスを突き飛ばさなければ、馬にはねられるか馬車に轢かれるかして、最悪クラリスは命を落としていたかもしれない。

突き飛ばされたクラリスは頭を打ったからか意識が朦朧としてしまって、少し離れていたところに停めていた馬車からブラントーム家の御者が駆けつけてきて、そのまま伯爵家へ運ばれたことしか覚えていなかった。

一緒にエレンもブラントーム伯爵家へ連れ帰られたはずなのだが、詳細はよくわからない。かろうじて意識をつなぎとめていたクラリスだったが、部屋に運ばれて鎮静剤を打たれたあとはそのまま気を失うように眠りについてしまったからだ。エレンの無事がわからない。

「エレンも命には別条はない。ただ、骨折して、しばらくは絶対安静だけど……」

「わ、わたし、エレンに会いに……」

クラリスを守ろうとしたせいでエレンの方が重傷を負ってしまった。

真っ青になるクラリスに、アレクシスがゆっくりと首を振る。

「エレンは今は眠っているから。クラリスも頭を打っているんだ、しばらくは安静にしないとダメだよ。無理に動こうとしないでくれ。君が事故に遭ったと聞いて、どれだけ肝が冷えたか……」

「ごめんなさい」

「いや、謝らなくてもいい。だけど、護衛が一緒だったはずだよ。護衛はどこに？」

「ご……護衛は、馬車に残してきて……。お店の近くに馬車を停めたし、その、ちょっとお買い物するだけだったし……あまり大きなお店じゃないので、護衛を連れていたらお店の迷惑になるかなと」

「クラリス」

アレクシスの声にあきれと非難の色が混じってクラリスは悄然と俯いた。

「ごめんなさい……」

しおしおと縮こまると、アレクシスがそっとクラリスの包帯に触れながら困った顔をする。

「まあ、馬車の暴走だから、護衛がそばにいてもどこまで役に立ったかはわからないけど。それでも、護衛はそばから離したらダメだよ。わずか一瞬でも、だ。いいね？」

「はい……」

「わかったならいい。おそらく義父上が護衛を叱責しただろうから、あとで俺からも事情を説明しておくよ。それより、喉は乾いていない？　先生から痛み止めが処方されているから、水が飲めそうなら一緒に飲んでおいた方がいいよ。完全に薬が切れたら痛みだすだろうからね」

アレクシスが水差しからコップに水を注いで、薬包とともに差し出す。

クラリスが水と薬を飲んでいる間に、アレクシスはメイドを呼んでハーブティーを入れてくるように頼んでくれた。アレクシスによると、今回処方されている痛み止めは紅茶と一緒に飲むと効果が弱まるそうだ。

「クラリス！」

「起きたのか⁉」

メイドから聞いたのか、ハーブティーが運ばれてくる前に両親が部屋に飛び込んでくる。

ほぼ同時に、騎士服に身を包んだ一人の男が部屋から小さく顔を出した。

「アレクシス様」

「ごめん、クラリス。少し外すよ」

彼はアレクシスの客人のようだ。

アレクシスが部屋から出ていくと、両親が心配そうにクラリスの顔を覗き込みながら、口々に意識ははっきりしているのか、痛みはあるのかなどと矢継ぎ早にたくさんの質問をしてくる。

「大丈夫です。それよりエレンは……」

「ああ、まだ寝ているが、先生から絶対安静と聞いている。しばらく休養させればいい。実家に帰るかここで休養するかは彼女に選ばせよう」

クラリスのために怪我をしたので、休んでいる間の給料ももちろん支払うと父親が請け負ってくれる。医療費も伯爵家持ちで、見舞金も出してくれるらしい。エレンはあまり裕福でない男爵家の出身なので、お金の心配をして休んでくれないかもと不安だったが、父が手厚く対応してくれると約束してくれたので大丈夫だろう。

「実家に帰ると、小さな弟妹たちがいて休めないでしょうから、うちで治療に専念させた方がいいかもしれませんね」

エレンの家は子だくさんで、エレンの下に四人の弟妹がいる。下の二人は男女の双子で、まだ四歳だ。遊びたい盛りで我慢がきかない年齢なので、なかなか帰らない姉が帰ってきたら大喜びではしゃいでしまうだろう。きっとエレンはゆっくりできない。

「なるほど、そうかもしれないな。ではエレンに家で休むように言っておこう」

「お願いします」

「エレンの代わりの侍女はこちらで手配するつもりだが、どうする？　結婚後、もう一人侍女を増やすつもりだっただろう？　少し早いが雇ってしまってはどうだ」

「そうですね、そうしましょうか」

エレンが復帰するころにはアレクシスと結婚式を迎えるだろう。それならば臨時雇いで入れるより、もともと雇う予定だったのを早めればいい。

（でもそうなると……ニケではなくなるのかしら？）

クラリスとアレクシスの結婚後に雇う侍女はニケという十六歳の少女だった。エレンをクラリスの侍女頭としてその下につけるため、同じくらいの身分の男爵家から選んだ。それ以上の身分だと、エレンが気を遣ってしまうだろうからだ。

（ニケは確か……春前まで別の伯爵家で働いていて、そこの主人が横暴で嫌になって辞めたのよね。そのあとうちの求人に応募してくれたから、今はまだ前のお邸で働いているころよ）

そばかす顔の、笑顔の可愛らしい気が利く女の子だった。できればニケがよかったが、別の伯爵家で働いているところを引き抜いてくるわけにはいかない。

「問題なさそうなら、こちらで求人を出しておくが。面接はクラリスとアレクシスがするといい」

「わかりました。じゃあ、お父様、よろしくお願いします」

「ああ。侍女の採用が決まるまではメイドに頼んでおこう。希望はあるか?」

「それなら、フィナが年回りも近くていいかもしれません。エレンとも仲がいいですから」

「それならフィナに頼んでおこう」

フィナでなくとも、うちの使用人は貴族平民関係なくみんな仲がいいから誰でも大丈夫だろうが、エレンが気を遣わず頼みごとができる人間の方がいいだろう。エレンは年長者に特に気を遣う傾向にあるため、年上だと遠慮してものを頼めないのだ。フィナはエレンの一つ下で、休憩中によくおしゃべりもしているから、彼女なら気兼ねなく頼みごとができるだろう。

侍女の採用と、しばらくエレンの代わりにフィナをクラリスのそばにつけることで話がまとまって、両親と他愛ない話をしていると、アレクシスが戻って来た。

(何かあったのかしら?)

アレクシスの表情が少し強張っている。

アレクシスが来ると、両親が気を利かせて部屋から出て行った。

二人きりになると、アレクシスがベッドの縁に腰を掛けて、そっとクラリスを抱きしめる。

「アレクシス様、どうかしたんですか?」

「ああ……いや、何でもないよ……」

アレクシスの歯切れの悪い返答から考えるに、彼は何かに迷っているようだった。

(気になるけど……言いたくなさそうだから、無理に聞き出すのも悪いわよね?)

アレクシスも王太子の側近という立場であるから、婚約者といえど何でもクラリスに教えることはできないのだ。クラリスもそれをよくわかっているから、彼が言おうとしないときは訊ねないようにしている。

怪我に触れないように注意しつつ、アレクシスがクラリスの頭を撫でる。

「クラリス……、君のことは俺が絶対に守るから」

それはまるで決意表明だった。

(突然どうしたの?)

アレクシスの腕の中でクラリスはぱちぱちと目をしばたたく。

けれど、アレクシスはそれ以上何も言わない。

(わたしの身の回りをやけに警戒しているみたいだし……もしかして、わたし、誰かに狙われているの?)

グラシアンを交えて三人で話したときは「結婚前の花嫁」が狙われる事件があると言っていたが、もしかしたら——

(でも、わたしが殺されたのは、結婚して一年後のことだし……)

今の時点で、アレクシスとウィージェニーは何の関係もないはずだ。だから、ウィージェニーの嫉妬がクラリスに向けられることもない——いや。

(待って、ウィージェニー王女はいつからアレクシス様のことが好きだったの?)

アレクシスが既婚者でありながら関係を持ったということは、少なくともウィージェニーはアレクシスに好意を抱いていたはず。

その好意は、いったいいつから持っていたのだろうか。

(胸がざわわする……)

ふと、花をめでる会の設営のときのことを思い出す。

アレクシスに手伝うように命じたウィージェニーの表情はどうだっただろうか。

（ああ、見たくなくて顔を背けちゃったから、よく覚えていないわ）

何故あのときウィージェニーの表情をじっくり確かめておかなかったのだろう。

クラリスが記憶している未来とは少し違うことが起きているのだ、ウィージェニーがもっと早くにクラリスを消そうとする可能性だってある。

ウィージェニーの気持ちがアレクシスに向いているなら、二人の関係が決定的になってからクラリスを抹殺するのではなく、それより早くに行動に移す可能性だってあるはずだ。

（落ち着いて、わたし……）

記憶の通りに進まない。それはどうしようもなく不安でもあるが、逆にチャンスかもしれない。アレクシスがクラリスの近辺を警戒しているということは、無防備だった未来のクラリスと違い、守られているということだ。

（このまま、わたしも死なずに、ずっとアレクシス様といられるかもしれない）

もしそうでなくとも、守ろうとするくらいにアレクシスはクラリスを大切にしてくれている。愛してくれているという証拠だ。

未来が変わるなら嬉しいけれど、変わらなくても、アレクシスに大切にされているという今があればそれでいいような気もした。

たぶん、同じ未来を迎えても、今度は彼を恨まないでいられるかもしれない。信じていられるかもしれない。

クラリスはアレクシスの腕の中で、そっと目を閉じた。

☆

「それで、クラリスは？」

「大事を取って侍女の仕事はしばらく休みますが、打撲と擦過傷だけなので命には別条ありません。頭も打っていますが、それほど強打したわけではないようで、後遺症も残らないだろうとのことです」

心配でブラントーム伯爵家に泊まった翌日、アレクシスはグラシアンの執務室で昨日のことを報告していた。

部屋にはもう一人、グラシアンの側近のジェレットがいる。

「そうか、それなら一安心だな」

「ええ……ただ――」

「ああ。ジェレット、報告を頼む」

グラシアンが視線を向けると、ジェレットがいくつかの紙を机の上に並べながら口を開く。

「昨日報告した通り、暴走車には御者、乗客ともに乗っておりませんでした。振り落とされた可能性も考慮しましたが、どこにもそれらしい人物はいなかったようです。それから、馬車を引いていた馬を解剖した結果、興奮作用のある薬物が検出されました」

暴走した馬はその後骨折して転倒し、安楽死させられたそうだ。骨折した馬は、蹄葉炎（ていようえん）や内臓疾患を起こしやすい。今回暴走した馬は前足と後ろ脚をそれぞれ一本ずつ折っていて、医師が致命的と判断したそうだ。苦しまないように、すぐに安楽死の処置がされ、その後解剖に回されたらしい。

本来であればわざわざ解剖まで回さないのだが、御者と乗客がいなかったと報告が上がった瞬間にグラシアンが解剖指示を出した。指示が出されたとき、すでに馬を火葬する準備が進められていて、一歩遅ければ灰になっていただろう。いくら何でも火葬に回すまでの時間が短すぎるため、何かあると感じ、グラシアンは即座にジェレットにも調査するように命じたそうだ。

（クラリスか、もしかしたら別の人物を狙ったのかもしれないが、故意的に馬を暴走させたとしか思えない）

アレクシスの見解はグラシアンとも一致している。

「馬車の持ち主はコットン伯爵家です。騎士団が調書作成のためコットン伯爵家に事情を確認したところ、当日は娘と侍女が買い物でその馬車を使っていたと回答がありました。買い物中だったため馬車には乗っておらず、御者も休憩で馬車から離れていたと」

「馬車を残して離れる御者がいるか」

「はい。ですので、コットン伯爵はその日のうちに御者を職務怠慢で解雇したそうです」

「その日のうちに？」

「ええ。その後、御者の身柄は騎士団により確保されましたが、今朝がた釈放。職務怠慢ではありますが、馬の暴走には関係がないだろうと判断されたようです」

「馬鹿な。死人も出ているはずだぞ？」

暴走車に巻き込まれた市民は多かった。クラリスとエレンは命まで奪われなかったが、馬にはねられて一人死亡したと報告が上がっている。

「死者が出ているのに、その日のうちに釈放されるなんておかしいですね。職務怠慢だけではなく、管理を怠った責任を問われるはずですけど」

　アレクシスが思案顔になると、ジェレットも頷く。

「ええ。本来はそうなんですが……コットン伯爵家の関係者のためか、第二妃殿下が口添えをしたそうです」

「ああ、そういえばコットン伯爵家は第二妃の実家の遠戚にあたるんだったな。御者とはいえ、親戚で雇われていた男が罪に問われれば体裁が悪い、そんなところか」

　グラシアンが忌々しそうに舌打ちする。

　ここから王太子権限で再度捕縛命令を出すことは可能だが、そうなればジョアンヌとの間にひと悶着あるだろう。ジョアンヌの命令よりグラシアンの命令の方が優先されるが、黙って引き下がるとは思えない。国王まで巻き込んで大騒ぎをはじめるだろう。

「……今騒がれるとそれはそれで面倒だ。ジェレット、その男の行動を裏から監視させておけ」

「手配済みです」

「助かる」

　グラシアンは眉間をもみながら、ふう、と息を吐き出す。

「ちなみに、今回の事件とあれとのつながりは？」

「今のところは、これと言って……」

「何か尻尾を出すかと思ったが、ここでも何もなし、か」

「はい。……あ、ただ、馬に使用された興奮剤ですが、市場では手に入りにくい類のものでした。普通に考えて医者を通さなければ手には入りません」

「入手ルートがわかりそうなら突き止めてくれ」

「かしこまりました」

「アレクシス。クラリスが狙われた可能性も充分考えられる。今以上にクラリスの身辺には気を配れ」

「わかっています」

「ジェレット、私の派閥――いや、母上の派閥まで含め、狙われそうな貴族はすべてリストアップしろ。相手がどこまで手を広げるかわからない。警戒しておくに越したことはないはずだ」

「アレクシス、騎士団長から報告は？」

「騎士の中で信用できる人間の選別はすでに終わったと報告がありました。殿下の結婚を理由に、隊の編成をし直すそうです」

「よし。気をつけろよ。おそらくだが、私が戴冠する予定――二年後までには大きな動きがあるはずだ」

「「御意」」

アレクシスとジェレットが揃って頭を下げる。

「私の結婚式では、何事もないといいのだが……」

疲れた顔でぼやくグラシアンを見ながら、純粋に愛する人との結婚式が楽しめない彼に、アレクシスはひどく同情した。

☆

その日は、綺麗な秋晴れだった。

マチルダのブライズメイドの一人でもあるクラリスは、他のブライズメイドたちと同じエメラルド色のドレスを身に着けて、大聖堂の祭壇の横に並んでいる。

祭壇を挟んで反対側にはグラシアンのグルームズマンであるアレクシスが、他のグルームズマンたちと整列していた。

参列席の最前列にはフェリシテと国王が並んでいる。

第二妃であるジョアンヌは参加しないが、異母妹であるウィージェニーは通路を挟んでフェリシテと国王の反対側の席に座っていた。

フェリシテはすでに目を潤ませていて、ハンカチを握りしめている。

怪我をしたこともあり、クラリスは予定より少し早くフェリシテの侍女を辞したのだが、マチルダに望まれてブライズメイドの役割だけはまっとうすることになった。

馬車の事故で負った怪我も、目立つような傷跡も残らず癒えてくれた。怪我のあとのあるブライズメイドなどマチルダが恥をかくだけだろうと心配したが、綺麗に治ってくれてホッと胸をなでおろしたものである。

花嫁より先に入場し、マチルダの到着を待っているグラシアンが、どこかそわそわした表情をしているのが見えた。

参列席に背を向けているので、参列席側からはグラシアンの表情はわからないが、こちらからでは丸わかりで、アレクシスが必死に苦笑するのを我慢している。

やがて、マチルダがゆっくりとバージンロードを歩いてくる。

ふわりと扇状に広がるベールに、純白のドレス。振り向いたグラシアンが、言葉もなく目を見開いた。

（ふふっ）

結婚式前にマチルダのドレス姿を確かめたくて仕方がなかったようだが、全員で阻止したのだ。ドレスの背中のあきぐあいばかり気にしているグラシアンが、結婚式直前でドレスにケチをつけたら大変だと思ったからである。

そのおかげでマチルダのウエディングドレス姿をはじめて見ることになったグラシアンは、美しい花嫁に目を奪われてしまったようだ。

マチルダがグラシアンの隣に立ち、彼に目配せをすると、グラシアンの頬が少し赤くなる。

（殿下たちは本当に仲良しよね）

クラリスとアレクシスの結婚式は半年後だが、今のグラシアンのように嬉しそうな顔をしてくれるだろうか。

（うん、きっとしてくれるわよね。だって、前のときもそうだったもの）

グラシアンの表情を通して、未来の記憶にある自分の結婚式を思い出す。

クラリスが隣に立つと、アレクシスは本当に嬉しそうに目を細めて微笑んでくれた。

（結婚式といえば、ニケの件は意外だったわよね）

未来で結婚後にクラリスの侍女になったニケは、今回侍女の採用を早めたことで、ブラントーム伯爵家に雇われることはないだろうと思っていた。

それなのに、募集をかけたところ、応募者にニケの名前があって驚いたものだ。聞けば勤めていた伯爵家をクビになったらしかった。記憶ではニケは自ら辞めたはずだったのに、ここでもどうやら未来が変わってしまったようだ。

ニケは記憶の中でもよく働いてくれていたし、エレンともうまくやれていたので、クラリスとしてはニケに来てもらった方がありがたい。少々不思議ではあったが、クラリスはそのままニケを採用することに決めた。

エレンはまだ怪我のため療養中だが、エレンの指示に従って、ニケはてきぱきと動いてくれている。

未来と異なることと同じこと――、二つのことが入り混じるクラリスのやり直しの人生は、どこへ着地するのだろうか。

同じ終わりを迎えるのならばあと一年と半年後。違うのならどうなるのかはまったく予測できない。

目の前でグラシアンとマチルダが結婚の宣誓書にサインをして、互いに微笑み合っている。

誓いのキスに、参列席から割れんばかりの拍手が巻き起こった。

みんなと同じように手を叩きながら、クラリスはちらりとウィージェニーに視線を向ける。

微笑を浮かべて手を叩くウィージェニーは、どこからどう見ても異母兄の結婚を祝福しているようにしか見えない。

（ウィージェニー王女は、すでにアレクシス様に心を傾けているのかしら？　……わからないわ）

けれど、警戒しておくに越したことはないだろう。

同じように未来で死んだとしても構わないとアレクシスとの結婚を決断したが、クラリスだって黙って同じ未来を迎えるほど潔くはない。

ヴィージェニーを警戒しつつ、違う未来がつかみ取れるのならばつかみ取りたいのだ。
——未来でクラリスが死を迎えた日まであと一年と半年。
その先の未来へ進むことができるかどうかは、まだわからない。

八　王太子の危篤

――クラリス……クラリス……。

ぽたり、と何も感じないはずの頬に温かいものが落ちる。

しゃくりあげながら、だんだんと体温が失われていくクラリスの体を抱きしめて泣くのは、クラリスが愛してやまない夫アレクシスだ。

（どうして……）

感じないはずの熱を頬に、体に感じながら、クラリスはその様子を俯瞰で見ていた。

そう――、事切れた自分自身とそれを抱きしめるアレクシスの姿が、足元に見える。

正直、状況がよくわからなかった。

まるで、自分の心が体から抜け出して、宙に浮かんでいるとでも表現すればいいだろうか。

自分自身を見下ろすなんて、変な気分だ。

それにしても――

（これは、何なのかしら？）

アレクシスが泣いている。

彼が泣く姿なんて、記憶にある限りクラリスは一度も見たことがない。

『アレクシス様』

クラリスの名前を何度も呼びながら泣き続けるアレクシスを見ていることができなくて、彼の名前を呼んでみるけれど、クラリスの声は届かないようだった。

――クラリス……クラリス、どうして……。

血まみれた部屋の様子と、自分の姿から察するに、これは未来でウィージェニーの刺客に殺されたあとのことだろうか。

(夢、よね……?)

死んだ自分を客観的に見られるなんてあるはずがない。

だからこれは夢のはずなのに――何故、こんな夢を見るのだろう。

――クラリス……。

(アレクシス様はどうして……)

自分が見せている夢のはずなのに、クラリスはこれが現実なのか夢なのかだんだんとわからなくなる。

『どうして、そんなに泣くの……?』

未来のアレクシスは、ウィージェニーに心変わりをしたはずだ。

それなのに、どうしてこの世の絶望を見たかのように泣き続けるのだろう。

やがて、泣き声が聞こえなくなって、アレクシスがクラリスの亡骸を抱きしめたまま立ち上がる。

ゆらりと、まるで彫刻のように表情をなくしたアレクシスの碧の目は、ぞくりとするほど冷たく、そして暗かった――

☆

「クラリス！」

肩を揺さぶられて、クラリスはハッと目を開けた。

息がかかるほど近くにあるアレクシスの顔が——大好きな碧色の瞳が、ひどく心配そうな色に染まっている。

夢で見た冷たく暗い色でなかったことにホッとしつつ、クラリスは軽く首を巡らせた。

室内はまだ薄暗い。

ここは、夫婦の寝室だ。

予定通り十七歳になる年の春にアレクシスと結婚式を挙げて、新婚旅行を終えて、今は夏。

領地を行ったり来たりの忙しい日々を送っていたが、去年の初冬に懐妊したマチルダのお腹が大きくなり、出産を来月に控えて、何かと忙しくなったためフェリシテから出産前後で城に助けに来てくれないかと相談を受けた。

マチルダにはエディンソン公爵家から連れてきた侍女が一人と、フェリシテから譲り渡した侍女が二人いるけれど、すぐに懐妊したこともあり、新しい侍女の募集をかけなかったという。身の周りがバタバタするとストレスになり、流産や早産の危険が高まると判断されたからだ。

それでなくてもマチルダを心配したグラシアンが妊娠前から何かと護衛をつけたがって、暇さえあれば張り付いているような状況だったので、これ以上はマチルダの精神負担が大きいと思われたのである。

しかし、出産前後は何かと忙しいため、マチルダが心を許している相手に声をかけてみることにしたらしい。

ブリュエットは現在懐妊中で、マチルダと一月遅れで出産予定なので、城には上がれない。そこでお鉢が回ってきたのがクラリスだったのだ。

――新婚早々、申し訳ないのだけど……。

フェリシテから頼まれて、アレクシスと相談した結果、クラリスは半年ほどの臨時雇いでマチルダの侍女になることを決めた。

アレクシスも、それならついでだとグラシアンから半年ほど側近に戻るように言われたそうで、二人そろって城勤め再開である。

ちなみに、クラリスが一度経験した未来ではこのようなことはなかったが、もうこれは今更だ。記憶にないことが度々起こっているので、気にする方が疲れる。

(やっぱり、夢、だったのよね……?)

ぼんやりしていると、アレクシスがそっとクラリスの頭を撫でる。

「クラリス、うなされていたけどどうしたの……?」

「夢を、見て……」

「夢？」

「あまり、幸せな夢じゃなかったものですから……」

アレクシスが泣く姿なんて、夢でも見たくなかった。

クラリスが表情を曇らせると、アレクシスがクラリスをすっぽりと抱きしめる。

裸の胸に抱きしめられると、少し高い彼の体温がじかに伝わってくる。

ホッと息を吐き出すと、アレクシスがちゅっと額にキスを落とした。

「こうしていたら、幸せな夢を見ない？」

「ふふっ、なんですか、それ」

クラリスは噴き出したが、アレクシスに抱きしめられていたら確かに幸せな夢が見られそうだ。

「でも、あれだね。悪夢ってさ、何かの前兆って言われることがあるだろう？　大丈夫だと思うけど、ちょっと気をつけて」

「大丈夫ですよ」

夢で吉凶を占うのは、十年くらい前にロベリウス国で流行った子供や貴婦人の遊びだ。

当時七歳くらいだったクラリスも、そのころは自分の夢に一喜一憂していた。幼かったこともあり、占いの結果をもろに信じてしまって、怖くて泣いたこともある。

「アレクシス様も、子供のころには夢占いを信じていたんですか？」

「今でも信じているよ。だって夢占いの通りになったからね」

「どういうことです？」

アレクシスはちょん、とクラリスの鼻の頭をつついて茶目っ気たっぷりに片目をつむる。

「夢占いで、青い目をした可愛らしい女の子と幸せな結婚をするって出たんだよ」

「……そこまで詳細な結果が出ましたっけ？」

結婚までは出たとしても、相手の特徴までは占いで出ないはずだが。

クラリスが首をひねると、アレクシスがクラリスの目尻を撫でた。

「俺の夢に出てきたのが、青い目をした可愛らしい女の子だったんだ。その夢の占いの結果が結婚だったんだから、青い目をした女の子が相手に決まっているじゃないか」

「それはまた、強引ですよ」

クラリスはくすくすと笑った。

「強引だろうと何だろうと、こうして現実になっているじゃないか。だから、俺の夢に出てきた青い目をした可愛い女の子はクラリスだったんだよ」

「ふふ、その夢の中でも青い目をした女の子と結婚したんですか？」

「したよ。結婚して、子供にも恵まれて、年を取って引退して、領地の田舎でのんびりと過ごすんだ。ときどき子供たちと孫たちが遊びに来てくれてね、とっても幸せな一生を送るんだよ」

「それは……素敵ですね」

「だろう？」

「ええ……」

未来が、クラリスが一度経験した通りの結末を迎えるなら、そんな未来は起こりえない。

だが、それが現実になるのならば、なんて素敵な未来なのだろう。

クラリスがアレクシスの胸に顔をうずめると、アレクシスがぽんぽんと背中を叩いた。

「眠くなってきた？」

「そうですね」

本当は眠くなったわけではなかったが、このままだと、アレクシスの語る未来予想図に泣いてしまいそうだった。

クラリスが目を閉じると、アレクシスが夏用の薄いシーツを肩にかけ直してくれる。

「おやすみ、クラリス」

「はい。おやすみなさい、アレクシス様」

こうして彼の腕の中で眠れる日は、あとどのくらいだろうか。

願わくば、アレクシスが子供のころに見た夢のように、ずっと先まで続いてくれればいいのにと、クラリスは思った。

☆

――クラリスの見た悪夢がまさかこのような結果を生むなんて、誰が予想しただろう。

その火急の知らせがもたらされたのは、エレンとニケの二人の侍女に支度を手伝ってもらい、登城の準備を整えていたときだった。

城からの使いが息せき切ってやって来て、クラリスと同じく登城の準備をしていたアレクシスの元に駆けつけるなり、青ざめた顔でグラシアンの危篤を告げた。

「え⁉　どういうこと⁉」

クラリスは思わず叫んで、そして蒼白になった。

クラリスは昨日も登城してマチルダとグラシアンに会っている。グラシアンは元気そうで病気の兆候などはまったくなかった。それなのにいきなり危篤と言われても理解が追いつかない。

「どういうことだ」

険しい顔をしたアレクシスが城からの使者を問いつめる。

使者が言うには、グラシアンに毒が盛られたそうだった。毒は朝食に盛られていたという。

「朝食って……マチルダ様は⁉」

グラシアンとマチルダは夫婦の部屋で一緒に朝食を取っている。グラシアンの食事に毒が盛られたということは、マチルダはどうしたのだろうか。

「マチルダ様はご無事です。食事と一緒に出された紅茶——厳密には砂糖に毒物が混入していたようで、マチルダ様は妊娠中のため紅茶をお飲みにならないので無事でした」

紅茶は妊娠中には飲まない方がいいと言われているので、マチルダはもっぱらハーブティーを飲んでいる。だが、砂糖に混入していたのなら、マチルダが毒を口にする可能性だってあったのだ。ハーブティーの種類によっては、マチルダは砂糖を入れて飲むからである。例えばルイボスティーやローズヒップティー、ジンジャーなどを飲むときは確実に、それ以外でもその日の気分で甘みを落とすときがあるのだ。

「それで、殿下は⁉」

「侍医頭がつきっきりで解毒にあたっています。殿下は毒に多少の耐性がございますので、なんとか持ちこたえている状況らしいです」

王族である以上、毒殺の危険は伴う。そのためグラシアンは幼少期から人体に影響が出ない程度の少量の毒を摂取して体を慣らしていた。

「つまり、殿下でなければ即死だった可能性もあるのか？」

「……侍医頭は明言しませんでしたが、おそらくは」

「くそ！」

アレクシスが、ダン！　と拳で部屋の壁を殴った。

普段温厚なアレクシスの怒りに、エレンとニケがびくりと肩を揺らしたのがわかり、クラリスは二人に今聞いたことは他言しないように命じて、部屋から出るように告げる。

「クラリス、俺は馬で先に行く。城へ向かうときは伯爵家の護衛を連れて行くんだよ？　いいね？」

「わかりました」

アレクシスが慌ただしく支度を終えて、使者とともに部屋を飛び出して行く。

足音が遠ざかり、やがて聞こえなくなると、クラリスはへなへなとその場に膝をついた。

ショックで、心臓がおかしい。

（毒なんて……）

もちろんこれもクラリスが一度経験した未来では起こっていない。

去年から、クラリスの記憶にないことが起こっていたけれど、いよいよクラリスが知っている未来から離れてしまっているのかもしれない。

（先生がついているから……大丈夫よね？）

侍医頭は腕のいい医者だ。

ウィージェニーの発案で先月王都に作られた総合病院でも、講師として招かれるほどなのだ。

侍医頭以上に腕のいい医者はそうそういない。だから、彼がついているなら大丈夫なはずだ。そう思いたい。

「そうだわ、早くお城に行かないと……」

一緒に朝食を取っているときにグラシアンが毒に倒れたのならば、マチルダは相当ショックなはずだ。急いで城に向かって、ついていてあげないと。

ドレスや化粧はもう終わっている。あとは髪をエレンに髪をまとめてもらおうと思っていたが、そんな時間は惜しい。

クラリスは震えている足を叱咤して立ち上がると、急いで城へ向かうことにした。


「ああクラリス！」

馬車で城に到着し、マチルダの部屋に急ぐと、部屋の前にはフェリシテが立っていた。

「王妃様！」

廊下でいったいどうしたのだろう。フェリシテは青い顔をして、普段の彼女からは想像できないほどおろおろと狼狽えていた。

「早く来てくれてよかったわ。今から呼びに行こうと思っていたの」

「は、はい。あの、殿下は――」

「グラシアンなら、先ほど一度意識が戻ったの。予断は許されない状況だけど、それ以上にこちらの方が大変なのよ。手伝ってちょうだい！」

「え？」

どういうことだろうと目をしばたたくと、白いエプロンを身に着けたレオニー夫人が慌ただしくマチルダの部屋に入っていく。

開いた扉から、マチルダのうめき声が聞こえた。

（もしかして、マチルダ様にも毒が⁉）

　青ざめたクラリスだったが、どうやらそうではなかったらしい。

「一カ月早いけど、お腹の子が生まれそうなのよ！　グラシアンが倒れたショックからなのかしら、急に陣痛がはじまって――」

「ええ⁉」

「産婆を呼びに行ったんだけど、まだ来ないの！　レオニーがわたくしのときに産婆の補助をしたことがあるから、今準備だけ整えてもらっているのだけど……。一カ月も早いでしょう？　侍医頭も産婆経験はないからお手上げだっていうし、グラシアンから離れられないし――」

　フェリシテがおろおろと円を描くように歩き回る。

「ひ、ひとまず落ち着きましょう」

　クラリスも相当動揺しているが、二人そろっておろおろしても仕方がない。

　レオニー夫人が忙しく動き回っているし、彼女の指示で他の侍女も駆け回っている。クラリスも手伝うべきだ。

「王妃様、ひとまず隣の部屋にでも……」

　王妃がいつまでも廊下でおろおろしているのはよろしくない。クラリスがフェリシテを隣の部屋に連れて行こうとしたとき、よりにもよって、青い顔をした国王陛下が駆けつけてきてしまった。

「フェリシテ‼　子は⁉」

「ああ、陛下！」

　こうなればクラリスの手には負えない。夫婦そろって、孫は無事に生まれるのかと手を取り合っておろおろしはじめてしまった。

　仕方がないので、クラリスは国王夫妻を廊下に残したまま、部屋の中に顔を出す。

「レオニー夫人、わたくしはどうしたら……？」

「ドレスだと邪魔になるから、着替えてきてちょうだい。控室に白いワンピースとエプロンを準備してあります。それから、手をしっかり洗って清潔に、髪はまとめて頭巾をかぶってちょうだい！　産婆が間に合わなければ、わたくしたちだけで取り上げることになるわ！」

　レオニー夫人がいつになく怖い顔をしている。産婆補助しか経験したことがない中、王太子の子を取り上げるには相当な覚悟が必要だ。もし赤子に何かあれば責任を追及される。だが、レオニー夫人はすでに覚悟を決めたようだった。

「わかりました！　急いで準備をしてまいります！」

「それから、王妃殿下、陛下、そこにいらっしゃったら邪魔でございます！　部屋に入るか、せめて隅の方に移動してくださいませ‼」

　さすが長年フェリシテの侍女を勤めているだけある。国王夫妻にも容赦ない叱責を飛ばして、レオニー夫人がマチルダの額の汗をハンカチでぬぐった。

　クラリスは急いで侍女の控室へ向かい、用意されていたワンピースとエプロン、そして髪を一つに束ねて頭巾を身に着ける。手をしっかり洗って戻ると、ベッドの上に上体を起こしたマチルダが荒い息をしていた。少し落ち着いたのだろうか。そんなことを思っていると、再びマチルダが苦しみだす。

　レオニー夫人は陣痛の間隔を調べているのだろう、時計を確かめつつ、マチルダの腰をさすっていた。

「クラリス、代わってください。あなたが一番落ち着いていますから。こちらへ。ここをさすって差し上げて」

見れば、レオニー夫人の指示には従っているが、他の侍女たちは蒼白な顔をしている、マチルダとともに公爵家からやって来た侍女でさえおろおろとしてあまり役には立ちそうになかった。クラリスだって充分に動揺しているが、彼女たちからすればまだましなのかもしれない。

マチルダの陣痛の波が引くと、レオニー夫人が立ち尽くす侍女たちに布やお湯を持って来るように檄を飛ばす。

「マチルダ様、何かお飲み物を飲まれますか？」

「ええ、ありがとう、水を……」

マチルダが飲みやすいように背中を支えて、クラリスは水差しからコップに水を移して彼女に手渡す。

コップに半分ほど水を飲んで、マチルダがホッと息を吐きだした直後、再び陣痛が襲ってきたらしい。ぎゅうっと眉を寄せて体を強張らせる。

「産婆の方がご到着なさいました‼」

そのとき、侍女の一人が泣きそうな声で報告した。

クラリスはホッと息を吐き出し、レオニー夫人を仰ぎ見る。

強張っていたレオニー夫人の顔に笑顔が戻った。

「これで一安心ですね。さあ、急いで準備を終えますよ！」

――その数時間後、少し小さいけれど可愛らしい男の子が無事に誕生した。

☆

グラシアンの瞼がゆっくりと開かれると、アレクシスはホッと息を吐きだした。

グラシアンの顔は血の気が引いて青ざめていたが、呼吸は少し落ち着いている。解毒薬が効いたのだろう。侍医頭がグラシアンの脈を取りつつ、ちょっと笑った。

「とりあえず落ち着いたみたいだな。安心はできないが、薬が効いている証拠だろう」

「アレクシス……」

グラシアンがかすれた声でアレクシスを呼ぶ。

声が出しにくそうなので耳を近づけると、グラシアンが浅い息をくり返しながら言った。

「毒物を調べてくれ。混入経路と、あと――」

「んな馬鹿な話はもっと落ち着いてからにしろや！」

王太子相手にも容赦のない侍医頭があきれ顔で叱責する。

「毒物については俺の方でも多少調べてある。細かい分析には時間がかかるが、解毒するには毒が何かがわからねぇと無理だからな。あとでそっちにメモした内容を渡してやるから、ひとまずは回復に集中しろ。まだ安心できねえんだぞ。言うことを聞かなければ、睡眠剤を飲ませて無理やり寝させるからな⁉」

グラシアンは肩をすくめたが、続く言葉に凍りついた。

「早く息子の顔が見たけりゃ余計なことに気を回してねぇで、安静にしろ！」

「は⁉　むす――けほっ！」

反射的に体を起こそうとしたグラシアンが、失敗してせき込みながらベッドに沈む。

「殿下、急に動いたら」

「ちょっと待て、息子って、どういう――」

アレクシスが注意しようとしたがグラシアンはそれどころではないらしい。

「ついさっき生まれたとこだ。早産で通常より小さいが、まあ心配なほど小せぇわけでもなかったから、ま、大丈夫だろ」

「ま、待ってくれ――、ではマチルダが……」

「ええ、無事に出産を終えて今は休んでいますよ」

アレクシスが教えると、グラシアンがショックを受けた顔になった。

「そんな……、子どもが生まれるときはそばについていようと思ったのに。なんてことだ……」

「無事に生まれたんですからいいじゃないですか。妃殿下の体調も大丈夫なようですよ」

「それはよかったが、いやだが、一人で心細かっただろうに……」

しょんぼりしてしまったグラシアンに、アレクシスは苦笑した。

毒に倒れて危篤状態と聞きすごく心配だったが、暢気にそんなことが言えるくらいには回復したようだ。

「はいはい、お子様のお名前も考えなければいけないでしょうし、落ち込むのはそのくらいにして、早く回復してください。急がないと陛下が勝手に名前を付けてしまうかもしれませんよ」

「それは困る。父上に勝手なことをするなと言っておいてくれ」

そうは言うが、すでに候補はいくつか見繕っているようだと、報告に来たジェレットから聞いた。

アレクシスはグラシアンにつきっきりだったが、ジェレットは情報収集で忙しく動き回っていた。主にグラシアンに盛られた毒物に関する調査をしていたようだが、そのついでにマチルダの様子と子ども、そして国王夫妻についても連絡をよこしてくれたのだ。

初孫の誕生に飛び上がらんばかりに喜んでいる国王夫妻は、すでに名前を何にするかで盛り上がっているらしい。グラシアンが毒に倒れたというのに、孫の誕生でそのことはすっかり頭から抜け落ちているようだと聞いたときはあきれたものだ。

(まあ、一度目を覚まして、最大の危険は去ったと報告したらしいから、そのせいもあるだろうが)

国王夫妻は昔から城に務めてくれている侍医頭に絶大な信頼を寄せている。彼がそばにいるのだからきっと大丈夫だと思っていたのだろう。

むしろ、侍医頭が手出しできない出産の方が大事だと慌てていたようだ。

「先生、マチルダと息子に会いたいんですが」

「無理に決まってるだろうが！　まず回復しろ！　それまで禁止だ‼」

「そんな……。じゃあ、一瞬で治る薬をください」

「あるかボケが‼」

(軽口が叩けるならまあ大丈夫そうだな)

侍医頭とじゃれ合っているようにしか見えないグラシアンにあきれつつ、アレクシスは席を立つ。

「じゃあ殿下、妃殿下と陛下たちに目を覚ましたことをお伝えしてきますね」

「ああ、頼む」

「それじゃあ、先生。あとは頼みます。何かあれば護衛の騎士にでも言づけてください」

グラシアンが毒に倒れたのだ。部屋の外には大勢の騎士が詰めている。

部屋を出たあと、顔見知りの騎士たちにもグラシアンのことを頼んで、アレクシスはマチルダの部屋へ向かった。

出産は夫婦の部屋ではなく、マチルダの私室が使われた。夫婦の部屋とアレクシスの私室とは近い場所にあるが、現在アレクシスは侍医頭の指示で部屋中を消毒された別の部屋に寝かされているため、階が違う。

階段を上っていると、ちょうど上から降りてくるウィージェニーとかち合った。

「あら、アレクシス。お兄様の容体はどうかしら？」

ウィージェニーは階段の途中で足を止めて、心配そうな顔で訊ねて来る。兄を心配する妹の顔だったが、果たして本心はどこにあるのだろうかと思いつつ、アレクシスは沈痛そうに目を伏せた。

「まだお目覚めになりません」

「あら、そうなの？」

「はい。侍医頭がつきっきりで回復に努めていらっしゃいますが、予断は許されない状況だそうです」

「そう……」

ウィージェニーが悲しそうに目を伏せる。

「わたくしもお見舞いに行こうかしら……」

「いえ、侍医頭が人払いをなさっていますから。国王陛下でもお部屋に入れないそうなので、もう少しお待ちになった方がいいでしょう」

「それなら、そうね。お兄様が回復するまで待つことにするわ。早く回復なさればいいけど。何かあれば教えてくれるかしら?」

「ええ、必ず。では陛下に呼ばれていますので、これで」

アレクシスはウィージェニーに一礼して、階段を上っていく。上りきったところで肩越しに振り返ると、ウィージェニーは階段を降りて、そのまま庭の方へ向かっていくのが見えた。

「………」

アレクシスは無言でウィージェニーが消えた方角を睨んでから、マチルダの部屋へ向けて再び歩きはじめる。

歩きながら、グラシアンの容体が落ち着いたことで冷静になってきた頭でアレクシスは考えた。

(殿下に毒が盛られたのは、ちょっと引っかかるな……)

別荘でマチルダの部屋に侵入者が入ったことはあったが、グラシアンに対してここまであからさまに命を狙われるような事件は起こったことがない。周囲で小さな事件は起こったが、城内で毒物が混入したとなると、これまでと違って犯人が特定されやすいはずだ。

(なりふり構わずになったということか……だが……)

何かが引っかかる。

アレクシスはあとでジェレットに相談してみようと決めて、マチルダの部屋へ急いだ。

☆

「アレクシス様!」

部屋の扉が叩かれたので様子を見に行くと、廊下にはアレクシスが立っていた。

マチルダは出産で疲れて眠っていて、ベッドは夏用の薄い帳がおろされている。

出産後の女性の部屋に家族以外の男性を入れるのはどうかと思ったが、アレクシスの様子を見るにグラシアンの件だろう。

クラリスは一度部屋の中にいるフェリシテと国王に確認をしてからアレクシスを部屋へ引き入れた。

フェリシテが、部屋からレオニー夫人とクラリス、そしてマチルダがエディンソン公爵家から連れてきた一人の侍女以外を部屋から出す。人払いという意味もあるが、出産でバタバタして疲れた彼女たちへの休憩も兼ねてだ。

クラリスが国王夫妻とアレクシスのためにお茶を用意する。

ここではクラリスはマチルダの侍女なので、話に参加することはできない。

ソファに腰かけて話しはじめた三人の様子を見ているだけだ。

アレクシスによると、グラシアンは先ほど目を覚ましたらしい。完全に安心はできないが、容体は落ち着いているそうだ。侍医頭と軽口が言い合えるくらいには回復しているという。

「お子様に会えないことを悔しがっていらっしゃいました。それから、お名前は殿下がご自身で考えたいので、名付けないでほしいそうです」

「あらまあ」

グラシアンの容体が落ち着いていると聞いたからだろう、フェリシテがホッとした顔をした後でくすくすと笑い出す。

「せっかく十個も候補を出したのになあ」

国王は残念そうだ。

口をとがらせて文句を言った国王は、そのあとですっと表情を引き締めた。

「それで、毒の入手経路はわかったのか？」

「現在調査中です。毒物については侍医頭が解毒の際に分析をかけたそうで、ある程度は絞り込めているようです。詳細を特定するには別の分析を行う必要があるそうですのでそちらは別途手配いたします」

「ああ、急げ」

「御意」

「それにしても、毒物反応は出なかったのか？」

「使われたティースプーンを見ましたが、反応はありませんでしたね。銀に反応しない毒物かと思われます」

「しかし、ヒ素ではない毒でグラシアンにあそこまでの反応があるとなると……」

「ええ。毒に耐性のある殿下は大抵の毒では命にかかわるようなことにはなりませんからね」

ヒ素ならば、グラシアンでも強い反応が出るだろう。あれは体に慣らすために摂取するのは危険すぎて、グラシアンは口にしたことがない。だが、ヒ素ならば生成過程に硫黄を含むため銀食器に反応が出る。

「殿下が飲み込んだということは、無味無臭もしくは限りなく無味無臭に近いものだったと思われますが――」

グラシアンは舌が敏感だ。少しでもおかしいと思えば吐き出すはずである。そんな彼が疑いを持たずに飲み込んだということは、味も匂いもほとんどないものと考えるべきだ。

どちらにせよ、詳細な分析結果もそれほど時間が経たずに出るだろう。

「あまりしたくはないが、毒見をつけるか」

三十年ほど前までは、王族の食事には必ず毒見係がついた。けれども時代が流れて、そのような人身御供のような存在は倫理的にどうなのかと問題提起がされ、毒見係の採用は止まったのだ。

とはいえ、外食する際はそれとなく側近が先に食事を取って確かめるようにはしているが、表立って毒見はできない。

「そのようなことをしては、周りがうるさいですわよ」

フェリシテが難色を示したが、国王は首を横に振った。

「犯人が捕まるまでの応急処置的対応だ。次がないとも限らないからな。明日にでも緊急で会議を行うことにしよう」

グラシアンは次期国王だ。現王は早々に生前退位すると決めているため、戴冠式の日取りも決まっている。権力がらみで狙われたのならば、犯人が特定されるまでは安心できない。毒見を採用しないのなら、もし万が一があった際に責任が取れるのかと問えば、大臣たちも頷くしかないはずだ。

「それから、毒が砂糖に混入していたとのことですので、マチルダ様が狙われた可能性もあります。護衛の数を増やしてもよろしいでしょうか？」

アレクシスはそう言うが、これ以上マチルダの護衛を増やせば彼女は落ち着かないのではなかろうか。とはいえ、子どもも生まれたあとだ。彼女や赤子に何かあっては大変である。

「そうだな。グラシアンが動けないのだ、私から騎士団にあげておこう」

「ありがとうございます」

アレクシスの報告はひとまず以上のようだ。

話を終えて立ち去ろうとしたアレクシスは、部屋を出たところでクラリスに向かって手招きした。

「どうしたんですか？」

クラリスが廊下に出ると、扉を閉めつつアレクシスが言う。

「殿下のことがあるから、俺は城に泊まろうと思うんだ。クラリスはどうする？　泊まるなら一緒にすごせる部屋を申請しておくけど」

「そうですね……。マチルダ様も心配ですから、泊まることにします。王妃様にもお伝えしておきますね」

「ああ。じゃああとで」

さすがに廊下でキスはできないので、アレクシスが軽くクラリスの頬を撫でてから去っていく。

（アレクシス様の表情を見る限り、殿下は大丈夫そうね）

クラリスはホッとしつつ、アレクシスが触れた頬を押さえながら部屋に戻った。

☆

グラシアンが療養している部屋の近くでアレクシスとともに休んだクラリスは、明け方、慌ただしい足音で目を覚ました。

まだ薄暗いうちからの騒動に、隣で眠っていたアレクシスも不審に思ったのだろう。

「クラリスはまだ休んでおいで」

そう言ってクラリスの頬を撫でたアレクシスは、手早く着衣を整えて顔を洗うと、様子を確認しに部屋の外へ向かった。

まだ休んでいていいと言われたけれど足音で目が覚めてしまったので、クラリスも起き上がって身支度をする。エレンもニケもつれて来ていないが、城勤めをしていたクラリスは自分で着衣を整えることができる。侍女として城に上がるときは、自分で着替えられないような複雑なドレスは着てこないからだ。

夜着からドレスに着替えると、顔を洗って髪を整える。薄い化粧も施して、いつでも外に出られるように準備を整えたところで、アレクシスが難しい顔で戻って来た。

「おかえりなさい、アレクシス様。何があったんですか？」

「わからないんだ。何か重大なことが起こった様子なんだが、すでに緘口令が敷かれているのか誰も教えてくれない。ジェレットなら知っていそうだが。昨夜は殿下についていたはずだからな」

「まだ早いので、殿下のお部屋へはいけませんね」

それでなくともグラシアンは毒のせいで体調が万全ではない。アレクシスに報告がないということは、今朝の騒動はグラシアンがらみではないのだろう。ひとまず、彼の体調が急変したなどではなさそうなのでクラリスはホッと胸をなでおろした。

それはアレクシスも同じのようで、「気になるが殿下に何かあったわけではないだろう」と落ち着いている。

「マチルダ様でも、お子様でもないでしょうね」

マチルダや昨日生まれた子に何かあれば、マチルダの臨時の侍女であるクラリスに報告がないはずがない。

「朝食には早いですし、お茶でも入れますね」

「ああ、そうだな。頼む――いや、一緒に行こう」

何かがあったらしいのでメイドも忙しいだろう。クラリスは自分でキッチンへお湯を取りに行こうと立ち上がると、アレクシスも一緒に来ると言い出した。

「何かがあると大変だからな」

「お城の中ですよ？」

「その城の中でグラシアン殿下は倒れたんだ」

「……そうでしたね」

クラリスはただの侍女だと言いかけたが、一度経験した未来で殺された記憶がよみがえり口をつぐむ。経験した未来でクラリスが殺された年まであと一年を切った。いつ何が起こるかわからない。

（やっぱり、殺されるのは嫌だもの）

覚悟もしているが、だからと言って死にたいわけでもない。できればアレクシスとともにその先の未来へ向かいたいとも思っている。そして彼が幼い日に見た夢のように、一緒に年を重ねて、おじいちゃんおばあちゃんになってもともにすごすのだ。

アレクシスとともに部屋を出て、キッチンへ向かう。その間にも、メイドや兵士が何人も廊下を駆け回っていた。のんびりしているのが申し訳なくなってくるほどの慌てようだ。

（キッチンはそうでもないみたいだけど……）

情報が入っているのか、それとも関係のないことだったのか、キッチンではいつも通り朝食の準備がはじめられている。

キッチンの隅にある専用のかまどでお湯を沸かしてポットに入れる。かまどの近くにはメイドや侍女が自由に持ち出して食べることができるお菓子が置いてあるので、マドレーヌをいくつかもらった。

クラリスはともかく、アレクシスはよく食べる人なので、朝食までのつなぎがあったほうがいいと思ったのだ。

（いつも朝起きてすぐに「お腹すいたなぁ」って言っているものね）

騎士を辞めても、アレクシスは毎日のように庭で鍛錬を行っている。そのせいか、すぐにお腹がすくのだ。

ポットをアレクシスが持ってくれたので、クラリスは籠に入れたマドレーヌと茶葉を持って部屋に戻ると、部屋に置かれているティーポットを使って丁寧に紅茶を入れた。

ソファに隣り合わせで座って、紅茶を飲みつつマドレーヌを食べる。クラリスは一つで充分だが、アレクシスは次々と口に入れていた。いくつかもらってきて正解だ。

「それにしても、メイドや兵士があんなに慌てるなんて、なにがあったのでしょうか。よほどのことなんでしょうけど……」

城の廊下は、よほどのことがない限り走ってはいけない。相応の事情がなければまず咎められる。

城は王族が住まう場所のため、その品位を汚す行動を取ってはならないのだ。

だが、今日は誰もかれもが慌てて駆け回っていた。そして誰もそれを咎めない。それだけのことがあったのだ。

何が起こったのかわからない状況で待っているのは精神的に堪える。

不安に思っていると、アレクシスがクラリスの手を優しく握った。

「殿下たちに何かあればこちらに絶対に報告が来る。だから大丈夫だ」

「はい……」

アレクシスの手のひらから伝わる体温に、ホッと息をつく。

紅茶を飲み終わり、マドレーヌも食べ終わって、アレクシスの肩に頭を預けて時間がすぎるのを待っていると、しばらくして部屋の扉を叩く音がした。

「俺が出よう」

クラリスが立ち上がろうとすると、アレクシスが手で制して扉へ向かう。

そこには、険しい顔をしたジェレットが立っていた。

「朝から何があったんだ？」

「それについては、殿下の部屋でご説明します。殿下ももう起きられていますから」

「殿下の体調は？」

「落ち着いているようです。申し訳ありませんが、奥方も一緒にお願いできますか？　お耳に入れておいた方がいいことですので」

「わかった。クラリス」

「はい」

アレクシスに呼ばれてクラリスも立ち上がる。

ジェレットに連れられて、近くにあるグラシアンが療養中の部屋に入ると、ベッドの上に上体を起こした彼が眉間に深い皺を刻んで虚空を睨んでいた。

「殿下、お加減は？」

「体調は昨日よりいいが、気分はいいとは言えないな」

「それで、何があったんです？」

ジェレットが部屋の扉をきっちりと閉め、アレクシスとクラリスがベッドに近づくと、彼は声を低くして短く答えた。

「第二妃が死んだ」

九　葬送と残された疑問

「ちょ、ちょっと待ってください！　第二妃がお亡くなりになったって――」

「声が大きい！」

グラシアンに叱責されて、アレクシスがハッと口を閉ざす。

クラリスは言われたことがすぐに理解できずに茫然としていた。

（第二妃様が死んだ……？　嘘でしょ？）

クラリスが知っている未来では第二妃――ジョアンヌは健勝だった。記憶にないことが起こるのは今更だが、さすがに未来で生きているはずの人が死んだと聞けば愕然としてしまう。

「……大声で言えない何かがあるんですか？」

ジョアンヌが本当に死んだのなら、緘口令が敷かれるのはおかしいような気もする。少なくとも、城の人間は奔走しているのだし、城外に漏らすのは禁止にされても、城内で情報が制限されるのは妙だ。

（つまり、ただの死じゃないってこと？）

ショックから何も言えず、ただ固唾を飲んでグラシアンの言葉を待っていると、彼がぐしゃりと前髪をかき上げる。

「俺もまだ詳しいことは聞いていない。ただ、自殺だと聞いた」

「じ――」

思わず大きな声を上げかけて、クラリスは慌てて手のひらで口を押さえる。

アレクシスも大きく目を見開いて固まっていた。

確かに、妃が自殺したとなれば情報が制限されてもおかしくない。でも、クラリスは怪訝に思った。

あのジョアンヌが、自殺なんてするだろうか、と。

(あの方が自殺するなんて思えないわ。難しい方だけど、自ら命を絶つような心の弱い方ではないはずだもの)

むしろ、かねてから邪魔に思っていたフェリシテを殺そうとして返り討ちに遭ったと言われた方がしっくりくる。そのくらい苛烈な人なのだ。

(陛下のお心はフェリシテ様に向いているけれど、それを悲観して……とも思えないわ。むしろ奪い取ろうと強引な手段に出るような方よ)

何かの間違いではあるまいか。

アレクシスも同様の考えなのか「情報は確かですか？」と小声で確認している。

「確かなんだろう。ジェレット、どこまで調べられた？」

「第二妃様の死因が毒によるもの、毒物が付着した薬包と、それを飲む際に使ったと思われるコップが残っていたこと、そして遺書があったことまでは確認ができています」

「遺書があったんですか？」

遺書まで残っていたのならば自殺と断定されるのも頷けるが、クラリスはやっぱりまだしっくりこなかった。

「遺書の中身は？」

「見せてはいただいていませんが、殿下を毒殺しようと計画したことが書かれていたそうです」

「なんだって？」

「昨日殿下が毒を飲まれた件だと推測されます。それが失敗し、露見を恐れて命を絶つことにしたというような内容が書かれていたようですが」

言いながら、ジェレットが腑に落ちない顔で腕を組んだ。

（殿下を毒殺しようとしたのがジョアンヌ様だったの？）

クラリスも、ピンとこない。

ジョアンヌはフェリシテを目の敵にしていた。フェリシテの子であるグラシアンにもいい感情は抱いていなかったようだが、彼女の憎しみの対象はフェリシテだ。フェリシテを通り越してグラシアンを害そうとしたのが納得できない。

「もう少し調べろ。それだけでは納得できない」

「そうしたいのは山々なのですが、遺書はすでに陛下のお手元にあるそうでして――」

「父上か。……母上経由で手に入らないだろうか。写しでもいいんだが」

「やってみます」

「それから、……っ」

話を続けようとしたグラシアンが急にせき込みはじめて、アレクシスが慌てて彼の背中をさすった。

「殿下、まだご体調は万全でないのですから。ほら、横になってください」

「ああ……」

元気そうに見えたが、毒の影響は抜けきっていないのだろう。胸を押さえながらグラシアンがベッドに横になる。

　何度か深呼吸をくり返した後、先ほどより小さな声で続けた。

「毒物が何だったのかを調べてくれ。入手経路もだ」

「それでしたら、入手経路はわかっています」

「なに？　どこだ⁉」

　グラシアンが再び起き上がろうとしたのをアレクシスが押さえて、ジェレットに視線を投げた。

　クラリスもジェレットを見れば、彼は息を吐きながら言う。

「城です。侍医の一人が捕らえられています」

「侍医だと？」

「ええ。昨日の殿下の毒もどうやら城の医務室から持ち出されたようです。昨日、侍医頭が殿下の毒物の分析をしていたでしょう？　どうやら一般には入手が難しい部類の毒物だったようで、疑問を持たれて念のため医務室の薬品を調べたところ、持ち出された痕跡があったとのことでした」

　昨日の毒は、調合すれば薬として使える物質でもあったらしい。だが、強い毒性も持っているので管理は厳重に行われ、在庫も細かくチェックされていたそうだ。

「アレクシス、裏から手を回しておく。その侍医の尋問に立ちあえ」

「わかりました」

「ジェレット、何としても遺書、もしくは写しを手に入れろ」

「はい」

「それからクラリス」

「は、はい！」

まさか自分の名前が呼ばれるとは思わず、クラリスがびくっと震えると、アレクシスが小さく笑った。

「今聞いたことは内緒だぞ？　わかったな？」

「は、はい。わかりました」

よかった。何か指示が飛ぶわけではなかったようだ。正直、自分が役に立てるとは思えなかったので助かった。黙っているくらいならお手のものだ。王族の侍女は口が堅くなければ務まらない。

「……それにしても、第二妃が死んだか。これは吉と考えるべきか、はたまた――、まだわからないな」

「そうですね。ただ、殿下。今は体調を治すことに専念してください。考えるのはそれからです」

「悠長に構えてもいられない気もするが、まあ、そうだな。早く体調を治してマチルダと我が子に会いたいしな」

グラシアンはおどけるように笑ったが、その表情はどこか強張っていた。

（いったい何が変わろうとしているの……？）

これまでのような小さな違いではない。

ジョアンヌという一人の人間が死んだことで、この先の未来はクラリスの知る未来からどれほどかわっていくのだろう。

グラシアンではないが、これが吉と出るのか凶と出るのか、クラリスにはまだわからなかった。

☆

一夜明けて、ジョアンヌの死は、病死と発表された。

さすがに死因が服毒自殺――それも、王太子グラシアンの殺害を企てた結果だと発表しては、王家の威信にかかわるからだ。

ジョアンヌの死の真相を知る者には、決して外部には漏らすなと緘口令が敷かれた。

王太子夫妻に第一子が生まれたという慶事と重なった訃報が残念でならなかった。

本来であれば、王太子夫妻の第一子の誕生を祝して、王都はお祭り騒ぎになっていたはずなのに、今日から一カ月、国民は喪に服すことになる。

内外に病死と発表した手前、ジョアンヌの葬送は通常通り行うそうだ。

遺書があり、王太子の命を狙ったジョアンヌは本来であれば罪人扱いになるため、王家の墓地には埋葬されないはずなのだが、今回は例外で処理することにしたらしい。

妃の自殺と、その妃が息子の命を狙ったという事実に、国王は少なからず打ちのめされていると聞く。そんな国王の心の支えはフェリシテと生まれたばかりの孫で、昨日はフェリシテとともにベビーベッドのそばで一日の大半をすごしたようだ。

ウィージェニーは母の死にショックを受けて部屋から一歩も出ないと聞いた。

「今日も遅くなるから、先に寝ていていいからね」

アレクシスとともに登城して、侍女の控室の前で別れる際に彼がそう言って眉尻を下げる。

昨日からアレクシスは大忙しだ。

クラリスは時間通り帰宅したが、昨日アレクシスが帰って来たのは深夜を回ってからだった。寝ずに待っていたクラリスに申し訳なさそうな顔を向けて「君が倒れたら大変だから休んでほしい」と言っていたが、彼が隣にいることに慣れてしまったクラリスは、一人ではなかなか寝つけそうにないのだ。特に今は不安が大きいためアレクシスがいないと安心できない。

「無理はしないでくださいね」

「うん、大丈夫だよ」

目の下に隈を作った顔で、アレクシスはにこりと微笑む。

そしてキスの代わりにクラリスの頬をひと撫ですると、慌ただしく去って行った。

ジョアンヌの葬儀は三日後だ。

マチルダの臨時侍女であるクラリスは葬儀の準備の仕事はないけれど、使用人たちはみんな忙しそうに駆け回っている。

控室で身支度を整えてクラリスがマチルダの部屋へ向かうと、マチルダはベッドに上体を起こしてぼんやりしていた。出産の疲れが完全に取れないところに授乳もあり、毒を飲んだ夫への心配もあり、さらにジョアンヌの死を聞かされたのだ。肉体的にも精神的にもつらいものがあるはずである。

「マチルダ様、本日ですが……」

出産後のマチルダに申し訳ないが、今日は乳母を決めてもらわなければならない。

実は乳母はマチルダの希望もあり、一月遅れで出産予定のブリュエットに頼むことになっていたのだが、マチルダの出産が一カ月早かったため、ブリュエット以外に頼むことになったのだ。

ブリュエットの場合、産後一カ月ほど休養してからになるので、どうしても今から三カ月後からの勤めになる。さすがにその間乳母がいないのは問題だ。

「昨日のうちに王妃殿下が人選なさいましたので、出来ればその中からお選びいただいてもよろしいでしょうか？」

王族の乳母は誰でもなれるわけではない。派閥、性格、思想、知性……いくつもある項目に合格が出なければ、乳母にはなれないのだ。

「わかったわ。お義母様の人選なら安心だもの。あとでリストを見せてちょうだい」

「かしこまりました」

クラリスが頷いたところで、隣の部屋からうにゃーっと子猫のような声が聞こえてきた。マチルダの産んだ赤子が泣きはじめたのだろう。マチルダが疲れるからと、ベビーベッドは隣の部屋に置かれているのだ。そして、フェリシテと国王が張り付いている。

「ご飯かしら、それともおむつかしら……？」

「見てまいりますね」

我が子の声に不安そうな顔を見せるマチルダを安心させるようににこりと微笑んで、クラリスは隣の部屋へ向かった。

すると、レオニー夫人がてきぱきとおむつを替える準備をしている。

フェリシテと国王がベッドを覗き込んで、赤ちゃん言葉であやしているのが見えた。

（……うん、任せた方がよさそう）

フェリシテについて子守をしなければならないレオニー夫人は大変だろうが、国王夫妻は孫を構いたくて仕方がないようなので、マチルダの体調が落ち着くまでは任せておいていいだろう。ジョアンヌのことで落ち込んでいる国王の気分転換にもなるはずだ。

クラリスはマチルダにおむつらしいと報告して、フェリシテたちが対応してくれていることを伝えた。

「そう。じゃあお任せしようかしら」

「ええ。休めるときに休んでください」

「そうね」

マチルダがホッとしたように息を吐いてベッドに横になった。

クラリスはベッドの天蓋の薄布をおろして、日差しが邪魔にならないようにカーテンを半分だけ引く。

マチルダが昨日より張りつめた表情をしていないのは、グラシアンに毒を持った犯人が特定されて、その犯人であるジョアンヌが自殺したからかもしれない。

舅の第二妃ではあるが、ジョアンヌとマチルダには直接的な関わりはほとんどない。だからこれで夫が狙われなくなると考えると安心の方が大きいのだろう。

(でも、第二妃様はどうしてグラシアン殿下の命を狙ったのかしら……?)

今日もいい天気になりそうだと、窓の外を確かめつつクラリスは考える。

ジョアンヌは国王の寵愛を欲していた。それは知っているが、その矛先がグラシアンへと向いたのがやはり腑に落ちない。

(なんだか胸の奥がざわざわするわ)

これを皮切りに何かが起こりそうな、そんな妙な胸騒ぎを、クラリスは感じていた。

☆

ジョアンヌの葬送の日の空は、薄い雲が広がっていた。

黒いドレスにベールをかぶって、クラリスはアレクシスとともに葬送に参列している。

少し離れたところでは、ウィージェニーが侍女に支えられるようにして立っていた。

分厚いベールをかぶっているためウィージェニーの表情は見えないが、母親が死んだのだ、そのショックは計り知れない。

大聖堂に、厳かに鎮魂歌が響き渡る。

たとえ好ましく思っていなかった相手の葬儀であろうとも、心に直接語りかけるような鎮魂歌には感情が揺さぶられるものだ。

ジョアンヌの眠る棺に、人々が白い花を入れていく。

真っ白な百合の花に埋もれるようにして眠るジョアンヌは、ただ美しかった。

厳かにはじまった葬儀は、参列した人々の心に感傷を落として終わる。

葬儀後、棺の埋葬は国王とウィージェニー、そして王妃以外には、ジョアンヌの侍女たちのみが参加することを許された。

表向きは、グラシアンとマチルダは体調がすぐれないということで欠席だ。実際にグラシアンの体調はまだ回復していないが、何より、自身を殺そうとした相手の葬儀には出たくはないだろう。国王の配慮で、王太子夫妻は欠席が許された。

「行こう、クラリス」

葬儀が終わり、アレクシスとともにクラリスは城へ戻る。

アレクシスもクラリスも本日は休みを取っていたが、葬儀に城の使用人や兵士が大勢駆り出されていることもあり、フェリシテから葬儀後はマチルダとグラシアンについていてほしいと頼まれたのだ。

城に戻ると、クラリスはアレクシスとともに王太子夫妻の部屋へ向かう。

グラシアンの体調は万全ではないが、昨日、侍医頭から療養に使っていた部屋から移動していいと許可が出たのだ。そのため、マチルダもその子も王太子に夫妻の部屋に移って、昨日から三人ですごしている。

ちなみに、グラシアンはようやく顔が見られた我が子にデレデレだ。

構いたくて仕方がないのだろう、不用意にちょっかいを出しては泣かせて、マチルダに怒られていた。

王太子夫妻の部屋に入ると、グラシアンとマチルダは二人そろって窓の外を眺めていた。

「ああ、戻ったのか」

肩越しに振り返り、グラシアンが困ったように笑う。彼としては、ジョアンヌの死を喜んでいいのかわからないと言っていた。グラシアンを毒殺しようとしたのが本当にジョアンヌならば、グラシアンとしては喜んでもいいはずなのだが、父の妃の一人であったため複雑なのだ。

「アレクシス、隣で少し話がしたい。クラリスは悪いがマチルダについていてやってくれ」

「はい」

グラシアンと同じように浮かない表情をしているマチルダをそっとソファに誘う。

「ハーブティーをお入れしますね」

侍医頭から産後に飲むといいと、数種類のハーブがブレンドされたハーブティーをもらっていたので、クラリスはメイドにお湯を頼んでそれを淹れる準備をはじめた。

「ありがとう。……ねえ、クラリス。葬儀はどうだった？」

クラリスが淹れたハーブティーに口をつけつつ、マチルダが小さな声で訊ねてきた。

「滞りなく」

「そう。……複雑だけど、やっぱりちょっと、悲しい気持ちもあるのよ。変よね。わたくし、あまりあの方を存じ上げないし、正直、お義母様への態度を思うと、好きではなかったはずなのに」

「誰であろうと、やっぱり人の死は悲しいものですよ。わたくしも……」

ジョアンヌのことは好きではなかったのに、大聖堂に響く鎮魂歌を聞いていると泣きそうになった。ウィージェニーをはじめ、ジョアンヌの死を悲しむ人もいる。そんな人たちに、自然と心はひっぱられるものだ。

「でも、殿下にしたことを思うと、あの方は天使様のところへは行けないのよね。それが少し……お可哀想に思うわ」

罪を犯した人間は天使が住まうとされる天上世界へ向かうことはできないと言われている。罪を償うまで、地下深くにある暗い場所で反省の日々を送るのだそうだ。

（でも、わたしは死んでもどちらにも行かなかったわ。どうしてか過去に戻ってしまった。不思議ね）

いったい何が、クラリスを過去に戻したのだろう。

考えるように目を伏せた、そのときだった。

――クラリス‼

突如、頭の中に直接誰かの声が響いた気がした。

それは強い慟哭のようで、クラリスは咄嗟に頭を押さえる。

「クラリス、どうしたの？」

「……何でもありません。ちょっと、頭痛がしたものですから」

声は一瞬で消えた。

（あの声……アレクシス様の声に似ていたような気がするわ）

だけど、クラリスは一度もアレクシスの慟哭のような絶望に塗りつくされた声を聞いたことはない。

（なんだったのかしら……？）

クラリスは小さく首をひねり、そして考えても仕方がないと忘れることにした。

☆

「例の侍医だがな、死んだそうだ」

隣の部屋に入るなり、グラシアンが言った。

「は？　死んだ⁉」

アレクシスは目を見開いた。グラシアンに盛られた毒と、それからジョアンヌが自らあおった毒は城の医務室から持ち出されたものだった。持ち出した侍医は捕らえられ尋問中で、昨日もアレクシスはその尋問に同席していた。

（あのときの侍医だったのは驚いたが……）

捕らえられた侍医は、昨年、避暑地の別荘でアレクシスが怪我を負った際に治療をしようとした侍医だった。

だが、それよりも驚いたのは、その侍医が信じられないくらいに取り乱していたことだ。何を訊いても「知らない」の一点張りで、まるで何かに怯えているように見えた。罪人が取り乱すことはよくあるが、それにしても異常だったと思う。

その侍医が死んだと言われても、アレクシスはにわかに信じられなかった。取り乱してはいたが、昨日の時点でおかしなところはなかったはずだ。

「どういうことですか？」

「どうやら毒を隠し持っていたようだ。目を離した隙に飲んだのだろう。気がついたときには死んでいたと報告があった」

「身辺検査はされたはずでは？」

「私もそう思うが、飲んだ毒が私に盛られたものと同じだったというんだ。侍医頭に確認したところ、あれから在庫は減っていないし、以前より厳重に保管しているから、自分で隠し持っていたとしか思えないらしい」

アレクシスは眉間に皺を寄せて黙り込む。

「それからな、ジェレットによるとこれはまだ確信までは持てていない情報なんだが、去年クラリスが暴走車に巻き込まれた事件があっただろう？」

「ええ」

「あのときの馬に使われた興奮剤の出所も、もしかしたら城の医務室かもしれない」

「なんですって？」

アレクシスはさっと表情を強張らせた。

「ちょっと待ってください。だったら――」

「ああ。そうなれば、死んだ侍医が関与していた可能性が高い」

「つまり、第二妃が絡んでいた――と、見られるというわけですか？」

「そういうことだ」

「…………」

アレクシスは顎に手を当てて視線を落とす。

「……殿下の見解は？」

「第二妃はシロだと思う。私に毒を持った件も、去年の暴走車の件も事件には関与していない。暴走車の一件についてはコットン伯爵家をかばったが、あれは単純に身内をかばっただけだろう」

「ということは――」

「第二妃は自殺ではなく、殺害されたんだろう」

「罪をなすりつけるため、ですか？」

「それ以外にも理由があったのかもしれないが、その可能性も充分にある」

「ですが、第二妃は……。いくらなんでもそれはあり得ないんじゃないですか？」

むしろ、そうであってほしいという願望の方が大きいだろうか。

グラシアンが第二妃をシロと言ったということは、彼はアレクシスが想像している犯人と同一の人物を思い浮かべているはずだ。

しかし、侍医はともかく、第二妃の件は違うのではないかとアレクシスは思っていた。

「人はそこまで、冷酷になれますか？」

「私はそう思う。事情は少し違うが、私はマチルダが害されたら、たとえ誰だろうと容赦はしない。アレクシスも私と同種の人間だと思っているが？」

「……そう、ですね」

アレクシスも、クラリスが害されれば、犯人が誰であろうと容赦はできない。けれどそれはあくまで、自分の——自分よりも大切な人に危害が及んだ場合の話だ。

「あれにとっては、そこまで固執したいものなのだろう。だが、ここまでの行動を起こしたんだ、そろそろ一気に畳みかけて来るぞ。こちらも今まで以上に用心しなければな」

「用心だけではなく、こちらからも動くべきでしょうね。そろそろ正攻法のみで対応するのは難しくなってくると思います」

「私としては、あまりやりたくない手段なんだが……」

グラシアンは肩をすくめて、そして困ったように笑った。

「うまくやれよ」

「はい」

恐らくこれが、グラシアンの「側近」としての最後の仕事になるだろう。

クラリスには内緒にしていたが、結婚を機に一度グラシアンの側近を辞めたと見せかけて、アレクシスは時間を見つけては彼のために動き回っていた。

だが、今回の一件が終われば、それもなくなる。
(これが終われば、あとの人生はクラリスのことだけを考えてすごせそうだ)
アレクシスは、クラリスと一緒に年を重ねていく日々を想像して、小さく笑った。

十　すれ違う夫婦

「明日から少し、城に泊まる日が増えることになったんだ」

ジョアンヌの葬儀から三日ほど経った日の朝、朝食を食べながらアレクシスがそんなことを言った。

今日は二人とも休みで、登城する日よりも遅い朝をのんびりと楽しんでいる。

父と母は今年の夏は最初から終わりまで領地ですごすと言って先月ブラントーム伯爵領へ出発したので、王都の邸にはアレクシスとクラリスの二人きりだ。とはいえ、侍女をはじめ、使用人たちはもちろんいるが。

「何かあったんですか？」

毎年国王夫妻をはじめグラシアンたちも夏は一カ月ほど避暑地へ向かうが、今年は王太子夫妻に子供が生まれたこと、そして自殺したジョアンヌの喪中ということもあり、避暑地へは向かわないことにしたと一昨日聞いたばかりだ。

避暑地へ出立するならその準備でバタバタするが、そうでないならいつも通りの日常のはずである。

アレクシスはマチルダの臨時の侍女仕事に合わせてグラシアンの側近に復帰したが、新婚なので泊まり仕事はほとんど免除されていた。

（グラシアン様に毒が盛られたけど、第二妃様が犯人だったのよね？　だったら警戒する必要はないと思うのだけど）

そう思いつつも、クラリスも腑に落ちないものは感じている。そんな不安があるからこそ、アレクシスが城に泊まると聞くとなにかよくないことが起こったのではないかと思ってしまうのだ。

けれど、クラリスの心配をよそに、アレクシスは笑顔で首を横に振った。

「なにもないよ。殿下が本調子でないから、その補佐に回ることになっただけだ」

「そうだったんですね」

グラシアンはだいぶ調子がよさそうには見えたが、一度は生死の境をさまようほどのダメージを受けたのだ。そう簡単には元の体調には戻らないのだろう。

心配になったクラリスが目を伏せると、アレクシスが気を取り直したようにニコリと笑った。

「そういうことだから、ね。今日はデートにでも行かないか？　しばらくバタバタして、クラリスと一日ゆっくりすごせなくなりそうだからね」

「ふふっ、いいですね」

結婚してから領地と王都を行ったり来たりしながら領地経営を学び、マチルダの臨時侍女を頼まれてからは夫婦そろって城勤めを再開。思い返せば、ゆっくりできたのは新婚旅行の一カ月だけだった気がする。

「どこに行こうか？　そう言えば、王都にジェラートのお店ができたのを知ってる？」

「ジェラート、ですか？」

ジェラートは西にある国でよく食べられる冷たいデザートだ。ただ、夏場は氷が非常に高価で、その氷を大量に使って作るジェラートは、城のキッチンで夏場に一度か二度作るくらいの大変に貴重なデザートだった。大量の氷に塩を投入して温度を下げ、その中でミルクや果汁を凍らせながら作るのである。

（王都にそんなお店なんてあったかしら？）

　未来の記憶を探ってみても、それらしいものは思い出せない。

「氷を大量に使うのに、お店なんて開いて大丈夫なんでしょうか？　その、毎日提供できるほど氷が集められるとも思えなくて……」

　採算が取れない気がする。

　アレクシスとともに父から領地経営を学んでいるクラリスがつい領主目線で考え込んでしまうと、アレクシスがくすくすと笑った。

「実は、ウィージェニー王女の発案ではじめた総合病院があるだろう？　そこが実験もかねて出資していて、国からも補助金が出ているんだよ」

「どういうことですか？」

「ええっと、何だったかな？　覚えていないけど何かの薬品を使って、氷を作る機械を開発したらしくてね。まだ実験段階らしくて、どうせ実験するならついでに、という話になったと聞いたけどね」

「え？」

「ほら、薬品の中には冷やしておかないといけないものとかあるだろう？　だけど氷が高くて、維持費がかかりすぎる。薬価を下げたいのに、氷にお金がかかりすぎて下げられないのは馬鹿馬鹿しいって話から、じゃあ氷を人工的に作ることができればいいんじゃないかって議題に飛んで、あれよあれよと試作品が作られたんだよ。研究者が大勢集まると、思いもよらないところに発想が飛ぶものだね」

「な、なるほど……」

　わかったような、わからないような。

アレクシスによれば、その氷を作る機械を使って氷の生成が成功したあとで、国王にその氷を献上したらしい。その氷を舐めながら、どうせならジェラートが食べたいと国王がつぶやいたのがきっかけだったそうだ。

「機械の改良をするためには何度も氷を作って実験する必要があるけど、作ったはいいけど放置するだけだともったいないだろう？　だから有効活用することにしたんだってさ。まあ、補助が出ていてもジェラートはそれなりに高いから、飛ぶように売れているわけではないけど、懐が温かい人はたまの贅沢で買っていくみたいだよ」

だから行ってみようと言われて、クラリスは笑顔で頷いた。

城で作られたジェラートを味見させてもらったことが一度だけあるけれど、本当に美味しかったのだ。特に暑い夏場に冷たいものが食べられるのは最高である。

「決まりだね。じゃあ、食事を終えたら出かけようか」

おしゃべりに夢中になっていたので、食事の手が止まっていた。

（ふふ、アレクシス様とデート）

久々のデートだ。明日からアレクシスが城に泊まることが増えるのは残念ではあるが、今日は久しぶりに一日中一緒にいられる。

クラリスは頬が緩むのを感じながら、少しぬるくなったスープを口に運んだ。

エレンとニケに支度を手伝ってもらい、買ったばかりの夏用の半袖のドレスに身を包むと、クラリスはアレクシスとともに意気揚々と商店街に向かった。

　馬車を使ってもよかったが、久しぶりに二人で出かけるので、散歩がてら歩こうかと誘われて、手をつないでのんびりと歩いている。

　夏場なので手をつなぐと暑いのだが、それよりもアレクシスとくっついていられるほうが幸せだ。

「朝でも暑いね」

　アレクシスがそう言いながら、襟元を少しくつろげる。

　クラリスは日傘をさしているが、アレクシスにはもろに日差しが当たっていた。

「アレクシス様、反対側が影になっていますからあっちに行きましょう？」

　アレクシスとともに日陰になっている方へ移ると、途端に空気がひんやりした気がした。

「でも、これだけ暑いとジェラートが楽しみですね」

「そうだね。夏場に冷たいものを食べられる贅沢はいいよね。あ、でも子どもができると体を冷やしたらダメらしいから、兆候があればすぐに言うんだよ」

「ちょ、兆候って……」

　クラリスはボッと顔を染める。

　夫婦なのでもちろんいつ子どもができてもおかしくないが、アレクシスにそんなことを言われるとちょっと恥ずかしい。

　赤くなった顔を見られたくなくて日傘を傾けて顔を隠すと、アレクシスがくすくすと笑い出す。

「まあ俺は、もう少し二人きりの生活でもいいけどね。最低でもあと一年くらいはクラリスといちゃいちゃしてすごしたいよ」

「い、いちゃいちゃ……」

クラリスもアレクシスといちゃいちゃしてすごしたいが、言葉にされると照れてしまってどうしようもなくなる。

（アレクシス様、わたしが恥ずかしがるのをわかっていてわざと言っているんじゃないかしら？）

クラリスが赤くなるとアレクシスは楽しそうな顔をするのだ。……うん、わざとな気がする。

クラリスは日傘の影でむむむっと眉を寄せる。

アレクシスはとても優しいけれど、時折クラリスを揶揄って遊ぶからちょっと意地悪だ。

（夜もちょっと意地悪なときあるし……）

どこかで軽い意趣返しはできないものだろうか。

「城に泊まることが増えたら、クラリスといちゃいちゃできる時間が減って寂しくなるなぁ。だから今日はたくさんいちゃいちゃしたいな。ねえ、クラリス？」

（もうっ！）

クラリスがむぅっと頬を膨らませて軽く睨むと、アレクシスが揶揄いすぎたとばかりに肩をすくめた。

「ごめんごめん、もうこの話はやめるよ」

「……そうしてください。外でするようなお話じゃないです」

「家の中ならいいの？」

「それもよくないですっ」

アレクシスはクラリスを恥ずかしがらせてどうしたいのか。

「機嫌を直して。ほら、ジェラート、全種類買ってあげるから」

「そんなに食べられないですよ」

ジェラートのお店に何種類が並んでいるのかはわからないが、さすがに全種類は無理だ。溶けるので持ち帰ることもできないし。

「でもせっかくだからいろんな種類を食べてみたいよね。それぞれ半分こずつして食べる？」

「それはいいですね」

そうすれば多くの種類を楽しめそうだ。

他愛ない話をしながら歩いていると、商店街の入り口に到着した。

ジェラート屋は入口からほど近いところにあるらしい。

「あそこみたいだね」

「思ったより人が並んでないですね」

「他のお菓子類と比べて値段が高いからね」

アレクシスと店の前へ向かうと、入り口の横に立て看板に値段が記載してある。カフェで頼むアイスティーの五倍の値段がついていた。アイスティー自体も氷を使うので高いのに、さらにその五倍となれば、欲しくてもなかなか手が出ない人も多いだろう。

（美味しそうだけどお値段は全然可愛くないわ……）

補助金が出ていてこの値段設定なら、通常に販売するとなるととんでもない金額になるだろう。まあ、氷を作る機械ができたと言っても大量生産はできないのだろうし、夏場の氷の希少性を思えば仕方がないのかもしれない。

もちろん、ブラントーム伯爵家はそこそこのお金持ちだし、クラリスもアレクシスも城で仕事をしているから、財布のひもを固くするような金額ではないが、贅沢だと思う気持ちは否めない。

「俺はコーヒーと、あとレモンにしようかな。クラリスは何にする？　チョコレートは多分頼むよね？　あとクラリスが好きそうなものは……イチゴかな？　それともミルク？」

「あの、アレクシス様、さすがにそんなには……」

「一つの量が多くないから食べられるって。さすがに全種類だと十個もあるから厳しいけど、半分こするんだから五つ六つくらいはいけるだろう。他に食べたい味はある？」

「いえ、それだけで大丈夫ですよ！」

　本音を言えば想像以上に値段が可愛くなかったので一つでよかったのだが、アレクシスは頼む気満々だ。水を差すこともないだろう。だが、デザートに金貨が飛んでいくのを見るとさすがにひやりとする。

　席があいたので店の中に案内されると、アレクシスがさっそく五種類の味のジェラートを注文した。冷たいものを食べるから飲み物は温かい紅茶を頼む。

　皿に入ったジェラートが机の上に並ぶと、アレクシスがレモンのジェラートをスプーンですくって、クラリスの口に近づけた。

「はい、あーん」

「えっ」

「ほら、早く」

「あ、あ……」

クラリスは頬を染めてさっと店内に視線を走らせたあとで、急いで口を開ける。

（もうっ、恥ずかしい……）

他の人がいる前で「あーん」なんて。クラリスが頬を押さえると、アレクシスがにこにこしながら、

「俺にも一口ちょうだい」などと言い出す。

（だから他に人がいるのに……！）

とはいえ、こうなればアレクシスは引かないだろう。最終的に彼が望むように食べさせることになるのだろうから、早く終わらせた方が賢い。

クラリスはミルクのジェラートをスプーンですくうと、アレクシスの口に近づける。

満足そうにジェラートを食べるアレクシスの笑顔を見ていると、怒りたいのに怒れなくなるから不思議だった。

「外が暑かったから、こういう冷たいものが食べられるのは幸せだね」

「そうですね」

外を歩いて火照った体に、冷たいジェラートが染み渡る。

アレクシスもあんまり何度も「あーん」で互いに食べさせ合うとクラリスが嫌がるのがわかっているのか、最初以外は普通に食べてくれている。

二人で五種類のジェラートをつつきながら、「また来ようね」なんて他愛ない話ができる一日が、クラリスにはたまらなく幸せだった。

だからこそ――

クラリスは、一度経験した未来で自分が命を落とした原因となる出来事がすぐそこまで迫っている

とは、気づきもしなかったのだ。

☆

アレクシスとジェラート屋にデートに行った日から五日。

その知らせは、何の前触れもなくクラリスの耳に届いた。

「え？」

マチルダの侍女仲間と休憩を取っていたクラリスは、その一人に告げられたことがすぐには信じられなかった。

目を丸くして訊ね返すと、侍女仲間は、控室に仲間以外誰もいないというのに、まるで第三者が聞いているのを警戒するかのように声を落として繰り返した。

「だから、アレクシス様が王太子殿下付きからウィージェニー殿下付きの護衛騎士に異動になったそうですよ。クラリスさん、聞いていないんですか？」

「聞いてないわ……」

思わず茫然としながら、クラリスは自分の心臓がぎゅっと見えない何かに締め付けられていくのを感じていた。

（ウィージェニー王女の、護衛騎士……。そんな、あり得ないわ……）

アレクシスはグラシアンに請われて、クラリスがマチルダの侍女を勤める間だけ復帰したのだ。マチルダに無事子どもが生まれた今、あと一、二カ月したら辞める予定なのである。

（ウィージェニー王女の護衛騎士になるなら、行かなくたっていいじゃない……）

結婚を機に、アレクシスは騎士を辞めている。その彼が護衛騎士として雇われるのはおかしいし、グラシアンの願いだから期間限定で側近に復帰したのに、ウィージェニーの護衛騎士なら話が違う。

ぎゅっと心臓が握りつぶされそうな苦しさに耐えていると、その話をした侍女の一人が気づかわしそうな顔になった。

「その、ごめんなさい。知っていると思って……」

「いいの。教えてくれてありがとう。でも、どうしてウィージェニー王女殿下の護衛騎士に……？」

「わたくしもあまり詳しくは知らないんですけど、友人のメイドに聞いた話によると、ウィージェニー殿下が望まれたそうですよ」

「……そう」

ウィージェニーが望んだからと言って、グラシアンが許可を出さなければ異動が叶うとは思えない。だからきっと、何らかの事情があったはずだ。そう思うのに、苦しさは消えてくれない。

（殿下にも何かお考えがあるはずだけど……）

もしかしたら、という嫌な予感がぬぐえない。

一度目の未来で、アレクシスはグラシアンの側近に復帰はしていなかった。

だが、グラシアンからたびたび城に呼び出されていたのは間違いない。

もしかしたら、クラリスが知らないところで、アレクシスはウィージェニーの護衛騎士のようなことをしていたのではなかろうか。

もし、ウィージェニーの護衛騎士になったのがグラシアンの命令で、そして何らかの意図が働いていたのならば、妻であるクラリスにも内緒にしていた可能性は高い。

そうだとすると、アレクシスは今回もウィージェニーに心を移してしまうのだろうか。

（嫌だわ。そんなの、嫌……）

経験した未来と少しずつ何かが違っていたから、今回は何事もなく、アレクシスと幸せな人生を送ることができるのではないかと期待していた自分がいた。

でも、違ったのかもしれない。

やっぱりクラリスは、今回も同じように、アレクシスに裏切られて命を落とすのだろうか。

（……嫌だわ）

何があっても受け入れようと決めていた。覚悟を決めてアレクシスと結婚した。けれど、やっぱり好きな人が誰か別の人と……と考えると、身を切り裂かれそうなほどに苦しい。

今すぐ彼の元に駆けつけて泣き叫んで罵りたいほどに、心がぐちゃぐちゃにかき乱される。

（落ち着いて、わたし。まだそうと決まったわけじゃないんだから……）

少なくともアレクシスは、クラリスを好きでいてくれていると思う。クラリスを嫌いになったわけではないのだから、ここで自信をなくしてはいけない。

（大丈夫……）

クラリスは何度も自分に言い聞かせる。

そうして自分の心を騙さないと、立っていられなくなるような気がした。

☆

「クラリス。王太子妃殿下も落ち着いたみたいだし、そろそろ臨時の侍女を辞めてもいいんじゃないか？」

アレクシスからウィージェニー付きの護衛騎士に異動になったと報告がないまま数日がすぎた、ある日のこと。

一緒に朝食をとりながら、アレクシスがそんなことを言い出した。

今日はアレクシスだけ仕事で、クラリスは休みだ。

グラシアンの側近だったころにはクラリスと休みを合わせてくれていたのに、ウィージェニー付きになるとそうはいかない。加えてアレクシスは二日に一度は城に泊まりこんでいて、クラリスとこうして顔を合わせる時間もかなり減ったように思える。

そんな日々が、クラリスの心を更にもやもやとさせていた。

クラリスはスープを飲む手を止めて、スプーンを置いた。

「どうして急にそんなことを言うんですか？」

自分で思っていたよりも固い声になってしまった。

すると、アレクシスがちょっぴり困ったように笑う。

「ほら、もともと王太子妃殿下が出産して落ち着かれるまでと言うことだっただろう？」

「まだお子様が生まれて三週間くらいしか経っていませんよ」

「三週間も経ったんだ、もう充分じゃないかな？」

声は穏やかだし、強要するような響きはないが、アレクシスがクラリスに仕事を辞めさせたがっているのは明白だった。

しかしクラリスはそれに気づかないふりをして、再びスプーンを手に取った。

「じゃあ、アレクシス様も殿下の側近を辞められるんですか？」

「いや、俺はもうしばらく続けるよ」

「……………」

クラリスは、ぐっと奥歯を噛んだ。そうしなければ、不安が顔に出てしまいそうだったからだ。

視線を落とし、スープを飲むことに集中するふりをしながら数拍時間を稼ぐ。そうして心を落ち着けて、できるだけ穏やかな表情を作ると顔をあげた。

「わたしが侍女を続ける間だけお仕事されると聞いていましたけど？」

「ほら、殿下はまだ本調子じゃないから……」

グラシアンにどの程度毒の影響が残っているのかはクラリスにはわからない。

（でも、アレクシス様はウィージェニー王女の護衛騎士をしているんでしょ？）

クラリスには知られたくないことなのかもしれないが、グラシアンのそばにいるわけではないのだから彼の体調を理由にするのはおかしい。

「だったら、わたしもアレクシス様がお仕事を続けられる間、侍女を続けますわ」

「いや、でも、俺の泊まり込みが増えたから、行き帰りが一緒じゃないだろう？」

「アレクシス様がいらっしゃらないときは伯爵家の護衛をつけていますから」

アレクシスは未だにクラリスが彼、もしくは護衛をつけずにふらふらと出歩くことを嫌う。クラリスが馬車の事故に遭ったことがよほど堪えているのだろう。だから、アレクシスがそばにいないときは必ず護衛をつけろと言われているので、クラリスはそれをきちんと守っているのだ。一度、クラリスの短慮で護衛を遠ざけてしまった結果事故に巻き込まれてしまい、アレクシスを心配させてエレンにまで怪我をさせてしまったので、クラリスも反省したのである。

ここまで言えばアレクシスもあきらめるかと思ったのだが、意外にも彼は食い下がってきた。

「いや、でも、やっぱり心配だから。それに、休みも合わなくなったし、クラリスが仕事を辞めてくれたら一緒にいられる時間も増えて、俺としては嬉しいというか……」

「殿下はお休みを合わせてくださると言ったのに、不思議ですね」

知らないふりをしてクラリスがにこりと微笑むと、アレクシスがぐっと押し黙る。

視線が泳いでいるが、それでもやはりクラリスにウィージェニー付きに異動したことを告げるつもりはないらしい。

（男の人って、どうしてこれで誤魔化せると思うのかしらね？）

これだけ顔に出ているのに、妻に怪しまれないと思えるのが逆にすごい。

「事情が、変わったんだ。……クラリスは俺と一緒にいたくないの？」

そう来たか。

拗ねたような、悲しんでいるような顔をされると、クラリスも弱い。

問いつめてやりたい気持ちもないわけではないが、まだそのときではないだろう。アレクシスとグラシアンの二人が何かを考えているのはおそらく間違いないのだろうから。

（でも、侍女を辞めるつもりはないけどね）

アレクシスがウィージェニーの護衛騎士に異動した以上、城で働いていた方が二人の様子は耳に入りやすい。

アレクシスはこそこそ動いているつもりなのだろうが、城の使用人――特に侍女やメイドは噂話が大好きだ。いくら隠そうとしてもすぐに露見するのである。

（まあ、わたしが問いつめないからまだ気づかれていないと思っているのかもしれないけど）

そして、いつまでもクラリスが城勤めを続けていれば、いつか知られるのではないかと警戒しているのかもしれない。

（仕方がないわね。いったん折れるそぶりをしておきましょう）

クラリスが折れなければ、アレクシスはまだしつこく食い下がってくるだろう。朝食の席で夫婦喧嘩はしたくない。

「マチルダ様に相談してみます。ただ、マチルダ様のお考えを尊重して決めますから、すぐに辞められるかどうかはわかりませんよ」

「ああ、わかった」

アレクシスがあからさまにホッとした顔をする。

その顔を見て、クラリスは薄く笑う。

（アレクシス様は知らないみたいだけど、マチルダ様はわたしの味方なのよ）

アレクシスが移動になったことも、彼とグラシアンが陰でコソコソしていることも、マチルダは気がついている。

彼らが黙って何かをしているのをマチルダも面白く思っていないので、今朝の話をすれば、クラリスが侍女を辞めることにはならないはずだ。

心の中でほくそ笑んだクラリスは、まるで夫の浮気調査をしているようだと気づいて、少しだけおかしくなった。

☆

「クラリス、まだ仕事を辞められないのか？」

朝食の席で仕事を辞めるように言われてから一週間ほどたった朝、アレクシスが焦れたようにそんなことを言った。

今日もアレクシスだけ仕事で、クラリスは休みだ。

というか、アレクシスはこの一週間一度も休みがなく、それはもうしばらく続くという。

（休みが合わないからって言ったくせに、休みがないなら一緒じゃない）

もちろん、思っていても口には出さないが、クラリスも不満には感じているのだ。アレクシスは二日に一度は城に泊まりこんで、帰ってきても疲れた顔をしている。夫婦の時間がまったくと言っていいほど取れていないのだ。

パンを小さくちぎって口に入れつつクラリスは微笑んだ。

「マチルダ様がまだ不安だそうで、もうしばらく侍女を続けることになりそうです」

「だが……」

「マチルダ様のご意向ですから」

マチルダの名前を出せば文句は言えまい。クラリスとマチルダが共闘していることなど知らないアレクシスはむっと口をへの字に曲げて押し黙る。

「クラリスが頼みこめば辞めさせてくれるんじゃないのか?」

「先週、マチルダ様のお考えを尊重するとお伝えしたじゃないですか」

「そうだが……」

「それとも、今すぐにわたしを辞めさせたい理由があるんですか?」

「……前も言ったが、夫婦の時間が減ったじゃないか」

「アレクシス様のお休み自体がないんですから一緒だと思うんですけど」

重ねて言えば、アレクシスがさらにムッとする。

(いじめすぎたかしら?)

アレクシスがクラリスに侍女を辞めさせたがっているのはわかっている。だけど、あえてそれに気づかないふりをして、クラリスはパンを咀嚼して続けた。

「マチルダ様が大丈夫とおっしゃれば、もちろん辞めますよ」

「本当だな?」

「ええ、もちろん」

不貞腐れた子供のような顔のアレクシスはちょっぴり可愛いが、クラリスに何かを秘密にしているのは明白なのでそこはちっとも可愛くない。

(まあ、教えてくれたとしても不安は消えないでしょうけどね)

アレクシスがウィージェニーのそばにいる限り、クラリスはいつ彼が王女に心を許すかと気が気ではないのだ。

（今のところ、夜に王女殿下の部屋に向かったって話は聞かないけど、安心できないもの）

クラリスにはクラリスの情報網がある。侍女仲間がメイドから集めた情報によると、アレクシスが夜にウィージェニーの部屋やその近くに向かったことはないらしい。

（そもそもウィージェニー王女殿下の護衛騎士なら二日に一回も泊まり込む必要はないと思うんだけどね）

ウィージェニーの部屋付近の情報は入ってくるが、アレクシスが泊まっている部屋周辺の情報は入ってきにくい。何故なら、情報源であるメイドが夜にうろつけない場所だからだ。自分の持ち場以外をふらふらしていたら咎められるので、わざわざそんな危険は冒さないのである。

逆に、ウィージェニーは夜中だろうと容赦なく侍女やメイドを呼びつけるので、ウィージェニーの部屋の周りにいても怪しまれない。実際、宿直の侍女以外に、城のメイドが夜は交代でウィージェニーの部屋のそばに張り付いているのだ。ウィージェニーがメイドを呼びつけたときにすぐに向かわなければ叱責されるかららしい。

「わかった、殿下から王太子妃殿下に頼んでもらおう」

アレクシスがそんなことを言っているが、グラシアンが頼んだところで無駄だと思う。

しかし、もちろんそれも口には出さない。

「ええ、お願いしますね」

クラリスは何も知らないふりで微笑んで、そう締めくくった。

アレクシスが城へ向かったあと、クラリスは領地からの報告書に目を通したあと、暇つぶしにレース編みをすることにした。

「何を作られるんですか？」

エレンが紅茶を用意してくれながら訊ねてくる。

「赤ちゃんの服を作ろうと思って」

クラリスが何気なく答えると、エレンがびっくりしたように手を止める。

「どうかした？」

首をひねりつつ訊ねると、エレンが慌てたように訊ねてきた。

「お、お子様ができたんですか⁉」

「え？　あ！　違うわよ！　マチルダ様のお子様を見ていたら可愛くて、なんとなく作りたくなっただけで、妊娠したわけじゃないわ！」

「あ、そうですか……。びっくりした……。いえ、もちろんおめでたいことではあるんですけど、兆候がなかったものですから」

「ふふ、早とちりだったわね」

もちろん、クラリスとしてはいつ子どもができてもいいと思っている。だが、残念ながらそういった兆候は微塵もなかった。

経験した未来では子どもを持たないまま死んだから、できれば――とは思うけれど、これればかりは神様でなければわからない。

「せっかくなので、わたくしも参加してよろしいですか？　今のうちから作っておけば慌てなくてすみますからね」

　生まれた子どもの服は購入することもあるが、こうして手作りする風習がまだ根強く残っている。手作りの服や小物が多ければ多いほど母親の愛情が大きいという考えがロベリウス国にはあるのだ。だから王太子妃であるマチルダも、せっせと子どもの服を編んでいて、最近では暇さえあれば侍女たち全員で編み物をしていたりするのである。

「じゃあお願いするわ」

　エレンの骨折は完治したが、まだ足に若干の痛みが走ることがあるらしいので、座っての作業の方がしやすい。

　エレンがクラリスの隣に座って、レース編みをはじめたところで、困惑顔のニケがやって来た。

「あの。奥様……」

　ニケは夫婦の部屋の片づけをしていたはずだ。まだ夏だが、そろそろ秋の模様替えに向けて足りないものを調べてくれていた。

「悩まなくても、追加で頼む必要があればリストアップしてくれて構わないわよ？　あとでチェックするから」

「いえ、その……」

　模様替えの準備で何か悩みでもあったのかと思ったが、どうやらそうではなかったようだ。

　言いにくそうに口ごもって、ニケがおずおずと何かを差し出してきた。

　かぎ針をテーブルの上に置いて、クラリスはニケが差し出してきたものを受け取る。それは、薄ピンク色の可愛らしいハンカチだった。広げると甘い香りがふわりと漂ってきて、一瞬、くらりと眩暈を覚える。甘ったるい香りだったからだろうか。クラリスは香りを逃がすようにハンカチを数回振ってから、ニケに訊ねた。

「これは？」

クラリスのハンカチではなかった。もちろんアレクシスのものでもない。

ニケは困惑顔で、そっとハンカチの隅を指さした。

「旦那様の服のポケットに入っていたんです。その……王家の紋章が刺繍されていて……イニシャルも」

ニケが指した方を見れば、確かにハンカチの隅に小さな刺繍が刺してあった。王家の紋章の下に挿してあるイニシャルは、W。王家の紋章とセットで使うイニシャルでWを使うのはウィージェニー以外にいない。

ざわり、とクラリスの心がさざ波を立てる。

「その……、それはウィージェニー王女殿下のもので間違いないでしょうか？　どうして旦那様のポケットにこれが……」

ニケの視線が気づかわしそうなものに変わった。

クラリスはぎゅっとハンカチを握りしめると、努めて明るく微笑む。

「拾ったのかもしれないわね。……洗濯して、アイロンをかけて差し上げてくれるかしら？　アレクシス様に確認したあとで、王女殿下にお返ししなくてはいけないでしょうから」

ニケが何か言いたそうに口を開きかけて、そしてつぐむと、クラリスからハンカチを受け取る。

「かしこまりました」

ニケが去っていくと、いつのまにかレース編みの手を止めていたエレンがわずかに眉を寄せた。

「奥様……」

「わたしは大丈夫よ、エレン」

ニケが出て行った途端に、不安が顔に出ていたのだろう。エレンが心配そうにこちらを見ている。

クラリスは一度息を吐き出して、自分を誤魔化すように笑った。

（アレクシス様はウィージェニー王女の護衛騎士をしているんだもの。ハンカチくらい、拾うことがあるでしょう）

夫に別の女性の影があるのは面白くないが、彼は仕事をしているのだ。こんな些細なことで目くじらを立ててはいけない。それで喧嘩になるなんて、絶対にダメだ。

（大丈夫。こんなことで疑ってはダメだもの……）

一度目の未来とは違うのだ。今のクラリスなら、城で情報を集められる。だから、こんな些細なことで一喜一憂はしない。

「さ、続きをしましょ」

クラリスはかぎ針を手に取ると、レース編みを再開する。

願わくば、今から作る服を使う機会が訪れますようにと、思いながら。

十一　狙われたクラリス

——大丈夫、大丈夫。

そんな風に自分に言い聞かせても、限界というものがある。

「…………」

クラリスはマチルダの部屋の窓から見える城の裏庭を、険しい顔で見下ろしていた。

エメリックと名付けられた王太子夫妻の第一子の王子はお昼寝中で、隣の部屋で乳母が面倒を見ている。

乳母のおかげで子育ての負担が軽減されるから、マチルダも産後の疲れがすっかり取れたようだ。

今は窓際の席でのんびりハーブティーを飲みつつ、クラリスの顔を見上げて困った顔をする。

「もうすっかり、隠すつもりはなくなったみたいね」

「そのようですね」

答えるクラリスの声は固い。

窓外に見える裏庭では、日傘をさしたウィージェニーが散歩中だ。その隣には、騎士服に身を包んだアレクシスの姿がある。

ここの所、ウィージェニーとアレクシスは城で噂の的だった。

アレクシスはウィージェニーのお気に入りの護衛騎士で、どこへ行くにも連れて行くのだ。ちょっとした散歩にまでこうして駆り出しているくらいに。

（アレクシス様も、噂が広まってからは堂々としたものだわ。いまだにわたしには異動になったことを報告してくれないけど、今更よね）

この二週間というもの、何度、問いつめてなじってやりたくなっただろう。

相変わらず休みの日は重ならないし、アレクシスは城に泊まってばっかりだ。

いつの間にか王都は秋の足音が聞こえてくるころになっていた。

「いくら何でも、ちょっと近すぎるわよね。わたくしからグラシアン様に言ってみましょうか？」

ウィージェニーが日傘を持っていない方の手を、するりとアレクシスの腕に絡める。

むかっとしたクラリスが眉を跳ね上げるのを見て、マチルダが気遣うように訊ねてくれた。

「ありがとうございます。でも、夫婦の問題ですので」

ここで怒ってはいけない。何度も言い聞かせるが、苛立ちはどんどん蓄積されていく。

（思えば、死ぬギリギリまで知らなかった一度目の人生は幸せだったのかもしれないわ）

堂々と他の女と仲良くしている夫なんて見たくなかった。

ウィージェニーに話しかけられて、とろけるような笑みを浮かべているアレクシスは、何とも言えない情けない顔をしている。あれが自分に向けられればそんな風には思わないのに、不思議なものだ。

「グラシアン様も、どうしてアレクシスをウィージェニー王女に渡したのかしらね」

はあ、とため息を吐きつつマチルダが窓の外へ視線を向ける。

「あの様子は、陛下や王妃殿下のお耳にも入っているわよ。そのうち、アレクシスはお義母様に呼び出されるでしょうね」

結婚前にクラリスがフェリシテの侍女を辞めたくないと言ったからか、彼女は何かとクラリスとアレクシスの仲を気にしてくれている。

アレクシスが堂々とウィージェニーと仲良くしていれば、フェリシテにも思うところがあるだろう。

現に、クラリスは一昨日フェリシテに呼ばれて、事情を確認された。

クラリスが、アレクシスから何も聞いていないことをありのまま伝えると、フェリシテはずいぶんと怖い顔になったものだ。

ちょっぴり、アレクシスがフェリシテに怒られればいいのにと思ってしまう自分がいる。

「マチルダ様、グラシアン殿下たちが何をコソコソされているのかつかめました？」

「それがさっぱりよ。何か企んでいるのはわかっているんだけど、なかなか尻尾を出さないのよね。

ジェレットを捕まえて問いただしてもさらりとかわされるし」

夫が何かを企んでいるのはわかっているのに秘密にされるのは面白くない。クラリスだけではなく、マチルダも日々不満を募らせているのだ。

（マチルダ様を本気で怒らせた場合、困るのはグラシアン殿下でしょうにね）

グラシアンはマチルダを溺愛している。マチルダが激怒した場合、グラシアンは絶対にマチルダに勝てない。おそらく喧嘩にもならないだろう。一方的にグラシアンが頭を下げる姿しか想像できない。

「第二妃様の件があってから様子が変なのはわかっているのよ」

「ですよね」

グラシアンに毒を盛ったのは、ジョアンヌのはずだ。遺書にそうあった。だが、ジョアンヌが自殺したあとも、グラシアンやマチルダには毒見係がつけられている。ロベリウス国では、以前から道徳的に毒見係が置かれなくなっていたので、表向きは「毒見係」としてはいないが、食事前に必ず毒の確認がされるのだ。

（つまり、まだ何かあるってことなのよ）

ここまではクラリスもマチルダも推測がついている。だが、それ以上がわからない。もしかしたら、ウィージェニーにも何らかの危険が及ぶ可能性があって、アレクシスをつけることにしたのかもしれないけれど、事情が知らされていないから想像しかできない。

クラリスの考えが及ぶ可能性の中では、グラシアンがアレクシスに、ウィージェニーを何らかの脅威から守るように命じて彼女の護衛騎士にした可能性が一番高い。

（そして、それが原因で恋に発展しちゃうのかしら……）

一度目の未来でアレクシスとウィージェニーが恋仲だと知ったとき、いったいどこでそれほど親しくなったのかと疑問だったが、その答えが、目の前にある。これ以外に考えられなかった。

「そう言えば昨日、グラシアン様がまた文句を言っていたわ」

一度グラシアンの不満を口にしたからか、マチルダが不満顔で思い出したように言った。

「クラリスをいつになったら辞めさせるんだって。しつこいわよね、いつになったら諦めるのかしら」

「すみません。おそらく、アレクシス様が殿下に頼んだのだと思います」

アレクシスはなかなかマチルダの侍女を辞めないクラリスに焦れている。顔を合わせるたびに、まだ辞められないのかとそればかり言うのだ。

自分だって休みなく働いているのだから、彼の言うところの「休みが合わない」というのは理由にならないはずなのに、そのあたりは都合よく忘れているようなのである。

マチルダはハーブティーに口をつけながらため息を吐いた。

「このままだったらグラシアン様が強引に別の侍女を連れてきてクラリスを追い出しそうだわ。だからね、わたくしも考えたのよ」

「考えた、ですか？」

「そうよ」

キラリと瞳を輝かせて、マチルダが悪戯っ子のように笑う。

「お義母様にお願いしたの。ふふ、クラリス、お義母様の侍女に異動しない？　いくらグラシアン様でもお義母様相手に強引なことはできないもの」

クラリスはぱちくりと目をしばたたいた。

「え……大丈夫なんですか？」

「もちろんよ。お義母様も大歓迎だっておっしゃっていたわ。それに、最初に約束を破ったのはあちらよ？　クラリスが侍女を辞めるときは、アレクシスも仕事を辞めるとき。最初からそういう話だったじゃない？　クラリスが働く間だけアレクシスを借りるって殿下は言ったもの。それを守らない人に文句を言われる筋合いはないわね」

「でも、理由を聞かれるんじゃないですか？」

「それなら大丈夫よ。ほら、わたくしすぐに子供ができて自分で侍女を雇えなかったじゃない？　エメリックが二、三歳くらいになるまではあまり環境を変化させない方がいいと思うから、しばらく新しい侍女の採用は控えるつもりなのよ。そうしたらお義母様が、それでは困るでしょとおっしゃって、ご自身の侍女を三人ほどわたくしにくださることになったの。でも急に三人も侍女が減ったら、お義母様も困るでしょ？　だから、ね？」

なるほど、考えたものだ。フェリシテはマチルダ付きに異動させる予定の三人の侍女の代わりに、新しい侍女を雇うらしい。だが新しく雇った侍女が仕事に慣れるまでには時間がかかる。その間の補佐としてクラリスを雇う、という寸法らしい。

「わたくしはグラシアン様のお願いを聞いてクラリスを辞めさせるけれど、そのあと誰が雇おうと、わたくしには関係ないものねえ？」

にこにこの可愛らしい笑顔であくどいことを言うものだと感心するが、クラリスもその意見に相違はない。むしろ大歓迎だ。

「素敵です。名案です、マチルダ様！」

アレクシスも、マチルダの侍女を辞めろと言ったが、フェリシテの侍女をするなとは言っていない。

（揚げ足を取るようだけど、アレクシス様だって王妃様のご命令には逆らえないものね？）

クラリスはもう一度裏庭に視線を落として、口端を持ち上げる。

（わたしにだって、妻のプライドはあるのよ。知らないところでいちゃいちゃなんてさせるものですか）

未来が変わるか変わらないかはわからないが、見て見ないふりをするつもりはないのである。

クラリスはマチルダと目配せをして、そしてにっこりと微笑み合った。

☆

「殿下、これはいったいどういうことですか！」

ホゥホゥとどこからか梟の鳴き声が響いてくる、深更。

グラシアンの執務室の窓の外には、薄い雲間から顔を出した欠けた月が銀色に輝いている。

宿直の人間以外が寝静まったような夜中に、グラシアンの執務室を訪れたアレクシスは、部屋の扉を閉めるなり部屋の主をなじった。

マチルダが寝入ったのを見計らって執務室に移動したアレクシスは、窓際の執務机に座って眉間に皺を寄せている。

「私に言われても知らん！　いきなり母上がクラリスをもらうと言い出して、マチルダが勝手に了承したんだからな」

「これではいつまでたってもクラリスが城からいなくならないじゃないですか！」

「わかっているが、母上から取り上げることはできないだろう。それこそ何があったのかと根掘り葉掘り聞かれるぞ。まだ母上や父上に上げるだけの証拠は集まっていないだろう？」

そう言われると、アレクシスも文句が言えない。

フェリシテは王妃と言う立場上、良くも悪くも公正だ。そして、疑わしきは罰せずという考えの持ち主である。

だからこそ、昨年の花をめでる会に起こった騒動のときも、自らは動かなかったのだ。犯人の予測はついていただろうに、それ以上の問題が起こらなければと見逃していたのである。

「今、母上に口出しされるわけにはいかない」

「わかっています。……あともう少しのところまでは来ているんですから」

「ああ」

「捕らえた侍医を死なせたのは失敗でしたね」

「そうだな。……その侍医の件だが、ジェレットが集めた情報によると、やはり侍医は自殺でないらしい」

「例の薬品の成分分析はどうですか？」

「あちらは終わった。ああ、これを渡しておこう。ジェレットからだ」

アレクシスは机から薬包がたくさん入った袋を取り出した。

「侍医頭に頼んで処方させたそうだ。今日から毎日飲むように」

「わかりました。殿下も気を付けてくださいよ」

「大丈夫だ」

グラシアンは机の上に置いてある液体の入った薬瓶を揺らして見せる。

アレクシスはさっそく薬包を一つ開けると、そのまま口に流し込んだ。舌に貼りつく粉末の苦みに眉を顰（ひそ）めつつ、無理やり飲み込む。グラシアンが苦笑して、水差しからコップに水を注いで差し出してくれた。

「エメリックも生まれたことだし、これ以上長引かせたくはない。矛先がエメリックに向かないとも限らないんだからな」

「では、計画通り例の方向で進めるんですね？」

「ああ」

「わかりました。……本当に、くれぐれも、気をつけてくださいね」

「お前もな」

「ええ」

アレクシスは残りの薬包が入った袋をポケットに入れて、一礼して踵を返す。

長居をしていたら、誰に気づかれるかわからないからだ。

静かにグラシアンの執務室をあとにすると、最近城に泊まる際に使わせてもらっている部屋へ向かった。

ベッドと小さな机と椅子があるだけのあまり大きくない部屋だが、一人で寝泊まりする分には何ら問題ない。

持ち帰った薬包を机の引き出しの中におさめて鍵をかけると、アレクシスはどさりとベッドに横になった。

体裁上、宿直ということにしているので熟睡はできないが、仮眠くらいは取らないと体力的にきつい。

(早く終わらせないと。……クラリスとも、しばらくゆっくりできていない)

新婚なのに、全然新婚らしくない日々が続いている。

城勤めを続けているから、クラリスの耳にもアレクシスがウィージェニーの護衛をしていることは耳に入っているはずだ。

できれば耳に入れさせたくなかったが、すぐに辞めさせることができなかったのだから仕方がない。

(変な噂が耳に入っていないといいが……)

ブラントーム伯爵家に帰ったとき、それとなくクラリスの様子を探ってみるが、特に変わったところはない。ウィージェニー付きに異動になったことを聞かれるかとも思ったが、それもない。食事の席でもいつも穏やかな顔をしていて、いつも通りのクラリスだ。——だが、アレクシスには逆にそれが怖かったりもする。

(前のことがあるからな……、いきなり別れると言い出したらどうしよう……)

結婚前に唐突に別れてほしいと言われたことが脳裏をよぎって、心臓が氷のように冷えていく。

もう一度同じことを言われたら、アレクシスは平静でいられるだろうか。

(いや、無理だな)

正直、自分が暴走しない自信がない。

前回はクラリスが途中で考えを改めてくれたから何とかなったが、もし今度別れるなんて言われたら、それこそクラリスを鍵のかかる部屋の中に閉じ込めてしまいそうだ。そんな暴挙は許されるはずがないと頭ではわかっていても、感情がついていかない気がする。アレクシスはクラリスが絡むと冷静ではいられなくなるのだ。

(将来浮気をして捨てるから別れろなんて言っていたくらいだ。ウィージェニー王女と俺の関係を怪しむかもしれない。そうなったら絶対に別れるって言い出すだろう。……そうなる前に、早くけりをつけないと)

アレクシスの心はクラリスだけのものだ。それは今も昔も変わらない。だが、今のこの状況がよろしくないこともアレクシスはわかっている。

「はあ……」

アレクシスが天井に向かってため息を吐き出したときだった。

コンコンと扉が叩かれてむくりと起き上がる。何かあったのかと怪しんで扉を開けると、そこに立っていたのはウィージェニーの侍女の一人だった。

「どうかしたのか？」

「王女殿下がお呼びです」

「……こんな夜更けに？」

「ええ。寝つけないとおっしゃって……。お話し相手にアレクシス様を呼んでほしい、と」

「わかった」

ため息を吐きたくなるのを我慢して、アレクシスはニコリと微笑む。

「侍医頭に薬を処方してもらうように頼んでから向かうと伝えてくれるだろうか」

すると、侍女はホッとしたように息を吐きだした。おそらくアレクシスを呼べと無茶を言われて困っていたのだろう。夜更けに王女が若い男――それも、既婚者を部屋に入れるのは外聞が悪い。夜とはいえ、夜警にあたっている兵士はいる。誰かの目にはつくのだ。

アレクシスの伝言を持って侍女が去っていくと、アレクシスはランプに灯りを入れて、鏡の前で服の乱れを確認した。ボタンの一つでも外れていたら、あらぬ噂を立てられかねない。きっちりと着こんでおくに越したことはないのだ。

（先生に強めの睡眠薬を処方してもらおう）

長々と話につき合わされてはたまったものではない。

アレクシスは部屋を出ると、速足で医務室へ向かった。

☆

かたり、と物音が聞こえた気がした。

（どこか、窓が開いているのかしら？）

物音で目を覚ましたクラリスは、窓の隙間から風が入り込んだのだろうかと寝起きのぼんやりした頭で考えながら、むくりと上体を起こした。

暗い室内に目を凝らしつつ、ベッドから起き出そうとしたクラリスは、ベッドの帳に手をかけたところで動きを止めた。

部屋の中に、誰かがいる気がしたのだ。

（エレンじゃ、ない？）

なんとなくだが、帳の外にいる人間は、気配を絶つように息を殺しているような気がする。もちろんクラリスは騎士でも兵士でも、ましてや特別な訓練を受けた手練れでもないからただの気のせいである可能性も高いが、未来で殺された瞬間が脳裏をよぎって、自然と体が強張った。

このまま帳の外へ出るのは危険かもしれない。

だが、いつまでもベッドの中にいるのも危ないと思う。

クラリスはちらりとベッドサイドに置いてあるベルに視線を向けた。

あれを鳴らせば、誰かが来る。

大きく鳴らせば、何事かと伯爵家が雇っている護衛も駆けつけるだろう。

クラリスはごくりと唾を飲み込んで、そーっとベルを手に取ると、力いっぱいベルを鳴らした。

その瞬間、帳の外にいた気配が動いたのがわかって、慌ててベッドから飛び出す。

クラリスが飛び出した瞬間、反対方向の帳が刃物で切り裂かれた。

「誰か来て――‼」

やはり、刺客だったのだ。

暗がりに、背の高い男のシルエットが浮かび上がる。

クラリスはベルを大きく鳴らしながら叫ぶ。

バタバタと使用人が走って来る足音が聞こえた。

クラリスがホッと息をついたのも束の間、ちっと舌打ちした男が手に持った短剣を投げつけてくる。

「いっ――」

腕に、鋭い痛みが走った。

相手が投げた短剣がクラリスの左腕を切り裂いて壁に突き刺さる。

咄嗟にクラリスが身を引かなければ、おそらく胸に突き刺さっていただろう。

これ以上、ここにいるのは危険と判断したのか、男が窓に向かって駆け出した。

壁から短剣を抜き取って、その柄で窓ガラスをたたき割った男は、そのまま窓から飛び降りる。

ぽたぽたと血がしたたり落ちる腕を押さえて、クラリスは「怪しい男が庭に逃げたわ‼」と割れた窓から叫んだ。

庭には夜の番をしている護衛が数名いるはずだ。

クラリスの叫び声を聞いたのか、護衛の声がしてバタバタと足音が聞こえた。

それとほぼ同時に、部屋に使用人たちが駆け込んでくる。

「奥様‼」

一番に部屋に駆け込んできたのはエレンだった。

急いで部屋の灯りをつけたエレンは、割れた窓ガラスに眉をひそめたあとでクラリスの怪我に気づいて悲鳴を上げた。

「だ、誰か‼　誰かお医者様を——‼」

真っ青になったエレンと使用人たちが慌ただしく動きはじめたのを見たクラリスは、これでひとまずは安心だろうかとそっと息を吐きだした。

☆

「クラリス‼」

血の気の引いた顔で部屋の中に飛び込めば、腕に包帯を巻いたクラリスが顔をあげて、目をぱちくりとさせた。

「アレクシス様？　今日は城に泊まりじゃ——」

不思議そうな顔をしてクラリスが訊ねてくるが、すべて言い終わる前に、アレクシスは突進するように駆け寄ってクラリスを抱きしめる。

（よかった——）

ぎゅうっと胸に頭を抱き込んで息を吐けば、腕の中のクラリスが小さな声で「痛いです」と文句を言った。

ハッとして腕を緩めると、包帯が巻かれた腕をさすりながらクラリスが上目遣いに睨んでくる。

「ご、ごめん」

「いえ、いいですけど、腕が痛いのであまり力を入れないでほしいです」

「あ、ああ……」

おろおろしながら、アレクシスはクラリスが座っているソファの隣に座る。

まだ鼓動は落ち着かなくて、胸の奥がぎしぎしと言っていた。

目の前のクラリスは、怪我はしているが元気そうで——だけど、一歩間違えば、という可能性に心が急速に冷えていく。

先ほど痛いと言われたので、そーっと抱きしめて、アレクシスはクラリスの香りを胸いっぱいに吸い込んだ。

クラリスが愛用しているジャスミンのバスオイルの香りが、動揺した心を落ち着けてくれる。

香りのおかげで動揺していた心が落ち着いてくると、次に沸き起こってくるのは例えようのない怒りだった。

「それで、アレクシス様はどうしたんですか？　お仕事は？」

気丈にふるまっているように見えるがやはり怖かったのだろう。アレクシスが背中を撫でると、クラリスがきゅっとアレクシスのシャツをつかんですり寄って来ながら、遠慮がちに訊ねる。

「仕事は、抜けてきた」

「え？　大丈夫なんですか？」

「ああ、問題ないよ」

抜けてきたのは間違いないが、本当は少し事情が違う。

ウィージェニーに呼ばれて、アレクシスは侍医頭に彼女のための睡眠薬を処方してもらうべく医務室へ向かっていた。

仮眠を取っていた侍医頭を起こすと、彼は不機嫌顔をしたが、事情を話すとやれやれと肩をすくめて睡眠薬を用意してくれて、アレクシスはそれを持ってウィージェニーの部屋に行くつもりだったのだ。

だが、その前に医務室に駆けつけてきたジェレットに、今すぐ伯爵家へ帰れと言われた。

『監視していた男の一人がブラントーム家へ向かいました。目的は定かではありませんが、嫌な予感がします。急いで帰ってください！』

アレクシスがさっと表情を強張らせると、侍医頭が薬は自分がウィージェニーに持って行ってくれると言った。その言葉に甘えて、アレクシスは慌てて邸に帰って来たのだ。

だが、アレクシスの帰宅は間に合わず、クラリスは怪我を負ってしまった。

小さくて華奢なクラリスでは、武器を持った男に太刀打ちできるはずがない。

（怖かったろうに……）

包帯を巻かれた腕が痛々しくて、アレクシスはギリっと奥歯をかみしめる。

「……クラリスに怪我をさせるなんて……、殺してやる」

「アレクシス様！」

思ったことが口から出てしまったのだろう、腕の中のクラリスがびっくりしたように顔をあげた。

だが、口からついて出たのは紛れもない本心だ。クラリスを驚かせはしたが、否定するつもりはない。

クラリスを傷つけた犯人は、どうやら逃げたらしい。

伯爵家で雇っている護衛が追いかけたようだが一足遅かったようだ。

(だが問題は、護衛がいるのにどこから侵入したか、だ)

常に夜警の護衛が巡回している庭から侵入するのは至難の業のはずだ。しかもクラリスが眠っていた夫婦の寝室は二階にある。二階の高さなら、ある程度訓練を積んだものであれば飛び降りることは可能だろうが、登るのは一瞬では無理だ。外から壁伝いに侵入しようとすればすぐに気づかれる。

——何か、見落としている気がする。

気になることはたくさんあるが、今は目の前のクラリスが最優先だ。

クラリスの頭を安心させるように撫でながら、アレクシスは小さく笑う。

「怖がらせてごめん」

「いえ……。でも、殺してやるなんて、簡単に言ったらダメですよ？　誰が聞いているかわからないんですから」

「犯罪者に向けた言葉だ、誰が聞いていたってかまわないさ」

「だけど——」

「クラリスが傷つけられたんだ。俺は絶対に許さないし、むしろ目の前に現れたら斬って捨てない自信はないな」

「だ、だめですよ！　アレクシス様は辞めたとはいえ騎士だったんですから！」

騎士は、正当防衛や主の指示がある場合は相手を斬り殺すことも認められているが、そうでなければ基本的に相手が犯罪者であっても捕らえることが仕事だ。不用意に命を摘めば、殺した方も罪に問われる。面倒くさい騎士道精神では、怨恨や報復は認められていない。

（だが俺は、もう騎士ではないからな）

騎士は、騎士道精神に反すれば罰せられるが、アレクシスはもう違うのだ。騎士道精神なんて遠くに投げ捨ててもかまわない。

自分が目の前の妻に恐ろしく執着しているのは自覚している。

（クラリス、君はわかっていないみたいだけど、君は俺のすべてなんだよ）

この感情全てをクラリスにぶつければ、怯えさせてしまうだろうこともわかっていた。

だから口に出すつもりはないが、クラリスに何かあれば、アレクシスは狂わない自信がない。

（ジェレットに言って、侵入経路を探らせよう。……馬車の事故の時は確証が持てなかったが、クラリスが標的にされているのはこれで確実になった。絶対に許さない）

アレクシスはクラリスの頭のてっぺんにキスを落としながら、碧い瞳をひんやりと凍りつかせた。

十二　決着

窓の外から、欠けた銀色の月が見える。

薄い雲がかかっているが、月あかりを消し去るほど分厚い雲ではない。

（ふふ、もう少し……。あと少し……）

ピンクベージュ色の髪をいじりながら、ウィージェニーはうっそりと笑う。

（計画に邪魔なのは、あと二人）

この二人さえ消し去れば、あとはどうとでもなるはずだ。

（お母様を消すタイミングは間違えてしまったけど、誰も気づいていないみたいだし）

前々から母ジョアンヌは馬鹿すぎてウィージェニーの計画には邪魔だった。あんな母でも母親なので、ぎりぎりまで我慢していたのだ。だがこれ以上は邪魔にしかならないと思ったので、ついでに消し去ることにした。

（本当はお兄様にもあのときに死んでほしかったんだけど、しぶといわね。まあでも、多少の誤算はあったけど、今のところ計画通りだわ）

くるくると毛先を指に巻きつけながら、ウィージェニーは振り返った。

「ねえ、アレクシスはまだなの？」

問えば、部屋の隅に控えていた侍女が委縮したように肩を揺らす。

「お呼びいたしましたから、じきにいらっしゃると思います」

「じきにではなくて、どうして連れて来ないの」

「申し訳――」

「はあ、もういいわ。下がってちょうだい」

ウィージェニーが軽く手を振れば、侍女は一礼して逃げるように部屋から出ていく。

（この侍女はあまり使えないわね。近いうちに入れ替えましょう）

ウィージェニーにとって、使用人はものでしかない。使えなければ替えればいい。替えなんていくらでもあるのだから。

（でも、アレクシスは別……）

ウィージェニーはゆっくりと棚に近づくと、中から小さな小瓶を取り出す。

蓋を開けると、甘い香りが鼻腔をくすぐった。

一瞬くらりと襲った眩暈に恍惚として、数滴を首元につけたあとで蓋を閉じる。この香りはあまり吸いすぎると頭がぼーっとしてくるのだ。

（アレクシスは素晴らしいわ。わたくしが女王になった暁には、彼ほど隣に立つにふさわしい男はいないもの）

容姿、性格、能力――何もかも、ウィージェニーの理想の通りだった。

アレクシスは何としても手に入れる。

相手が他人のものだろうとなんだろうと、ウィージェニーには関係ない。欲しいものはすべて手に入れる。どんな手段を使ってでも、だ。

（それにしても、遅いわね）

アレクシスはいったい何をしているのだろうか。

待たされるのが嫌いなウィージェニーが苛立ちはじめたとき、部屋の扉を叩く音がした。

(来たわ)

侍女を部屋から追い出したため、誰も扉を開ける人がいない。

ウィージェニーは自ら扉まで歩いて行き、薄く開いた。そして外にいるアレクシスに呼びかけようとしたウィージェニーだったが、そこにいた人物に目を丸くする。

そこにいたのは、アレクシスではなく侍医頭だった。

「薬を持って来たぞ」

不機嫌なのを隠そうともせずにぶっきらぼうに侍医頭が言う。

この侍医頭が、ウィージェニーは嫌いだ。

王女であるウィージェニーにも不遜な態度を取り、乱暴な言葉を使う。王や王妃相手にもそうで、二人ともそれを許してしまっているから、ウィージェニーが叱責することもできない。まったく忌々しい相手なのだ。

(それに、この男が気づかなければ、あの侍医はもう少し使えたのに)

侍医頭が医務室の薬の在庫確認なんてしたから、子飼いにしていた侍医を始末する羽目になったのである。あの男は何かと使い勝手がよかったのでもうしばらくそばに置くつもりだったのに。

「まあ、何のことかしら?」

実際、侍医頭を呼んだ覚えがないウィージェニーは、そう言って首を傾げた。

すると手に持った薬を押しつけながら侍医頭が面倒そうに返す。

「眠れんのだろうが！　ほら、眠り薬だ。これ飲んでさっさと寝ろ！　それから、年頃の娘が夜に男を呼ぶとは何事だボケが！」

ウィージェニーはイラっとしたが、感情を押し殺して微笑む。

（つまり、アレクシスが来ないのは侍医頭のせいなのね）

アレクシスは気を利かせて睡眠薬を取りに行ってくれたのだろう。そこで侍医頭に事情を話しでもしたのか、おせっかいな侍医頭が自ら薬を持って来たのだ。

腹立たしいことこの上ないが、ここでアレクシスを呼べと言えば、この侍医頭のことだ、説教を垂れはじめるに決まっている。

仕方なく、ウィージェニーは薬を受け取って礼を言った。

「ありがとうございます。これで眠れるわ」

「ああ、じゃあな。さっさと寝ろよ」

侍医頭がひらひらと手を振りながら去っていく。

（あの男も邪魔ね）

だが、腕がいいのは間違いない。

（邪魔だけど、あの男の始末は後回しだわ）

ウィージェニーは小さく舌打ちすると、部屋の扉を閉め、薬を床に放り投げた。

☆

ブラントーム伯爵家に侵入した男によってクラリスが怪我をした日から、一週間。

マチルダ付きからフェリシテ付きの侍女に異動したクラリスだったが、腕の怪我が癒えるまでは自宅療養の指示が下っていた。

アレクシスは変わらず忙しいようだが、クラリスが怪我をしたことを気にしているのか、この一週間、城に泊まることはなく、夕方には必ず家に帰ってくるようになった。

そんなアレクシスから話があると言われたのは、クラリスが暇つぶしにレース編みをしていた夕方のことだった。

「え？　明日マチルダ様とエメリック様がこちらにいらっしゃるんですか？」

「ああ。それから王妃殿下もだ」

「ええ!?」

アレクシスから、明日、フェリシテとマチルダ、そして生後一カ月半のエメリックがこちらへやってくると聞いて、クラリスは目を丸くする。

「どうして、また急に……」

「以前からこちらへ遊びに来たいと言われていたんだ。あいにくと俺は仕事だが、クラリスはまだあと一週間は休むだろう？　だからお相手を頼む」

「それはもちろん、構いませんけど……」

急なことなので準備が大変なのではないかと、エレンとニケに視線を向ける。

エレンは困惑顔で、慌ただしく執事とフェリシテたちに出すお茶やお菓子の準備をすると言って部屋を出て行った。

ニケの方は、少しばかり困った顔をしているものの、落ち着いているように見える。まあ、ニケはエレンの指示で動いているので、当日もエレンに任せておけば大丈夫と思っているのかもしれない。

（でも、変ね。フェリシテ様もマチルダ様も、突然に予定を決める方ではないはずなのに……）

フェリシテもマチルダも、王妃や王太子妃の自分の立場をわきまえている。急にどこかへ出かければ周囲が迷惑することを理解しているので、来るにしても最低でも数日前には確認を入れるはずだ。

腑に落ちないものを感じながらも、アレクシスが来ると言うのだから来るのだろう。

「殿下も一緒ですか？」

「いや、グラシアン殿下は一緒には来ないそうだ。明日は一日執務室で急ぎの書類仕事だとおっしゃっていた。仕事がたくさん溜まっているそうだ」

「そうですか」

こちらもまた妙だった。

グラシアンは王太子なので膨大な仕事を抱えてはいるが、要領がいいので、仕事を溜め込むことはない。

それにグラシアンの性格を考えるに、本当に仕事が山積みだとしても、大好きな妻と子が外出するのについて行かないはずがないのである。

納得いかない何かを感じるが、クラリスの回答は一つしかない。王妃や王太子妃とその子が来ると言っているのだ。是としか回答しようがないのである。

「わかりました。では準備しておきますね」

「ああ。頼む。昼過ぎにいらっしゃるはずだ」

アレクシスは頷いて、ニケに視線を向けた。

「マチルダ王女は侍女もつれてくると伝えて来てくれ。エメリック殿下がお小さいため、侍女は全員連れてくるはずだ」

「かしこまりました」

ニケが微笑んで部屋を出ていくと、その扉が閉まるのを確認したアレクシスが、声のトーンを落とした。

「クラリス、明日、おそらくだが何かが起こると思う。でも、絶対に大丈夫だから、俺を信じて待っていてほしい」

「それは、どういう——」

「そして、今言ったことは誰にも言ってはいけないよ。エレンやニケにもだ。いいね？」

「はい、それはもちろん……」

城で働いている以上、人に漏らしてはいけない秘密はいくつも存在する。言ってはいけないと言われたら口をつぐむくらい訳ないが、クラリスは理解が及ばずに首を傾げた。

そんなクラリスの手を握りしめて、アレクシスが真剣な顔で言う。

「明日が終われば、君にも全部教えてあげるから、だから、あと少しだけ待っていてほしい」

前々から、アレクシスは何かこそこそしているとは思っていた。

（それが、明日で終わるの？）

本当は、何をこそこそしていたのか、今すぐにでも教えてほしかったけれど、クラリスはその気持ちをぐっと我慢して微笑む。

「わかりました」

――クラリスが知らないところで、運命の一日がはじまろうとしていた。

☆

――昔から、どうしても欲しいものがあった。

欲しくて欲しくて、ずっと焦がれてきたたった一つのもの。

でもそれは、自分以外の人間が持っていたものだったから――

「だったら、奪い取るしかないでしょう？」

ウィージェニーは、白く明けていく空を見やりながら、艶然と笑った。

☆

翌日の昼すぎ、アレクシスが言っていたように、フェリシテとマチルダ、そして乳母に抱きかかえられてエメリックがやって来た。

マチルダの侍女も全員勢ぞろいだ。

ブラントーム伯爵家のサロンにはとっておきのティーセットが準備されて、準備を終えるとエレンたち侍女は全員部屋の外へ出て行った。

王妃や王太子妃に同席できるほど、ブラントーム伯爵家の侍女は高度な教育を受けていないというのが一点と、もう一つはフェリシテが内輪だけでのんびりと話をすることを望んだからである。

ここで言う内輪というのは、フェリシテとマチルダ、そしてクラリス以外にはマチルダの侍女や乳母だけを指す。ブラントーム伯爵家の使用人は対象外だ。

クーハンに入れられたエメリックは現在熟睡中なので、乳母も交えてみんなでお茶を楽しむことにした。

「急にごめんなさいね」

エレンたちが去ると、フェリシテが少し困った顔で謝罪して来た。

「いいえ、我が家は構いませんが、ご予定が急に決まるのは珍しいですね」

「それなんだけど」

フェリシテはちらりとマチルダに視線を向ける。

マチルダが肩をすくめて、どこか怒っているような口調で言った。

「グラシアン様が急に、クラリスの家に遊びに行けって言い出したのよ」

「殿下が？」

「わたくしたちが城にいてはやりにくい悪だくみでもしているんじゃないかしら？　ねえお義母様？」

「そうねえ、そんな気がするわねぇ」

悪だくみ、と聞いて、クラリスは昨日のアレクシスの様子を思い出す。

——明日が終われば、君にも全部教えてあげるから、だから、あと少しだけ待っていてほしい。

(たぶん、殿下のご命令と連動しているはずよね？)

すると、マチルダの言う通り、彼女たちが城にいると動きにくいことなのだろう。

それならそうと言えばいいのに、グラシアンにしろアレクシスにしろ、彼らはどうも妻に詳細を説明したがらない。

（全部終わったあとで教えてくれるらしいけど、出来ればその前に教えてほしいことだってあるのよね）

クラリスに内密にするのは、内容によっては仕方がないかもしれないが、せめてマチルダには教えてあげればいいのにと思ってしまう。秘密にすることで守っているつもりなのかもしれないが、陰で何かをしている夫たちを見ているのは、あまり気分のいいものではないし、心配なのだ。

「それで、殿下はなんと？」

「夕方まで帰って来るなですって」

「まあ……」

逆に言えば、アレクシスたちの秘密の企みは、今日の夕方には片がつくということだろう。

ここまで来れば、妻として、夫を信じて待つことしかできない。

「まあまあ、文句はあとで言えばいいでしょう。それより、夕方までどうしようかしらね。クラリスには、ご迷惑をかけてしまうのだけど……」

フェリシテが困った顔をしていたのは、ここに長居をする必要があるからだったようだ。

確かに、王妃や王太子妃が長い間居座っては、ブラントーム伯爵家の使用人の心労は計り知れないものがあるだろう。

二人とも小さなことで目くじらを立てるような性格ではないが、彼女たちの性格はこの際問題にはならないのだ。伯爵家に王族が遊びに来るなんて、親戚や婚約関係でもない限り、そうそうあることではないのだから。

「時間を潰せるものと言えば、やはりレース編みや刺繍になるでしょうか？　我が家にはそれほど材料がありませんので、必要でしたら急いで持ってこさせますが」

懇意にしている商会に言えば、すぐに持って来るだろう。王妃や王太子妃が使うと聞けば、目の色を変えるはずだ。妃御用達と銘打てる商品があるのは、商会にとってとても大きなことなのである。

「そうねえ、じゃあお願いしようかしら？　お茶を飲んでおしゃべりするだけであと五時間も潰すのは難しいものね」

「かしこまりました。家人に頼んできますね」

クラリスは一度席を立って、部屋の外の廊下で所在なさげに立ち尽くしているエレンを見つけて苦笑する。用事ができれば呼ぶのに、ずっと待機していたらしい。これでは気が休まらないだろう。

「エレン、布や糸がほしいの。商会に連絡を入れてくれるかしら？　大声では言えないけれど、内々に、王妃殿下と王太子妃殿下がお使いになるから、お店で一番いいものを集めてきてと伝えてくれる？　それが終わったら、エレンもゆっくりしてちょうだい。夕方まで刺繍やレース編みをする予定だから、あまり呼びつけることはないと思うの」

「わかりました。すぐに連絡を入れますね」

エレンに頼んでおけば間違いはないだろう。王妃と王太子妃の名前を聞いた商会が大慌てをするかもしれないが、そこは許してほしい。

クラリスがサロンに戻ってしばらくして、本当に急いできたのだろう、商会の主がたくさんの布や糸を持ってやって来た。

ティーセットを一度片づけて、サロンのテーブルの上に次々に布と糸が並べられていく。

外が暑かっただけではないだろう、額の汗をぬぐいながら、店主がそれぞれの布の特徴を一生懸命述べていた。

「赤ちゃんの肌にも優しいものはあるかしら？」

「そ、それでしたらこちらの絹が……」

クラリス相手では普通に話ができる店主だが、相手が王妃となれば別である。かなり緊張している様子の店主を見やりつつ、クラリスは内心で「ごめんね」と謝っておいた。

一通りの説明を聞いたフェリシテとマチルダが、かなりの量の布の糸を購入し、請求書を城に回しておいてほしいと告げる。

店主が何度も頭を下げて礼を言いながら部屋を出ていくと、サロンの中はさっそく何を作るかで盛り上がった。

「パッチワークでお布団も作りたいわよね。できるだけ軽い素材がいいわ」

「手袋もいくつか編んでおきたいですね」

「あと、涎掛けも必要ね」

当然と言えば当然だが、作るものはすべてエメリックのものである。

手分けをしつつ、レース編みをしたり刺繍をしたりパッチワークをしたりしながら時間を潰していると、あっという間に日が傾きはじめた。

「夢中になっていると時間が早いわね」

ふと顔をあげたマチルダが窓の外を確認しつつ苦笑する。

五時間は長いと思っていたが、窓の外は薄いオレンジ色に染まっていた。

「そうね、そろそろお暇した方がいいかしらね」

フェリシテもそう言いながらかぎ針を置く。

作りかけのものや使っていない布や糸はすべて城に持って帰るため、クラリスをはじめ、マチルダの侍女総出で片づけをはじめていると、何やら外が騒がしくなってきた。

クラリスがどうしたのだろうかと顔をあげたとき、執事が血相を変えてサロンに飛び込んでくる。

王妃や王太子妃がいるのに無断でサロンに入ってくるような無作法をしたということは、相応のことがあったに違いない。

「どうしたの？」

無作法を叱責するより先に確認したクラリスは、青ざめた執事の後ろから部屋に入って来た大柄の男たちに目を丸くする。彼らは全員、騎士団の紋章の入った騎士服を着ていた。

「あなたたち、何事ですか！」

フェリシテが眉を寄せて叱責したが、騎士は険しい顔で口を開く。

「マチルダ王太子妃殿下。あなたには、王太子殿下を殺害しようとした嫌疑がかけられています。申し訳ございませんが、身柄を拘束させていただきます」

クラリスは、息を呑んで立ち尽くした。

☆

「殿下‼」

　グラシアンの体が、ぐらりと傾ぐ。

　アレクシスの叫び声と、侍女があげる悲鳴を聞きながら、どさりと絨毯の上に倒れたグラシアンは、ごぽりと口から血を吐き出した。

「侍医頭を呼べ！　急げ！」

　アレクシスが怒鳴り声をあげて侍女を執務室から追い出す。

　アレクシスと二人きりになった執務室で、グラシアンは、鮮血で赤く染まった口を、静かにつり上げて笑った。

☆

「ちょ、ちょっと待ってください‼　どういうことですか⁉」

　しばらく茫然と立ち尽くしていたクラリスだったが、ハッと我に返ると、マチルダをかばうように両手をあげて騎士の前に立ちはだかった。

「意味がわかりません！　どうしてマチルダ様が……！」

「クラリスの言う通りです。説明なさい」

　フェリシテが立ち上がり、毅然と騎士を睨みつける。

　フェリシテに肩を抱かれたマチルダは蒼白になっていた。

　逃亡を恐れるように数人の騎士がサロンの扉の前に立っている。

この隊の隊長なのだろう、一人だけ腕章をつけた騎士が、険しい表情のまま言った。

「一時間ほど前、殿下が毒物に倒れられました」

「なんですって⁉」

フェリシテが悲鳴のような声をあげる。

マチルダもさっと顔を強張らせた。

「それで、殿下は……」

「未だに意識は戻られません。ウィージェニー王女殿下の指示で毒の経路を調べた結果、王太子妃殿下、あなたの部屋から殿下に盛られたのと同じ毒が発見されました」

「そんな馬鹿なことがありますか！」

クラリスは即座に否定した。

クラリスもマチルダの侍女として勤めていたのだ。彼女の部屋にあるものは把握している。もちろん怪我でしばらく休んでいたし、フェリシテの部屋に異動になったから、新しく入れられたものはわからないが、クラリス以外の侍女もいたのだ。毒物が部屋に持ち込まれるはずがない。

(第一、どうしてマチルダ様がグラシアン殿下を毒殺しようとするのよ！)

マチルダはグラシアンを愛している。そしてグラシアンもだ。何故マチルダが愛する夫を殺害しなければならない。

クラリスが騎士と睨み合っていると、騒がしさに目を覚ましたのだろう、エメリックが目を覚まして、火がついたように泣き出した。

乳母がクーハンからエメリックを抱き上げ、部屋の隅に移動してあやしはじめる。

フェリシテがマチルダと、それからエメリックに視線を投げて、そっと息を吐きだした。

「それだけだと、状況がよくわかりませんね。いいでしょう。ひとまずわたくしたちはここにおります。動かなければそれでいいのでしょう?」

グラシアンの安否が心配でないはずがないのに、フェリシテが青ざめた顔をしながらもそう判断すると、騎士がホッと息を吐きだした。

「申し訳ございません。陛下の指示があるまでは、どうか」

(つまり、これは陛下の指示ではないのね)

すると、騎士が押しかけて来たのはウィージェニーの指示ということでいいのだろうか。真偽のほどはわからないが、マチルダの部屋で毒を見つけて、取り急ぎ逃亡を恐れて身柄の確保に動いたのだろう。

「お義母様、殿下は……」

血の気の引いた顔で、マチルダがフェリシテに肩を撫でられながら力なく何かを言いかける。

フェリシテは首を横に振って、元気づけるように笑った。

「大丈夫ですよ。じきに目を覚ますはずです。前回もそうだったでしょう?」

「そう、ですわよね……」

マチルダが、白くなるほどぎゅっと手を握りしめていた。

これ以上騎士を踏み入らせまいと、彼の前に立ちはだかったまま、クラリスは深呼吸をくり返す。

そうして動揺した心を落ち着けていると、ふと、アレクシスが言ったことを思い出した。

(そうよ、明日何かが起こるって言っていたわ。その何かがこれなら、きっと大丈夫)

アレクシスは何かが起こると言ったのだ。きっとこれは、彼らの計画のうちに違いない。信じて待っていてほしいと言われたのだから、信じなくてどうする。

「騎士の方は部屋の外に出てください。そろそろエメリック殿下のお食事の時間ですから」

王太子妃の柔肌を見るつもりかと言えば、騎士が慌てたように頷いて部屋から出て行った。

そう言って騎士を部屋から追い出すと、クラリスはマチルダのそばに膝をついて、そっと彼女の手に手のひらを重ねる。

「大丈夫です。殿下たちにはきっと、何かお考えがあるはずですから」

クラリスが言うと、フェリシテも少し明るい顔で頷いた。

「ええ、そうね。あの子が夕方までここにいろと命じたのだもの。きっと何か考えがあるのよ」

「そうだと、いいのですが……」

マチルダが、泣くのを我慢するようにぎゅっと目をつむる。

——どのくらい経っただろうか。

長いのか短いのかもわからない。

まるで、永遠のように思えた不安な時間が突如として途切れたのは、窓の外が青紫色に染まりはじめたころだった。

「クラリス‼」

「マチルダ‼」

サロンの扉が壊れんばかりに乱暴に開け放たれて、部屋に飛び込んできた二人を見た瞬間、クラリスはへなへなとその場にへたりこんでしまったのだった。

「いったいこれは、どういうことなのかしら？」

緊張が解けて、茫然としてしまったクラリスとマチルダの目の前で、フェリシテが怖い顔で立ち上がり、部屋に入って来た二人の男を睨みつけた。

部屋に飛び込んできた男二人――アレクシスとグラシアンは、バツが悪そうな顔をして視線をそらす。

「グラシアン、あなたは毒で倒れたと聞いたけれど、見た限りピンピンしているようね？」

「い、いえ、母上、毒を飲んだのは本当なんですけど――」

「じゃあどうしてそんなに元気そうなのかしら？　見なさい。マチルダはあなたが毒を飲んだと聞いて真っ青になっていたのよ。それどころか、あなたを殺害しようとした嫌疑までかけられて……。ことと次第によっては、今度ばかりはわたくしも黙っていないわよ」

グラシアンはハッと顔をあげて、そして急いでマチルダに駆け寄る。

「マチルダ！　すまなかった、怖い思いをさせたな」

「いえ……ご無事なら、それでいいのです」

力なく笑うマチルダの顔色はまだ悪い。

クラリスはマチルダをアレクシスに任せて、力の入らない足で何とか立ち上がると、アレクシスに向きなおった。

「それで、全部教えてくれるんですよね？」

声が少し怖くなってしまったのは許してほしい。何かが起こると聞いてはいたけれど、こんなに肝が冷えるとは思わなかったのだ。可哀想にマチルダはまだ小さく震えているのである。今余計なことを言えば話が進まないので我慢するが、これはあとで文句を言ってもいい案件だろう。

「うん。ちゃんと話すよ。でも、その前に」

アレクシスが顔をあげるとの、遠くで悲鳴が聞こえてきたのはほぼ同時だった。

「ニケ⁉」

あの声はニケの声だ。

クラリスは部屋の外を確認しようとしたが、そっと抱き寄せられて妨害されてしまう。

「アレクシス様⁉　ニケの悲鳴が聞こえたんですけど」

「いいんだ」

「何がですか⁉」

いいはずがないだろう。侍女の悲鳴が聞こえたのだ。何かが起こったのは間違いない。

しかしアレクシスは首を横に振って、部屋の外にいた騎士を振り返る。

「拘束して城へ連れて行ってくれ。あとのことは俺だけでいい」

「了解しました」

先ほどまでウィージェニーの指示でマチルダを見張っていたはずの騎士たちが、アレクシスの指示を聞きあっさりと去っていく。

何が何だかわからないクラリスを、アレクシスがそっとソファに座らせてくれた。

マチルダの他の侍女と乳母を部屋から出すようにとグラシアンが指示を出し、彼女たちが不安そうな顔をしつつ部屋を出ていく。乳母に連れられてエメリックも出ていくと、部屋の中には五人だけになった。

フェリシテは険しい顔のままで、グラシアンは顔色の悪いマチルダにおろおろしている。

いろいろ訊きたいことがたくさんあるが、まずはどうしてニケの悲鳴が聞こえたのかを教えてほしかった。

「あの、アレクシス様……ニケは……」

「ニケの身柄は拘束させてもらった。前回クラリスが襲われたとき……邸に侵入した男を手引きしたのがニケだ」

「え!?」

「覚えているかな。クラリスが暴走車に巻き込まれたときのことを。あのときの馬車は、コットン伯爵家のものだった。そして、ニケがここに来る前に勤めていたのも、コットン伯爵家だ」

「どういう……」

「ここからは順を追って話そう。いいですよね、殿下」

「ああ」

マチルダの肩を抱いて、グラシアンが頷く。

マチルダの顔色も少しずつよくなって、それに伴い、半分怒ったような顔になりはじめた。どうやらこの騒ぎはグラシアンたちの悪だくみの結果だと理解したようだ。心配した分、マチルダの怒りは大きなものになるだろう。今は押さえているようだが、あとでグラシアンは相当怒られるはずだ。

事前に何かが起こると聞かされていたクラリスですら怖かったのだ。ある程度の予測は立てていても、何も聞かされておらず、それどころかグラシアンを殺害しようとした犯人扱いされたマチルダはそれ以上に怖かったはずである。

グラシアンが申し訳なさそうな顔をしながら、静かに口を開いた。

「最初に言っておくが、今回の——いや、遡れば、去年の別荘でマチルダの部屋に侵入者があっただろう？　あのあたりからいろいろ起こった事件の首謀者は、ウィージェニーだ」

☆

——時間は少し遡る。

「ウィージェニー王女殿下、グラシアン様が先ほど息を引き取りました」

グラシアンが血を吐いて倒れたのち、アレクシスはウィージェニーの部屋に向かい、そう報告した。

優雅にティーカップを傾けていたウィージェニーは、驚きに目を見張って、手に持っていたティーカップを取り落とした。

「なんですって⁉」

立ち上がり、蒼白になるウィージェニーに、アレクシスは沈痛そうな面持ちで答える。

「先ほど……毒を盛られまして、解毒が間に合わず、そのまま」

「毒って、どういうことなの？　……いえ、いいわ。それを調べるのが、お兄様の妹であるわたくしの役目でしょう。お父様への報告は？」

「ジェレットがすでに」

「そう。ではわたくしは先に状況を確認するわ。アレクシスもついてきてちょうだい」

ウィージェニーは毅然と言い、凛と顔を上げて部屋を出ていく。

その様子は、どこからどう見ても、兄のために悲しみを抑え込んで己の役割をまっとうしようとする王女のそのものだ。

アレクシスはそっと息を吐き、ウィージェニーを追いかけながら訊ねた。

「どちらへ？」

「もちろんお兄様の部屋よ。現場を確認しないとわかることもわからないでしょう？」

確かにその通りだが、普通はそのようなことは誰かに命じて確認させるものだ。

（本当に、殿下の読みが当たったな）

ウィージェニーなら、必ず現場に足を運ぶはずだと断言したグラシアンを思い出して、アレクシスは思わず苦笑いを浮かべそうになる。

グラシアンの部屋に向かうと、そこは、グラシアンが倒れたままの状況で保存されていた。

唯一違うのは、グラシアン自身がいないことだけだ。だが、王太子の遺体をいつまでも放置するはずがないので、ここにグラシアンの姿がないことにはウィージェニーも疑問に思わなかった。

絨毯が血で赤く染まっているというのに、ウィージェニーは臆することなく部屋の中に入る。

絨毯の血痕、そしてテーブルの上に残されたティーポットとお菓子類、ソファの上に転がっているティーカップと、それがこぼれてできたソファの染み。

ウィージェニーはそれらを一つずつ確認して、最終的にティーポットを手に取った。

ふたを開けて、中のにおいを嗅いで、それから扉の外に立っている衛兵の一人に、誰でもいいから侍医に命じて毒の試験薬をあるだけ全部の種類持ってくるように命じる。

衛兵が毒の試験薬を持ってくると、ウィージェニーは自らそれを使って、ティーポットに残った茶を検査しはじめた。

(手慣れたものだな)

アレクシスが黙ってそれを見つめていると、ウィージェニーが色の変わった一つの試験薬を持って眉を寄せる。

「お茶を用意したのは誰？　今すぐ呼んできなさい」

「どうされたんですか？」

アレクシスが訊ねると、ウィージェニーが厳しい表情のまま「これに毒が含まれているわ」と答えた。

アレクシスが驚いたふりをしている間に、一人のメイドが連れてこられる。

「これを用意したのはあなたね!?　誰の命令でこのようなものを用意したの!?」

連れてこられたメイドは真っ青になって、蚊の鳴くような声でマチルダの命令でしたことだと答えた。

「アレクシス、王太子妃の部屋に急ぐわよ！　証拠を消されては大変だわ！」

切羽詰まった様子で、ウィージェニーがマチルダの部屋へ向かった。

扉の前の衛兵が止めるのも聞かずに部屋の中に入ると、片っ端から部屋の中をひっくり返していく。

しばらくして、マチルダは棚に並べられている茶葉の入った容器のうち、藍色をしたガラスの容器を手に取った。

中を開けて香りを嗅ぎ、お湯と試験薬を持ってこさせる。

茶葉をお湯の中に入れて、薬で毒の有無を確かめたウィージェニーは、ニッと口端を持ち上げた。

「これよ、これに毒が入っているわ！　衛兵！　騎士団に命じて、マチルダ王太子妃の身柄を拘束させなさい！　部屋からお兄様を毒殺した毒物が出たわ‼」

ウィージェニーの高らかな声が響き渡る。

(うわ、余計なことを……)

アレクシスは舌打ちしたくなったが、ここで任務を放棄するわけにはいかない。

アレクシスは努めて冷静に、ウィージェニーの手元を覗き込んだ。

「本当に、それに毒が？」

「ええ、そうよ。見てちょうだい！　この毒の反応は、さっきお兄様の部屋にあった毒と同じだわ！」

「そうですか……。でもそれは、先ほどウィージェニー王女殿下の部屋から運び込ませたものですけどね」

「え？」

ウィージェニーが目を丸くして振り返った瞬間、アレクシスはウィージェニーの腕をつかんでひねり上げた。

ガチャン、とウィージェニーの手にあった試験薬を入れた容器が床に落ちて砕ける。

ツン、と試験薬特有の鼻につく香りが部屋中に広がった。

「何をするの⁉」

ウィージェニーの悲鳴が響き渡る。

アレクシスはすっと表情を消し、氷のような冷ややかな目でウィージェニーを睥睨した。

「グラシアン殿下殺害未遂で、身柄を拘束させていただきます」

大きく目を見開くウィージェニーに、アレクシスは淡々と続けた。

「さっきのメイドですけどね、実はあなたが問いただす前にすべて自供しているんですよ。あなたの指示でマチルダ王太子妃の指示で動いたと答えること、王太子妃の部屋の棚に、毒入りの茶葉をこっそりと忍ばせておくように言われたこと……全部、ね」

「な、にを……」

「それから──」

アレクシスはウィージェニーを押さえたまま、ついと開けっ放しの扉に視線を向ける。

「殿下は、生きておいでです」

アレクシスの声にこたえるように、扉の影からグラシアンが姿を現す。

ウィージェニーは息を呑み、それから見る見るうちにその顔を憎悪に染めた。

だが、ただそれだけで、ウィージェニーは何も言わなかった。

おそらく、それが彼女の矜持だったのだろう。

☆

(ウィージェニー王女が、犯人……)

その名前を聞いたとき、クラリスは正直、不思議な気持ちだった。

ちょっぴり驚いたけれど、考えて見たらいろいろつながる部分もあって、まだ詳細はわからないのに、なんだかすとんとすべてのことに理解が及んだような変な気分になったのだ。

思えば、わからないことだらけだった。

一度経験した未来でも、今でも。

特に一度経験した未来で、アレクシスが何故ウィージェニーに心を許したのがわからなかった。

いつ、どこで、どうして。

その明確な答えは、やり直した今の人生でもまだ見つけられていなかったのだ。

ある程度予測を立ててみても、やっぱり腑に落ちなくて、一度目の未来でも優しかった夫は、いつウィージェニーに心を移したのだろうかと、不思議で不思議でたまらなかった。

わからないからこそ防ぎようもなくて、だから不安でどうしようもなくて――でも、その答えに、ようやくたどり着けそうな気がしたのだ。

「母上は薄々気づいていたでしょう？　ウィージェニーは、ずっと私の地位を欲しがっていた」

グラシアンに視線を向けられて、フェリシテがそっと息を吐きだした。

「……そうね」

小さく、短い肯定。けれど、それを吐いたフェリシテの表情は複雑だ。

「昔からウィージェニー王女が、何かとあなたと張り合おうとしていたことには気がついていたわ。きっとあなたより優れたところを見せつけて、自分が次の王として認められたいのねと、そんな風に思ったこともあったわね。でも、別にそれはおかしなことではないでしょう？」

王子や王女が、王位をめぐって水面下で争うことは、確かに珍しくない。特にロベリウス国は、王女にも王位継承権が与えられる。ただし、どうしても王子や、王妃が産んだ子が優遇されるため、ウィージェニーとグラシアンの生まれる順番が違ったとしても、グラシアンが王太子に立っただろう。生まれたときから、ウィージェニーは不利な立場だった。性別でも、母親の立場でも。

ただ、競い合うこと自体は何も間違いではなく、そうして王の子が互いに切磋琢磨することについては、フェリシテも特に気に留めていなかったようだ。蹴落とそうとする他人から自分の地位を守ることも王太子の器である。それができなければ王になれるはずもない。だからこそ、何も手を出さず、ただ見守る姿勢を取ったのだろう。

フェリシテは王妃だ。母親である前に、王妃として、公正でなければならない。

心配することももちろんあっただろう。口を挟みたくなることも。けれどフェリシテは公正であり続けた。それこそが、第二妃ジョアンヌとの格の違いだとクラリスは思っている。

「子供のころはよかったんですよ。ただ張り合ってくるだけでしたから。ただね、年を重ねるごとに、危険な方の思想に意識が傾いていったんでしょうね。表に出していないところでも、何度か命を狙われそうになったことがあります。もっとも、そのあたりはうまく回避できていましたがね」

「……いくつかは、知っているわ」

「そうでしょうね。母上は母上で、私を守るために裏から手を回してくれていたことを知っています」

グラシアンはそっと息を吐き出し、愛おしそうにマチルダの頭を撫でる。

「どこかで諦めるかとも思っていましたがウィージェニーは諦めなかった。このまま何もせずにいれば、マチルダに危害が及ぶのは明白でした。だからこそ、私も黙っていることをやめたんです。ただ、ウィージェニーはあれで頭がよくてね。なかなか尻尾を出さなかった。手こずりもしましたが、ようやく今日、片がつきました」

「殿下、あとは俺が。すぐに解毒薬で中和しましたが、あまり無理はなさらない方がいいでしょう」

「グラシアン、そうだったわ。毒を飲んだって言ったでしょう。そちらを先にお話しなさい」

元気そうに見えるから忘れそうになるが、グラシアンが毒を飲んだのは本当らしい。

さっと顔を強張らせたフェリシテがアレクシスに視線を向ける。

アレクシスはちょっぴり困った顔をした。

「その、殿下が毒を飲まれたのは、わざとですから……、あらかじめ解毒薬を用意していましたし、命に別状はないんですよ」

「どういうこと⁉」

わざと、と聞いてフェリシテが声を荒げた。

マチルダもグラシアンを見上げて、ぱくぱくと口を開閉させた。怒りたいけれど何を言っていいのかわからないと言うような顔をしている。

グラシアンは肩をすくめた。

「誘い出したんですよ。そろそろ動くだろうなというのはわかっていたので、マチルダと母上を城から追い出してお膳立てをして……。情報が筒抜けだろうと踏んだうえで、アレクシスがニケに情報を流して。怪しまれないように襲われやすい状況を作るのは骨が折れましたが、ここまですれば確実に動くだろうというのは予測がついていたので、侍医頭に言って解毒薬を準備してもらっていました。使われる毒については、あらかじめこれだろういう候補があったのと、万が一に備えて侍医頭にも準備をしてもらっていたので、最悪のことにはならなかったはずですよ」

「はずでは困ります！　何を考えているの‼　侍医頭も一緒になっていたというわけ⁉」

「怒られましたが、説得したんです。思えば、侍医頭の説得が一番大変でしたね」

「大変でしたね、ではないわ！　あなたって子は……‼」

フェリシテが怒り心頭で立ち上がった。

このままだと説教がはじまるのがわかったのだろう、グラシアンが慌てて言った。

「マチルダと我が子を守るためにはこれが最善だったんです。わかってください。母上。それに、ほら、説明の途中ですよ」

フェリシテが悔しそうに唇をかんで「話は帰ってしまいます」と言って座り直した。

マチルダを見ると、こちらも相当怒っている。

（それにしても、無茶をしすぎでしょう……）

クラリスは驚きすぎて放心しそうだ。王太子が自ら囮になるなど聞いたことがない。

アレクシスも、王妃と王太子妃に叱責される未来が見えるのか、「一応、俺は止めたんですが」と言い訳じみたことをぼやいていたが、同罪だ。

「ええっと、では順を追って説明しますね」

これ以上の言い訳は怒られるだけだと判断したグラシアンが口を閉じると、アレクシスが先ほどよりも意気消沈した様子で話しはじめた。

グラシアンが先ほど説明した通り、ウィージェニーはずっと王太子の地位が欲しかった。

ブラントーム伯爵家へ来る前にウィージェニーの身柄を拘束してきたそうだが、彼女は黙秘を続けていて、直接確認できたわけではないが、それは確実らしい。

グラシアンが集めた証拠によると、ウィージェニーが最初にグラシアンの命を狙ったのは今から二年前だそうだ。

ちょうど、ウィージェニーがジョアンヌの手伝いもかねて花をめでる会に参加を決めた年だという。

珍しい植物が好きだと言って、ウィージェニーは自身の温室に他国から仕入れた植物を集めはじめた。

見た目が可愛らしいものから醜悪なものまで、そこに統一性はないように見えていたという。

だから最初は気にも留めなかったそうだが、ある日、グラシアンの部屋に飾られた花の中に、これまで見かけなかったものがあった。それが、気づいたきっかけだったそうだ。

「甘い香りのする花でした。殿下が気分が悪いとおっしゃって、ジェレットとともに調べたところ、その花の香りに幻覚作用があることがわかったんです。もっとも、ただ花の香りを嗅いだだけではそれほど大きな反応は現れませんが、ずっと嗅ぎ続けていると、徐々に症状が現れてきます。依存性もある、危険な花でした」

輸入禁止植物には該当していないというが、南の国ではその花の香りを呪術的な儀式に用いて、対象者の意識を混濁させるために使用しているとアレクシスが言う。

グラシアンが出所を調べたところ、ウィージェニーの温室からだと報告が上がった。いい香りの花だからグラシアンにも分けてあげたいと言って、メイドに飾るように指示したという。

だが、花を育てているウィージェニーが、その花の特性について知らないはずがない。

「花の危険性を理解しての行動だとすぐにわかりました。ですが、殿下が、下手にここで問い詰めるのは得策ではないだろうと、しばらく泳がせてみることにしたんです」

「どちらにせよ、その花だけではウィージェニーを罪に問うことはできなかったからな」

グラシアンが肩をすくめる。

そして泳がしているうちに、ウィージェニーは、自分が関与している証拠を残さないようにうまくカモフラージュしながら、何度もグラシアンを狙ってきたと言う。

「毒物の頻度は少なかったですね。直接命を狙ってくることもありましたが、はじめのころは、王太子の地位から蹴落とそうとする動きの方が多かったんですよ。外遊先で殿下のミスを誘うようなことが起こったり、殿下に報告されるべき事柄が通っていなかったり。小さなものから、下手をすれば王太子の素質を問われそうな大きなものまで、上げればキリはありませんが」

「あの医療施設の件もそうだ。ちょうど私が宰相と医療体制の見直しを検討していたときに、嫌なタイミングで持ってこられた」

「あれは痛かったですね。医師不足解消のために、分野ごとに分けて医師資格の取得の難易度を下げようとしていたときに、まさか医療技術の低下を打ち出してこられるとは思いませんでしたよ」

「医師の技術力の低下は私も問題視していたが、まずは裾野を広げてからだと考えたのがあだとなったな。私の案の穴をうまく突かれて、危うく無能物のレッテルを貼られるところだった」

「殿下がうまくウィージェニー王女の案に乗る形で舵を切られたので、被害は最小限に抑えられましたけどね」

主従が顔を見合わせて揃って息を吐く。

だが、話している内容からすれば脱線したものなので、フェリシテがこほんと小さく咳ばらいをした。

「その話はあとでいいから、続きをお願いするわ」

「そうですね。アレクシス、続きを」

「はい」

グラシアンが苦笑して、アレクシスに続きを促す。

ウィージェニーがそうやって、裏でグラシアンの地位を脅かそうと動いていた。

そして、それがなかなかうまくいかないとわかると、今度は物理的にグラシアンを追い落とすことにしたそうだ。――つまり、命を奪う方に舵を切ったらしい。

「ウィージェニー王女から狙われる危険があったのは、殿下と、そしてマチルダ王太子妃殿下でした。けれどここでもう一つ誤算が」

「誤算？」

クラリスがきょとんとして首をひねると、アレクシスが言いにくそうにクラリスから視線をそらす。

「クラリス、君も狙われはじめたんだ。馬車の事故に巻き込まれたのも偶然ではなかったんだよ。そして、先日の侵入者――、ある程度は覚悟していたけど……」

「アレクシスが私の側近である以上、その婚約者だったクラリスも巻き込まれる可能性が高かった。だから警戒していたのだが、事態は思わぬ方向に流れたと言うわけだ」

「思わぬ方向……？」

グラシアンの腕の中で、マチルダが顔をあげる。

グラシアンが肩をすくめた。

「ウィージェニーがアレクシスに惚れ込んだんだ」

「そうね。薄々は気づいていたわよ」

フェリシテが微苦笑を浮かべてクラリスを見る。

「クラリスが一時期アレクシスと距離を取りたがっていたから調べさせたの。そこでウィージェニー王女とアレクシスの関係を疑ったのだけど、ウィージェニー王女はともかくアレクシスは深入りしていないように見えたから大丈夫だと思っていたのよ？」

クラリスは目を丸くした。

（フェリシテ様が動いてくださっていたなんて、気づかなかったわ……）

心配してくれているのはわかっていたが、まさかそこまで気を遣ってもらっていたなんて思わなかった。

ふんわりと心が温かくなるのを感じながらフェリシテを見ると、にっこりと微笑まれる。それからフェリシテはグラシアンとアレクシスに視線を移した。

「概ね母上の調べた通りだと思いますが、念のため補足しておきます。アレクシスにはウィージェニーの動向を探らせていたんです。陰ではジェレットが動いていましたが、ジェレットに気づかれないようにするために、アレクシスには表立ってウィージェニーとの接点を増やしてもらっていました。結果、どうやら、ウィージェニーはアレクシスに心を奪われたようですね。この男は顔もよければ人当たりもいいので、騙される女が多いんです。本当は粘着質で面倒くさいというのに」

「殿下、クラリスの前で余計なことを言わないでください。俺はちゃんと好青年ですよ」

「自分で言うな！　……とまあ、そういう理由で、ウィージェニーはクラリスを邪魔に思っていたんですよ。こちらは私と違い、それほど用心しなくていいと思っていたのでしょう。あのように白昼堂々と馬車の事故を装って狙ってきたり、子飼いの男を夜中に侵入させてクラリスを殺そうとするなんて強引な方法を取るとは思いませんでしたがね」

「思わなかったではすまないでしょう？　どちらも、一歩間違えていればクラリスは死んでいたのよ!?」

「わかっています。それについては私の考えが甘く、クラリスには怖い思いをさせてしまったと心から反省しています。悪かった、クラリス」

「い、いえ……」

クラリスは首を横に振りながら、そっと胸の上を押さえる。

命を狙われたことよりも、クラリスは二人の話の続きが知りたくて仕方がなかった。

もしかしたら――、もしかしたら、一度目の未来でも、アレクシスは……。

すがるようにアレクシスを見上げると、彼はグラシアンに目配せしてから話を続けた。

「ウィージェニー王女を油断させるため、俺は王女の護衛騎士に異動することにしました。近くにいた方が証拠集めも楽ですからね」

「でも急に異動したら、逆に怪しまれるのではなくて？」

マチルダが誰もが思いつくだろう疑問を口にしたが、グラシアンは首を横に振った。

「それはない。ウィージェニーはアレクシスが私の側近に戻ってから何度も自分の護衛にほしいと言ってきていたし、何より、アレクシスの心が手に入ったという確証があったんだ」

「どういうことですの？」

「香りだ」

「香り？」

クラリスが首を傾げると、アレクシスはポケットから小さな香水瓶を取り出した。

「これはウィージェニー王女の部屋から押収したものです。ウィージェニー王女がいつからか甘い香りをまとっていたのを知っていますか？　あれは、この香水の香りです。二年前に殿下の部屋に飾られた幻覚作用のある花から作られた特殊な香水。軽く嗅いだだけでは眩暈を覚えるくらいのものですが、嗅ぎ続けると軽い意識の混濁、動悸、息切れなどの症状が現れます。そしてその症状は、脳にある錯覚を及ぼす――」

「端的に言えば、惚れ薬だ。麻薬成分入りのな。アレクシスにはこの香りの影響が出ているそぶりをさせていたんですよ。だからウィージェニーは疑わなかった。香りの影響で、アレクシスが自分に心を奪われたのだと錯覚したんです。こちらは事前にその影響を中和する薬を侍医頭に処方してもらっていましたから、もちろんアレクシスには香りの影響は出ていません」

クラリスは、ゆるゆると目を見開いた。

（じゃあ、やっぱり――）

もし、一度目の未来でも、アレクシスが同じようにグラシアンの指示で動いていたとしたら。

香りの影響で、ウィージェニーに心を奪われたそぶりをしていたのだとしたら。

（アレクシス様は、浮気なんてしていなかった……？）

もちろん、一度目の未来に戻って事実を確認することはできない。

だが、未来でクラリスが殺された日の朝まで、アレクシスはいつも通りだった。優しい夫のままだった。彼が心変わりした兆候は、まったく感じられなかったのだ。

ホッとしたような、泣きたいような——言いようのない安堵感と幸福感、そして疑ってしまったことへの罪悪感が胸の中に渦巻いて、クラリスは視線を落とす。そうしないと泣いてしまいそうだった。

クラリスの心情をわかっているのかいないのか、アレクシスがクラリスの頭を胸に抱き込むように抱き寄せる。

「俺がウィージェニー王女の護衛騎士に異動になって、香りの影響が出ているそぶりを続けていたからか、安心したのでしょうね。本格的にクラリスの命を摘み取りに行ったようです。何があっても大丈夫なように伯爵家周辺は見張らせていたのですが、上手くかいくぐられました。……さすがに俺も、我慢の限界で……」

「放っておけば、アレクシスがウィージェニーを殺しかねなかったため、計画早めることにしたんだ。私としてもこれ以上のんびりとしていられなかったからな。相手の出方を窺って後手に回った結果、マチルダやエメリックに何かあれば後悔してもしきれない。だから、こちらから罠に嵌めることにしたんですよ」

それが、今日だったらしい。

「伯爵家に侵入した男も捕らえました。あの男は、去年別荘でマチルダ王太子妃殿下の部屋に侵入した男でもあったようで、こちらは尋問すればあっさり口を割りましたね」

ウィージェニーが口を割らなくても、男からある程度情報は引き出せたらしい。

それにより、グラシアンの毒殺計画と——そして、母親であるジョアンヌ、そして協力者だった侍医の殺害にもウィージェニーが関与していたこともわかったそうだ。

「ジョアンヌは自殺ではなかったの？」

フェリシテが愕然と目を見開く。

グラシアンが首を横に振った。

「殺されたんですよ、実の娘にね。動機はウィージェニーに口を割らすしかないですが、ウィージェニーが毒を盛らせて殺したのは間違いないようですね」

「そんな……」

さすがに想像しえなかったのだろう、フェリシテが両手で顔を覆って俯いた。

クラリスもアレクシスの腕の中で茫然としてしまう。

（実の母親まで、殺したの……？）

そうまでして、ウィージェニーは玉座がほしかったのだろうか。

「捕らえた男が口を割ったので、わかっていなかった部分についても情報が集まりました。あとはウィージェニーを尋問して、より詳しい内容を聞くだけです」

「……そう」

フェリシテはもう、何も言わなかった。

グラシアンは確かに無茶をした。ウィージェニーを捕えるためとはいえ、王太子が毒とわかっているものを口にするのは間違っている。だが。そこまでしなければ、ウィージェニーを捕えることはできなかったのだろう。

マチルダも、たくさん言いたいことがあるのに言えないという顔で黙り込んでいた。

このままウィージェニーを放置していれば、いずれ息子のエメリックまで狙われていた可能性があったのだと思うと、何も言えないだろう。グラシアンがしたことは無茶だが、妻と子を守るためだったと言われたら怒れない。アレクシスとグラシアンの話でウィージェニーの異常性を知った今なら、余計に。

「今日話せる内容についてはここまでです。マチルダ、城に戻ろう。母上も、父上が憔悴しているからそばについていてあげてください」

「……ええ、そうね」

ウィージェニーは罪を犯したが、国王にとっては大切な娘だ。その娘が妃を殺し、息子の命を狙ったと知った王の心は、クラリスには推し量れないものがある。

「アレクシス、今日はこのままここですごして構わない。いろんなことがあったんだ、クラリスのそばについていてやれ」

グラシアンがそう言ってマチルダを支えるようにしながら立ち上がる。

玄関まで見送ろうとしたクラリスだったが、グラシアンから大丈夫だと言われて、その言葉に甘えることにした。

なんだか放心してしまって、まともに動けそうになかったからだ。

夜――

クラリスはベッドの縁に座って、ぼんやりと壁紙の模様を数えていた。

ニケが連行されて、エレンもどこかぼんやりしている。

入浴後クラリスの髪を乾かしながら「……いい子だったんですけどね」とぽつりとつぶやいたエレンの言葉は、クラリスの心も代弁していたと言えよう。

本当に、いい子だったのだ。

明るくて気が利く、可愛らしい子だった。

もちろん、「いい子」という理由で罪が許されるわけではないけれど、やっぱりやるせないものがある。

そして、気落ちしているエレンに、今日はもういいから早く休むように告げて、クラリスはぼんやりとアレクシスがお風呂から上がるのを待っていた。

今回の件の後始末が終われば、アレクシスは今度こそ仕事を辞めて、伯爵家の仕事に専念するという。そうなればクラリスももちろん侍女の仕事を辞すから、予定通り、伯爵家を継ぐ勉強をしつつ二人で忙しくものんびりとした毎日を送ることになるだろう。

一度目の未来でクラリスの命を奪ったウィージェニーが捕縛されたことで、この先の未来も変わったと思っていいのかもしれない。

そう思うとなんだか気が抜けたような、変な感じがした。

安堵感とも似ているが、それよりも、本当に肩の力が抜けたというか、まだにわかには信じられない気持ちというか、とにかくぼーっとしてしまうのだ。

「クラリス、どうしたの？　気分でも悪い？」

タオルで髪のしずくを拭う動作をしながら、アレクシスがバスルームから出てきた。

湯上がりで暑いのだろう。バスローブは着ているが、胸元をかなり寛げている。

アレクシスはクラリスの隣に座ると、心配そうに顔を覗き込んできた。

「いろいろ聞いたから気疲れしているんだろう?」

「大丈夫ですよ」

感情の整理が追いつかなくてぼんやりしてしまうが、疲れているのとは少し違うのだ。

クラリスはこてんと、湯上がりで火照っているアレクシスの肩に頭を預ける。

「なんて言えばいいのか……終わったんだなって、思って」

「ああ、そうだな。全部終わった」

アレクシスの言う「終わった」とクラリスの「終わった」は少し意味合いが違うけれど、それをアレクシスに伝えるつもりはない。

ただ、過去に巻き戻ってくるという不思議な体験は、クラリスが思っていなかった方へ着地して、その結果が未だに信じられないでいる。

(この先も、ずっとアレクシス様といられる……)

少なくとも、一度目の未来と同じ形で命を落とすことはなくなったはずだ。

アレクシスがいつか語ってくれた夢のように、互いに年老いてもずっと隣にいられるだろうか。

アレクシスの手が、優しくクラリスの頭を撫でる。

髪を梳くように、どこまでも優しいアレクシスの手。

この手が、クラリスは大好きだ。今も、一度目の未来も、そしてこの先もきっと。

クラリスはそっと目を閉じて、アレクシスの肩に体重を預けながら口を開いた。

「あのね、アレクシス様。……去年は、ごめんなさい」

「うん？」

「アレクシス様が、浮気してわたしを捨てるって、言ったこと」

そんなことは、なかったのだ。

今も、そして一度目の未来でもきっと違った。

ウィージェニーの刺客の言葉を鵜呑みにして、絶望して死んだ一度目の未来では、そのことに気づけなかった。

裏切られると決めつけて、アレクシスに失礼なことを言って、傷つけた。

クラリスの心がもっと強ければ、アレクシスを信じることができたかもしれないけれど、そこまでクラリスは強くなかったから。

（でも、もう疑ったりしないわ）

アレクシスは、クラリスを大切にしてくれている。一度目の未来でも、それをきちんと理解していたのに。

「もういいよ。俺もクラリスを不安にさせるようなことをしたのかもしれないし。こうしてクラリスがここにいるから、それでいい」

くすぐったそうに笑うアレクシスはやっぱり優しくて、クラリスはちょっぴり泣きたいような気持で彼にすり寄る。

引き寄せられて、ごく自然に唇が重なった。

「俺は生涯、クラリスだけだよ」

その言葉を疑う日は、もう来ないだろう。
唇を重ねながらささやかれる優しい言葉。
クラリスはどうしようもないほどの多幸感に包まれながら、微笑んだ。

エピローグ

時間は少しかかったが、ウィージェニーは最終的に自分の罪を認めて自白した。

ウィージェニーの自白は、概ねグラシアンが調べた通りだったけれど、その中で一番衝撃だったのは母であるジョアンヌ殺害についてだった。

ジョアンヌについて問われたウィージェニーは疲れたような顔で、「邪魔になったのよ」と吐き捨てた。

ウィージェニーが本気で王の座を望むようになったのは、十歳ごろからだったという。

まだ十歳だったウィージェニーには、自分で何かを成し得る力はなくジョアンヌに相談したそうだ。

そんなウィージェニーに、ジョアンヌは、ウィージェニーが玉座を手に入れるためには、王妃であるフェリシテを蹴落とさなければならないと言ったらしい。

もともと王の寵愛を独り占めしたくて仕方のなかったジョアンヌは、第二妃として嫁いできたときからフェリシテを目の敵にしていた。

ジョアンヌは玉座が欲しければ自分に協力しろとウィージェニーに言ったそうだ。

幼いウィージェニーは、自分の望む通りの未来を手に入れるには母親の協力は不可欠だと考え、ジョアンヌの望む通りに動いてきたという。

けれど、それに違和感を覚えはじめたのは、十三か、十四のときだったらしい。

『お母様は愚かなのよ。目先のことしか見えていないの。花をめでる会のときもそう。王妃様に嫌がらせをして満足しているのかもしれないけど、調べればすぐに足がつくようなやり方ばかり。そんなお母様の尻拭いをするのはもうたくさんだったわ』

ジョアンヌが感情に任せて好き勝手をして、ウィージェニーが陰から手を回してうまく誤魔化す。いつの間にかその図式が成り立っていた。

ジョアンヌは自身に対しての協力は求めるのに、ウィージェニーに対してはまったくと言っていいほど手を貸さない。

それどころか、ジョアンヌが馬鹿なことばかりを続けていたら、ウィージェニーの立場まで危うくなるだろう。

考えた末、グラシアン毒殺未遂をジョアンヌになすりつけて殺害することに決めたらしい。

グラシアンが毒で死んでいたらなおよかったが、うまくいかなかった。だが、ジョアンヌに罪をなすりつけ、自殺に見せかけて殺害すれば、グラシアン側も油断するだろう。そういう計画だったそうだ。

実際、グラシアンがウィージェニーの動きに勘づいていなければ、彼女の計画はうまく機能しただろう。

誤算は、グラシアンがウィージェニーの思っていた以上に上手だったということだ。

うまくウィージェニーに騙されたふりをしながら、慎重に機を窺ってきたグラシアンに、ウィージェニーの方が騙されていたのである。

ウィージェニーの尋問に同席したアレクシスは、ジョアンヌのことを語る彼女があまりに淡々としすぎていて恐怖を感じたと言っていた。

ジョアンヌが娘の希望よりも自身の欲を優先したように、ウィージェニーもまた、母親よりも自身の望みを優先した。ある意味、よく似た母娘だったのだろう。

ウィージェニーは、冬の半ばに、王都から遠く離れた北の地に幽閉が決まった。

第二妃を殺し、王太子の命も狙ったのだ。処刑されてもおかしくなかったが、王族の罪を暴いて処刑するとなると、国が大きく荒れる。

だから、表向きは療養のために北に向かったということにしたそうだ。

そして――、春を迎え、新芽が芽吹きはじめた今日、ウィージェニーの死が伝えられた。

自殺、だったらしい。


(不思議な気分ね)

少し強い春の風が、庭の散りかけのアーモンドの花びらを巻き上げて通りすぎる。

未来で死んだ日が昨日――

クラリスは、一度目の未来で迎えることのできなかった朝を迎えて、妙な感傷のまま庭に下りた。

アレクシスはまだ気持ちよさそうに寝ていたので、部屋に残してきている。

アーモンドの花びらを散らした春の風が、クラリスの焦げ茶色の髪を乱していく。

見上げた朝の空は、透き通るような輝きに満ちていた。

今日を迎えるまで、正直、まだ少し不安だったのだ。

ウィージェニーが捕らえられて、もうクラリスの命を摘み取ろうとする人はいなくなったのだとわかっていても、一度目の未来で死んだ日の翌日を迎えられるのかどうか、確証が持てなかった。

だけど今日を迎えて、ようやく、安心して一日一日が送れる気がする。

一通り歩いたあとで、ベンチに腰を下ろし、ぼんやりと春の庭を眺めていると、玄関の方からクラリスを呼ぶ声が聞こえてきた。

首を巡らせると、どこか焦ったような顔でアレクシスがこちらに向かって駆けてくる。

「クラリス！　起きたら隣にいなかったから、心配したよ」

一度目の未来と少し違うことと言えば、アレクシスが輪をかけて心配性ということだろうか。

クラリスの姿が見えなくなると、こうしてすぐに探しはじめる。

（アレクシス様は一度目の未来でも優しかったけど、束縛体質だっていうのは知らなかったわね）

知らなかったアレクシスの一面は、間違いなくクラリスが原因だろう。

不用意に別れを選択しようとしたからこそ、アレクシスの知られざる顔を呼び起こしてしまったのだろうから、多少の束縛は甘んじて受け入れなければなるまい。

「少し風にあたりたくなっただけですよ」

「そう言うけど、まだ朝の風は冷たいから、気をつけないとダメだよ？」

体調を崩したら大変だと言いながら、アレクシスが隣に座ってクラリスの肩を抱き寄せる。

「心配しなくても、まだ子どもはできていないですからね？」

ちらちらと腹のあたりを確認するアレクシスに、クラリスはあきれ顔だ。

春前にマチルダが二人目を身ごもったのがわかってから、アレクシスはこの調子である。

クラリスもいつ妊娠するかわからないと思っているのだろう。まだまったく兆候はないのに、体を冷やしたらよくないだとか、グラシアンから妙な知識を仕入れてくるのだ。

子供はいつでもいいよなどと言いつつも、最近はよく気にしたそぶりを見せるので、おそらくそろそろ頃合いなのだろう。

未来で死んだ日を超えた今、クラリスもこれからの未来計画を落ち着いて考えてもいい時期にきているのかもしれない。

（グラシアン様から子ども自慢されて、羨ましそうにしているみたいだし）

こういうのは気の持ちようともいうので、今まで子どもができなかったのは、クラリスの心の底にある不安のせいかもしれなかった。だが、もう大丈夫だ。

アレクシスがいつまでも風が冷たいと心配しているので、クラリスはゆっくりと立ち上がった。どちらにせよ、そろそろ朝食の時間だ。

「ねえアレクシス様。わたし、今日、不思議な夢を見たんですよ」

「夢？」

アレクシスと手をつないで玄関に向かいながら、クラリスは笑う。

「おばあちゃんになって、同じようにおじいちゃんになったアレクシス様と、こうして手をつないでのんびりお散歩する夢です」

「それは……すごくいいね」

アレクシスが、目を丸くしてから嬉しそうに破顔する。

空から降り注ぐきらきらと眩しい朝日が、今日という日を祝福してくれているような、そんな気がした。

後日談　未来へ

「アレクシス‼　急いで帰れ‼」

ウィージェニーに捕まって話し相手をしていたところに、グラシアンが血相を変えて飛び込んできた。

そのただならぬ様子に、アレクシスが城を飛び出してブラントーム伯爵家へ帰ると、邸の中はすでに騒然となっていた。

急いで夫婦の寝室に飛び込み、血まみれた部屋に背筋が凍る。

そして、泣き崩れるエレンのすぐそばに横たわっていた愛しい妻の変わり果てた姿に、目の前が真っ黒く染まっていった。

「クラリス……」

茫然としながらつぶやけば、エレンがハッとして振り返る。

そして泣きじゃくりながら、部屋の中に侵入した何者かに、クラリスが殺されたのだと語った。

「クラリス‼」

エレンの言葉が信じられなくて、彼女を押しのけてクラリスのそばに膝をつく。

だがどれだけ呼びかけようとも、肩をゆすろうとも、クラリスは目を開けない。

「クラリス‼　クラリス‼」

見開いた目から、涙が溢れた。

ぽたぽたと落ちるしずくが、血だらけのクラリスの顔に落ちていく。

抱き起こせば、だらりと落ちる弛緩した腕が、クラリスがもうこの世にいないことを物語っていた。

まだ、温かいのに。

この小さな体にはまだ熱が残っているのに、もうここにクラリスはいない。

「――――ッ」

声にならない慟哭が、体の底から溢れ出た。

（誰が――誰が――‼）

そんなもの、思いつく人物は一人しかいない。

クラリスを抱きしめて泣くアレクシスの瞳が、だんだんと暗く染まっていく。

――その瞬間、アレクシスは確かに、壊れたのだ。


「アレクシス‼」

グラシアンが叫んで飛び込んできたときにはすべてが終わっていた。

鮮血で赤く染まった剣を手にしたまま、アレクシスはうつろな目で振り返る。

足元に転がっているのは、愛しい妻を死に追いやった元凶――ウィージェニーだ。

「なんてことを……！」

青ざめるグラシアンに、アレクシスは壊れたように笑う。

この結果、自分がどうなるかなど、わかっていた。

ゆっくりと、断頭台に向けて歩く。

心は凍りついていて、今から死に向かうという恐怖はこれっぽっちも感じなかった。

ただ淡々と歩いて、鈍色に光る断頭台を見上げる。

——もうこの世界に、クラリスはいない。

生きていたって苦しいだけなのだから、今日をもってこの命に終止符が打てるのは、むしろ幸いかもしれなかった。

「クラリス……」

口からこぼれ落ちるのは、愛しい妻の名前だけ。

断頭台に頭をおいて、ゆっくりと目を閉じる。

その刹那——

聞こえないはずの妻の悲鳴が、叫びが、聞こえた気がした——

☆

——アレクシス様を、返して‼

そんなクラリスの悲鳴が聞こえた気がして、アレクシスは目を覚ました。

ハッと隣を見れば、クラリスが幸せそうな顔で眠っている。

なんだか怖い夢を見た気がして、アレクシスは震える手でクラリスの頬に手を伸ばした。

（温かい……）

指先に伝わる熱と、確かに聞こえてくる呼吸音にホッとする。

クラリスを起こさないように慎重に抱き寄せると、クラリスが何かむにゃむにゃと寝言をつぶやいてすり寄って来た。

幸せな夢でも見ているのだろう。表情はどこまでも穏やかだ。

（何の夢だったのだろうか）

まったく思い出せないが、ひどく冷たく苦しい夢だったことだけは覚えている。

夢の中で、クラリスが叫んでいたような気がした。

よくわからないが、すごくつらそうな声だった。

夢の中のアレクシスは、クラリスを悲しませるようなことをしまったのだろうか。

クラリスのつるつるした髪を撫でる。

クラリスから香るバスオイルの香りに、ざわざわとした心が少しずつ落ち着いていく。

ウィージェニーの死を知ったのが昨日。

それを知ったとき、自分でもびっくりするくらい無感動だったのを覚えている。

アレクシスには、ウィージェニーがクラリスを害することができないという事実さえあればよくて、彼女が生きていようと死んでいようと、どうだっていいのだと、改めて思い知った。

アレクシスには、クラリスがすべてなのだ。

クラリスさえそばにいればそれでいい。

逆に言えば、クラリスがいなくなれば自分を保っていられない自信がある。

クラリスとはじめた会ったときから、アレクシスはクラリスの虜だ。

こんなに愛おしい存在は、きっと一生――いや、たとえ生まれ変わったとしても、出会えない。

「おやすみ、クラリス」

クラリスの頭に口づけて、アレクシスは妻を抱きしめたまま目を閉じる。

クラリスさえいれば、悪夢はもう見ないだろう。

そんな気がした。

END

特別書き下ろし番外編

それから

「いいこと？　ランベールはあっちから、わたくしはこちらから挟み撃ちするのよ。そーっとよ、そーっと、静かにね！」

　城の裏庭で、子どもの甲高い声が響いている。

　大人の腰ほどの高さの柵で囲いをされた中にいるのは、ぱっちりと大きなエメラルド色の瞳をした八歳くらいの女の子だ。肩までの銀色の髪には、王妃フェリシテの育てた虹色の薔薇が挿してある。これは、今朝がたフェリシテにねだってもらったものらしい。何を隠そう、彼女はマチルダとグラシアンの二人目の子、ナディーヌ王女だ。

　そんな彼女と同じく柵の中できらきらと碧い瞳を輝かせているのは、ナディーヌより一つ年下の我が息子、ランベールである。

　クラリスは、柵の外に用意されたテーブルでティーカップを傾けながら、ナディーヌとランベールの二人を微笑みながら眺めていた。

　クラリスの隣には、マチルダとフェリシテの二人もいる。今日は、数年前から定期開催している三人だけのお茶会の日だった。

　ナディーヌとランベールは、柵の中に放たれた兎を、何とかして捕まえようと必死になっていた。

　しかし、すばしっこい兎たちは子どもの浅知恵を鼻で笑うように、柵の中を縦横無尽に駆け回っている。

ナディーヌとランベールは何度も作戦会議をして、兎を捕まえようと頑張っていたが、兎たちにコケにされてだんだん腹が立ってきたようだ。とうとうナディーヌは顔を真っ赤に染めて地団太を踏みはじめ、ランベールはふくれっ面になってしまった。

「なんでよ！　なんでこの子たち、わたくしには全然なつかないの⁉　お父様とお母様のそばには自分から駆け寄っていくのに‼」

きーっと癇癪を起して叫ぶナディーヌに、フェリシテがくすくすと笑う。

「あらあら、ナディーヌは本当に短気ね。ふふふ、ランベールは将来苦労しそうだわ」

「王妃様、まだその話は……」

実は、ナディーヌとランベールに婚約話が浮上しているのである。

クラリスはさっと庭に視線を這わせて、そこにグラシアンの姿がいないことにほっとした。グラシアンとマチルダには三人の子がいるが、女の子はナディーヌだけで、そのせいかグラシアンは驚くほどナディーヌを溺愛しているのだ。

（こんな話、殿下の耳になんて入れられないわ……）

二人の婚約話はグラシアンの与り知らぬところでマチルダとフェリシテがこっそりと進めているものなので、彼の耳に入ったら大騒ぎどころの話ではなくなるのである。

（ナディーヌ王女殿下がうちの子を気に入っているのが理由なんだけど……、殿下のことだから、アレクシス様が画策したのだとか言って責めかねないものね）

ランベールは、アレクシスそっくりの金髪碧眼の少年だ。つまり、びっくりするほどの美少年。加えてナディーヌと一歳違いと年も近く、早い段階から彼女の婚約者候補に名前が挙がってはいた。

しかしグラシアンが「婚約者などまだ早い！」と大騒ぎするため、ナディーヌの婚約者はまだ決まっていなかったのだが、ここにきて、どうもナディーヌがランベールに可愛らしい恋心を抱いているようだという事実が発覚したのである。

（ナディーヌ王女殿下、面食いらしいから……）

成長するにつれてどんどんアレクシスに似てくるランベールだ。大人になればアレクシスそっくりになるのは間違いない。ナディーヌはアレクシスにもとてもなついていて、どうやらあの顔が大好きなようなので、日に日にアレクシスに似てくるランベールに心奪われても何ら不思議ではなかった。

（あの子は完全に尻に敷かれそうだけどね）

ランベールは気性の穏やかな子で、今からナディーヌに振り回されている気配がある。未来の縮図をそのまま見せられている気分で、母親としては少し複雑ではあるが、仲が良さそうなので二人の婚約に反対する理由はなかった。

マチルダがふてくされて地面に座り込んだ二人を見やりながら、おっとりと頬に手を当てる。

「お義父様の承認は得られているのだけど、どうやってグラシアン様を納得させるかが問題なのよね」

なんと、二人の婚約はすでに国王の承認を得ていたらしい。

さすがマチルダとフェリシテだ。こうと決めたら行動が速い。

「いっそ、決定事項として通達するしかなさそうね」

「そんなことをすれば大騒動になりそうですわ」

「だったらグラシアン本人が選んだように持っていくしかないわね。候補全員の名前を挙げて、誰にするか今すぐ決めなさいと迫れば、おそらくランベールを選ぶと思うわ。あの子も、ランベールの性格をよく知っているものね。……逆を言えば、他の候補のことはよく知らないから」

「さすがお義母様、名案ですわね！」

（……これは、二人で結託してグラシアン様を追いつめるいつものパターンになりそうね）

ウィージェニーの件でさんざんグラシアンに心配させられたからなのか、フェリシテとマチルダの結託はびっくりするほど固い。何かがあっても二対一で追いつめられるため、最終的にグラシアンは二人の意見を呑むしかないのだ。

それはある意味一方的な力関係だが、もとをただせば身から出た錆なので、自業自得ともいえる。

（婚約は完全に決まりそうだけど……アレクシス様、大丈夫かしらねえ？）

グラシアンに八つ当たりされるのは確定だろう。

兎を抱っこすることはできなかったが、そばについている騎士から細切りにしたニンジンを受け取ったナディーヌとランベールが、先ほどまで拗ねていたのが嘘のように、満面の笑顔で兎にご飯をあげていた。

（そういえば……、わたしとアレクシス様も、子どものころに兎にご飯をあげたことがあったわね）

あれは、クラリスとアレクシスが婚約して間もないころだったと思う。

そう――クラリスが、まだ十歳のときのことだった。

☆

二人が婚約したのは、クラリスが十歳、アレクシスが十二歳のときだった。

あのころアレクシスはすでに身長も高くて、毎日剣の鍛錬をしているから手のひらの皮も厚くて、二歳しか違わないのにずっと大人びて見えたものだ。

はじめて顔を合わせたときから優しくて、勉強や鍛錬で忙しいのに、暇を見つけてはクラリスに会いに来てくれた。

かっこよくて優しくて大人っぽくて——クラリスがアレクシスに恋をするには、それだけで充分すぎた。

あっという間にアレクシスが大好きになって、次の日に彼が来ると聞いた夜は、そわそわして寝つけないほどだった。

「クラリス、見て。兄上から貸してもらってきたんだ。見たいって言っていただろう？」

クラリスとアレクシスが婚約して半年ほどたったある日のことだった。

アレクシスが大切そうに大きな籠を抱えてやってきた。

クラリスの部屋でその籠の上の部分を開けると、中から黒い毛並みの兎がひょこっと顔を出して、ひくひくと鼻を動かした。

「わあ！」

クラリスは思わず歓声を上げた。

アレクシスは五人兄弟の末っ子で、上に四人の兄がいる。

彼の、上から三番目の兄が兎を飼っていると聞いて、兎を見たことがなかったクラリスが見たいとこぼしたのを覚えていてくれたのだ。

くりっと大きな目。ふわふわもふもふの毛並み。

籠から顔を出して周囲をきょろきょろと見渡している兎がたまらなく可愛くて、クラリスがはしゃぐと、アレクシスが籠から兎を優しく抱き上げた。

「人に慣れているし、おとなしい子だから、はじめてでもだっこさせてくれるはずだよ」

アレクシスがソファに座るクラリスの膝の上に、そっと兎を下ろしてくれる。

兎はクラリスの膝の上でもおとなしくしていて、そっと背中を撫でても逃げなかった。

「かわいい……！」

「あらあらクラリス、よかったわね」

母がくすくすと笑いながら、そばにいた侍女に兎が食べそうなものを持ってくるように頼む。

アレクシスがクラリスの隣に座り直して、兎の頭に手を乗せた。

「こいつ、ここを撫でられるのが好きなんだ。ずっと撫でてたら、そのうち寝るよ」

教えられた通り、クラリスが小さな手で頭を撫でると、兎はぺたんとクラリスの膝の上で伏せる。

すっかりリラックスしている様子に、クラリスは嬉しくなった。

兎が可愛いのはもちろんのこと、アレクシスがクラリスのために兎を連れてきてくれたことが何よりも嬉しかったのだ。

「あなたたちは本当に仲良しね。安心したわ」

母が目を細めてティーカップに口をつける。

貴族は家の都合で結婚相手が決められるため、どうしても相性の問題が発生してくる。婚約したけれど互いに歩み寄れずに険悪な関係になったり、逆に他人のように無関心であったりする場合もままあるので、母としてはクラリスとアレクシスの相性が心配だったようだ。

仲良しと言われて、思春期真っ只中のクラリスは真っ赤になった。

兎を撫でながら、ちらちらとアレクシスを盗み見ると、こちらは照れた様子もなく穏やかな表情をしている。

「クラリスは、可愛いですから」

「――っ」

アレクシスはおそらく、クラリスの膝の上にいる兎が可愛いというのと同じような感覚で言ったのだろうが、クラリスは頭が沸騰しそうなほど恥ずかしくなった。恥ずかしくて、でも嬉しくて――、

「ありがとうございます」と笑って流せるほど大人でもなくて、クラリスはただ顔をうつむかせる。

「あらあら」

母がリンゴのごとく真っ赤になっているクラリスを見て笑って、アレクシスに視線を向けた。

「できればこの先もずっと、この子と仲良くしてちょうだいね」

「もちろんです」

力強く頷くアレクシスの言葉を聞きながら、クラリスは、婚約相手が彼で本当によかったと思ったのだった。

☆

（ふふ、懐かしいわね）

ランベールを連れて、ブラントーム伯爵家のタウンハウスに帰ってきたクラリスは、息子をエレン

に預けてアレクシスの執務室へ向かった。

この時間、アレクシスは領地の帳簿を確認しているはずである。

ロベリウス国の領地持ちの貴族は、半年に一度納税する義務があり、その税の計算をしているのだ。

ブラントーム伯爵家の領地は公爵領の中にあるので、計算した税金は公爵に納める。だが、計算書は国に提出しなければならないため、毎月公爵にあてて送っている計算書と、国に提出する半年間の計算書に差異がないかどうかを確かめているのだ。

加えて、ブラントーム伯爵家は領地からの収入以外に、アレクシスが興した事業収入もある。こちらの事業収入に対する税金は公爵に納める必要はなく、国に直接納めることになるので、別の計算式で税金を算出しなければならないらしい。

(簡単な計算はわかるんだけど、税金の計算は、よくわからないから手伝えないのよね)

クラリスが隣で悩みながら作業するよりも、アレクシス一人で作業した方が早いのだ。

執務室を覗くと、アレクシスが難しい顔で計算機をはじいていた。

「アレクシス様、そろそろ夕方になりますけど、まだかかりそうですか?」

クラリスが声をかけると、アレクシスがハッと顔を上げる。

「ああ、おかえり、クラリス。ごめん、集中してて気づかなかったよ。今日中には終わらないから、そろそろ切り上げよう」

アレクシスが立ち上がり、クラリスのそばまでやってくるとふわりと抱きしめる。

「城で変わったことはなかった?」

「なかったと言えばそうですけど……以前相談したランベールとナディーヌ王女殿下の婚約が、正式にまとまりそうです」

「あー……やっぱりか。俺はいいんだけど、グラシアン殿下がなぁ」

これは相当荒れるぞ、とアレクシスが顔をしかめた。

もともとグラシアンは、ランベールがクラリスのお腹にいたとき、女の子が生まれたら長男のエメリックの嫁によこせと言っていたのだ。

それを聞いた重臣たちが、ブラントーム伯爵家とのつながりを強固にしたいのだろうと誤解し、ランベールが生まれたときに即座にナディーヌの婚約者候補の一人にしたのである。

（ある意味、グラシアン殿下のまいた種だけど、本人は納得しないでしょうね）

マチルダとフェリシテは強行突破する気満々なので、余計に機嫌が悪くなるだろう。マチルダとフェリシテに当たれない分、皺寄せがどこに行くのかは考えなくてもわかる。

アレクシスは見る見るうちにげっそりした。

クラリスは、慰めるようにアレクシスの背中をぽんぽんと叩く。

アレクシスには悪いが、クラリスにとっては、こんな悩みも楽しかった。

一度目の未来は、クラリスはこの時間軸には存在していない。

アレクシスとの間に子どももいなかったし、息子の婚約で頭を悩ませる経験もできなかった。

だからこそ、このような悩みは、クラリスにとって幸せ以外の何物でもないのだ。

些細な悩みや幸福を積み重ねながら、毎日毎日、大切な思い出が増えていく。

クラリスがまだ子どもだったころ、ずっと仲良くしてくれると言ったアレクシスは、きっとその約束をたがえないだろう。

（ああ……幸せね）

今が、この一瞬が、たまらなく。

願わくば、ランベールとナディーヌも、自分たちのようにずっと仲良くあってほしい。

（いえ、わざわざ願ったりしなくても、きっと大丈夫ね）

年を取って、家族が増えて——、この先も、ずっと幸せな思い出が増えていく。

クラリスはそう確信して、アレクシスの腕の中で微笑んだ。

END

あとがき

はじめまして、もしくはこんにちは、狭山ひびきです。
この度は本作をお手に取っていただき誠にありがとうございます！

本作はですね、実は少々難産でございました……。と言いますのも、ヒロインが主体になって謎（？）を紐解いていくのではなく、どちらかと言えば巻き込まれ、翻弄される側の立ち位置で書いたからです。いけいけゴーゴーと自分が動き回ってくれるヒロインの方が私的には書きやすいんですが、普通はヒロインが動き回るだろうループものを、ヒロインが動き回らないように書くのも面白いかもしれないと思った私が馬鹿でした。疲れました。でも楽しかったですし、いい勉強になったと思います。

ということで、この作品では、ヒロインの心の動きには焦点を当てていますが、具体的な謎ときにはヒロインは参加しません。秘密にするのが守ることだと多大なる勘違いをしている男どもが、一生懸命陰でこそこそ動き回ります。おかげで女性陣はやきもきしっぱなし。書いている私もやきもきしっぱなし（笑）。誰だよこういう設定にしたのは！　わたしだよ‼　と突っ込みつつ、何とか書きりました。次は書きやすいコメディを書きたいな。でもやっぱり「こういうのも面白いんじゃない？」というのを思いつくとすぐそちらに飛びついて、きっと私はまた自分の首を絞めることになるのでしょう……。うぐぅ。

さて、本作のイラストはキャナリーヌ様が手掛けてくださいました！　キャナリーヌ様、本当にありがとうございました！　表紙はちょっと大人っぽい仕上がりになっていて、シックな感じがすっごく素敵なのです。そしてお菓子がめっちゃおいしそう……。アフタヌーンティーが楽しめるカフェで優雅なティータイムをすごしたくなりますね。

それでは、そろそろこのあたりで失礼させていただければと思います。
毎度かわり映えのない感謝の言葉で恐縮ですが、イラストを手掛けてくださいましたキャナリーヌ様、担当様をはじめ本作の制作にかかわってくださった皆様、誠にありがとうございました。そして、本作をお手に取ってくださいました読者の方々！　心よりお礼申し上げます。楽しんでいただけますと幸いです。
それでは、またどこかでお逢いできることを祈りつつ。

狭山（さやま）ひびき

浮気者の貴方なんか
こちらから捨ててさしあげます
～伯爵令嬢は婚約破棄を所望する～

2023年7月5日　初版第1刷発行

著　者　狭山ひびき

発行人　菊地修一

発行所　スターツ出版株式会社

〒104-0031　東京都中央区京橋1-3-1　八重洲口大栄ビル7F
☎出版マーケティンググループ　03-6202-0386
（ご注文等に関するお問い合わせ）

https://starts-pub.jp/

印刷所　大日本印刷株式会社

ISBN　978-4-8137-9251-2　C0093　Printed in Japan

［狭山ひびき先生へのファンレター宛先］
〒104-0031　東京都中央区京橋1-3-1　八重洲口大栄ビル7F
スターツ出版（株）　書籍編集部気付　狭山ひびき先生